Nora Roberts

Die Donovans 1
Die gefährliche Verlockung

Roman

Aus dem Amerikanischen von
Sonja Sajlo-Lucich

MIRA®

MIRA® TASCHENBUCH
Band 25170
1. Auflage: März 2006

MIRA® TASCHENBÜCHER
erscheinen in der Cora Verlag GmbH & Co. KG,
Axel-Springer-Platz 1, 20350 Hamburg

Titel der nordamerikanischen Originalausgabe:
Captivated
Copyright © 1992 by Nora Roberts
erschienen bei: Silhouette Books, Toronto
Published by arrangement with
Harlequin Enterprises II B.V., Amsterdam

Konzeption/Reihengestaltung: fredeboldpartner.network, Köln
Umschlaggestaltung: pecher und soiron, Köln
Redaktion: Sarah Sporer
Titelabbildung: Getty Images, München
Autorenfoto: © by Harlequin Enterprise S.A., Schweiz
Satz: Buch-Werkstatt GmbH, Bad Aibling
Druck und Bindearbeiten: Ebner & Spiegel, Ulm
Printed in Germany
ISBN 3-89941-228-1

www.mira-taschenbuch.de

PROLOG

*I*n der Nacht, in der sie geboren wurde, fiel der Hexenbaum. Mit ihrem ersten Atemzug nahm sie den Geschmack in sich auf – den Geschmack von Macht. Und von Bitterkeit. Mit ihrer Geburt war ein weiteres Glied in die Kette eingefügt worden, die seit Jahrhunderten bestand. Eine Kette, oftmals verbrämt mit dem Glanz von Legenden und Mythen, doch kratzte man an der Oberfläche, entdeckte man darunter nichts als die Kraft der Wahrheit.

Es gab andere Orte, andere Welten, in denen der erste Schrei des Babys gefeiert wurde. Weit jenseits der überwältigenden Küste von Monterey, wo die kraftvollen Schreie durch das alte Steinhaus hallten, wurde die Ankunft des neuen Lebens freudig begrüßt. An geheimen Orten, an denen Magie und Zauberei gediehen und in Ehren gehalten wurden – in den dunkelgrünen Hügeln von Irland, in den tiefen Höhlen von Wales, an der felsigen Küste von Britannien.

Und der Baum, knorrig vom Alter und krumm vom Wind, war ein stilles Opfer.

Denn durch seinen Tod und durch die freiwillig ertragenen Schmerzen einer Mutter war eine neue Hexe geboren worden.

Auch wenn sie die Wahl hatte – ein Geschenk konnte schließlich auch abgelehnt werden –, so würden diese Kräfte doch stets zu dem Kind und zu der Frau, zu der es heranwachsen würde, gehören, so wie die Farbe der Augen oder des Haars.

Noch war sie nur ein Baby, die Augen trübe, die kleinen Fäuste geballt, selbst als ihr Vater glücklich lachte und ihr den ersten Kuss auf die Stirn gab.

Ihre Mutter weinte, als sie das Baby an die Brust legte. Weinte vor Glück und aus Trauer. Denn sie wusste bereits, dass sie nur dieses eine Kind haben würde, dieses eine Zeichen der Liebe zwischen ihr und ihrem Mann.

Sie hatte gesucht, und sie hatte gefunden.

Und während sie ihr Kind leise wiegte, wusste sie, dass es viel zu lehren gab, viele Fehler, die gemacht würden. Sie wusste auch, dass eines Tages ihre Tochter ebenso wie sie suchen würde. Nach Liebe.

Sie hoffte, dass ihr Kind von all den Dingen, die sie ihm beibringen würde, die eine wesentliche Wahrheit verstehen würde.

Dass die wahre Magie im Herzen wohnt.

1. KAPITEL

An der Stelle, wo der Hexenbaum einst seine Äste gen Himmel gereckt hatte, stand jetzt eine Gedenktafel. Die Leute von Monterey und Carmel ehrten die Natur. Touristen kamen oft vorbei und lasen die Worte auf der Tafel, oder sie betrachteten einfach die uralten Bäume und die zerklüftete Küste, an der die Seelöwen sich von der Sonne wärmen ließen.

Anwohner, die sich noch an den Baum erinnern konnten, erwähnten oft, dass er in der Nacht umstürzte, in der Morgana Donovan geboren wurde.

Manche waren überzeugt, es sei ein Zeichen gewesen, andere zuckten nur gleichgültig die Schultern und nannten es Zufall. Den meisten erschien es auf jeden Fall ungewöhnlich. Einig waren sich alle, dass die Geburt einer selbst ernannten Hexe – nur einen Steinwurf von dem berüchtigten Baum entfernt – dem Ort ein besonderes Flair verlieh.

Nash Kirkland amüsierte diese Tatsache, er fand sie interessant. Immerhin verbrachte er einen großen Teil seiner Zeit damit, übernatürliche Phänomene zu studieren. Es war höchst faszinierend, sich mit Vampiren, Werwölfen und anderen Kreaturen der Nacht seinen Lebensunterhalt zu verdienen.

Er würde es gar nicht anders wollen.

Allerdings bedeutete das nicht, dass er an Kobolde und Gnomen glaubte. An Hexen übrigens auch nicht. Männer verwandelten sich nicht in Werwölfe, nur weil Vollmond war, Tote wandelten nicht umher, und Frauen flogen auch nicht auf Besenstielen durch die Nacht. Außer natürlich im Märchen oder auf der Kinoleinwand.

Dort war einfach alles möglich, wie er nur allzu gerne anerkannte.

Er war ein vernünftiger Mann, der um den Wert von Illusionen und die Wichtigkeit fantasievoller Unterhaltung wusste. Und er war Träumer genug, um in Anlehnung an Märchen und Aberglauben Gestalten zu erschaffen, mit denen er das Publikum begeisterte.

Seit nunmehr sieben Jahren kannte jeder Horrorfilm-Fan seinen Namen, seit seinem ersten und auf Anhieb erfolgreichen Drehbuch für „Shape Shifter".

Tatsache war, dass es Nash Kirkland einfach ungeheuren Spaß machte, wenn seine Fantasien auf der Leinwand lebendig wurden. Er genoss es, sich in das kleine Kino an der Ecke zu setzen, bewaffnet mit einer Riesentüte Popcorn und einem Pappbecher Cola, die unterdrückten Entsetzensschreie zu hören und das erschreckte Zusammenzucken seines Sitznachbarn mitzuerleben.

Und es befriedigte ihn ungemein, dass jeder Zuschauer, der für eine Eintrittskarte bezahlt hatte, auch etwas für sein Geld bekam.

Er recherchierte immer sehr sorgfältig. Für das Drehbuch von „Midnight Blood" war er eine Woche lang in Rumänien gewesen. Er hatte einen Mann interviewt, der von sich behauptete, der letzte lebende Abkömmling von

Wlad, dem Pfähler, zu sein. Leider konnte der Nachfahre von Graf Dracula weder mit langen Eckzähnen auftrumpfen noch sich in eine Fledermaus verwandeln, dafür aber verfügte er über einen schier unerschöpflichen Schatz an Vampirlegenden.

Es waren diese Erzählungen aus dem Volk, die Nash inspirierten. Daraus spann er dann seine eigene Geschichte.

Er wusste, dass die meisten ihn für ziemlich seltsam hielten. Aber das machte ihm nichts aus. Als er jetzt in den Seventeen Mile Drive einbog, war er überzeugt, ein ganz normaler Mensch zu sein, der mit beiden Beinen fest auf dem Boden stand. Zumindest nach kalifornischem Standard. Es ließ sich ganz gut davon leben, Menschen zu unterhalten und ihnen Gänsehaut zu bereiten. Er hatte seinen Platz in der Gesellschaft gefunden. Er holte die Geister aus dem Keller und verlieh ihnen auf der Leinwand in Technicolor Gestalt, wobei er die ganze Sache meist mit einer Prise Sex und viel hintergründigem Humor würzte.

Nash Kirkland schaffte es, den schwarzen Mann zum Leben zu erwecken. Er war es, der aus dem sanften Dr. Jekyll den hinterlistigen Mr. Hyde machte, er ließ den Fluch der Pharaonen real werden. Und das alles, indem er Worte auf ein Blatt Papier schrieb. Vielleicht war er deshalb zum Zyniker geworden. Sicher, diese Geschichten machten ihm unendlichen Spaß, aber er wusste auch, dass sie nur genau das waren – Geschichten.

Er hatte noch Millionen davon in seinem Kopf herumschwirren. Das war sein Kapital. Um eine gute Geschichte war er nie verlegen.

Er hoffte, dass Morgana Donovan, Montereys Lieblingshexe, ihm dabei helfen würde, die nächste Geschichte Gestalt annehmen zu lassen. In den letzten Wochen, während er Kisten und Kartons in seinem neuen Heim ausgepackt, sich am Golfspiel versucht, als hoffnungslosen Fall wieder aufgegeben und einfach nur den Ausblick von seiner Terrasse genossen hatte, war in ihm das Gefühl gewachsen, dass seine nächste Geschichte von einer Hexe handeln müsse. Falls es so etwas wie Schicksal gab, dann war es diesmal sehr gnädig mit ihm gewesen. Es hatte ihn nur eine kurze Autofahrt von einer wahren Expertin entfernt neue Wurzeln schlagen lassen.

Er pfiff die Melodie aus dem Radio mit und überlegte, wie sie wohl aussehen mochte. Ob sie einen Turban trug und viel klimperndes Gold? Oder vielleicht ganz in wallende schwarze Tücher gekleidet war? Vielleicht war sie auch eine von diesen New-Age-Fanatikern und verstand sich als Medium für die Weisheiten versunkener Welten.

Wie auch immer, er hatte nichts gegen all das einzuwenden. Diese ganzen Verrückten gaben dem Leben ein bisschen Farbe.

Er hatte ganz bewusst vorab keine Informationen über die Hexe eingeholt. Er wollte sich seine eigene Meinung bilden, seiner Fantasie nicht von vornherein Fesseln auferlegen. Er wusste nur, dass Morgana Donovan vor achtundzwanzig Jahren hier in Monterey geboren wurde und einen gut gehenden Laden betrieb, der Menschen bediente, die sich für Kristalle und Kräuter interessierten.

Er bewunderte sie dafür, dass sie in ihrer Heimatstadt geblieben war. Selbst erst weniger als einen Monat in Monterey, fragte er sich, wie er überhaupt je irgendwo anders hatte leben können. Er grinste unwillkürlich. Der Himmel wusste, er hatte schon fast überall gelebt. Er konnte nur seinem Schicksal danken, dass es ihn mit einer Vorstellungsgabe gesegnet hatte, die es ihm ermöglichte, aus dem Großstadtdschungel Los Angeles an dieses wunderschöne Fleckchen Erde hier im Norden Kaliforniens umzusiedeln.

Es war gerade mal Anfang März, aber das Wetter war so angenehm, dass er seinen Jaguar bereits mit offenem Verdeck fahren konnte. Eine frische Brise zauste ihm durch das dunkelblonde Haar, und es roch nach frisch gemähtem Gras. Und nach Meer.

Der Himmel war wolkenlos und strahlend blau, der Wagen schnurrte wie eine kraftvolle, elegante Katze, er hatte sich gerade aus einer Beziehung gelöst, die immer schneller bergab gegangen war, und ein neues Projekt lag vor ihm. Was Nash anging, so war das Leben im Moment einfach perfekt.

Er erblickte den Laden, genau, wie man es ihm beschrieben hatte: an einer Straßenecke, flankiert von einer Boutique und einem Restaurant. Offensichtlich herrschte genügend Betrieb, denn er brauchte eine ganze Weile, bis er einen Parkplatz gefunden hatte, und das ein ziemliches

Stück entfernt. Es machte ihm nichts aus, dass er laufen musste. Auf dem Weg kam ihm eine Gruppe Touristen entgegen, die darüber debattierten, wohin sie zum Lunch gehen sollten, eine bleistiftdünne Frau in lachsroter Seide, die zwei Afghanen an der Leine führte, und ein Geschäftsmann, der mit seinem Handy telefonierte.

Nash liebte Kalifornien.

Vor dem Laden blieb er stehen und las den Namenszug auf dem Schaufenster. „WICCA" stand dort, mehr nicht. Er lächelte in sich hinein. Das alte englische Wort für „Hexe". Automatisch fielen ihm alte, buckelige Frauen ein, die durch Dörfer reisten, Beschwörungen murmelten und Warzen wegzauberten.

Szene außen, Tag, dachte er. Düsterer, wolkenverhangener Himmel, Wind mit Sturmböen. In einem kleinen, heruntergekommenen Dorf. Zerfallene Zäune und geschlossene Fensterläden. Eine kleine, runzlige Frau huscht über einen Feldweg, einen offensichtlich schweren, großen Korb am Arm, mit einem Tuch abgedeckt. Ein riesiger schwarzer Rabe stößt einen Schrei aus, lässt sich flügelschlagend auf einem Zaunpfosten nieder. Vogel und Frau starren einander einen Moment lang an. Aus der Ferne ertönt ein lang gezogener, verzweifelter Schrei.

Das Bild verschwand, als jemand aus dem Laden kam und Nash leicht anrempelte. Eine leise Stimme murmelte eine Entschuldigung.

Nash nickte nur. Eigentlich ganz gut, dass dieser Jemand ihn unterbrochen hatte. Es war nie gut, ohne den

Experten zu weit mit der Geschichte vorzupreschen. Im Moment hatte er nur vor, sich ihre Waren anzusehen.

Die Auslagen im Schaufenster waren beeindruckend und bewiesen einen Hang zu dramatischer Eleganz, wie er feststellte. Dunkelblauer Samt ergoss sich wie fließendes Wasser über verschieden hohe und breite Ständer mit Kristallen, die in der Sonne funkelten wie Edelsteine. Rosé und aquamarinblau, andere glasklar, wiederum andere purpurrot oder fast schwarz, angehäuft und geformt zu Zauberstäben, kleinen Burgen oder surrealistischen Städtchen.

Nash wippte auf den Absätzen und schürzte die Lippen. Er konnte sich gut vorstellen, dass die Auslage die Leute faszinierte – die Farben, die Formen, das Glitzern. Die Tatsache, dass tatsächlich jemand daran glaubte, einem Stück Stein würden geheimnisvolle Kräfte innewohnen, war nur ein weiterer Grund, um sich über das menschliche Wesen zu wundern. Aber hübsch war es auf jeden Fall.

Vielleicht bewahrte sie ja die Kessel im hinteren Teil des Ladens auf.

Er gluckste bei der Vorstellung, warf noch einen Blick auf das Schaufenster und öffnete die Ladentür. Vielleicht würde er ja etwas für sich selbst kaufen. Einen Briefbeschwerer vielleicht oder einen Sonnenfänger, einen Kristall, den man an die Decke vors Fenster hängte, damit er das Farbprisma auf die Zimmerwände warf. Ja, vielleicht würde er das tun – wenn sie keine Wolfszähne oder Drachenschuppen vorrätig hatte.

Der Laden war zum Bersten voll. Selbst schuld, dachte er bei sich. Das kam davon, wenn man am Samstagvormittag vorbeischaute. Aber immerhin würde ihm das erlauben, sich in Ruhe umzusehen und herauszufinden, wie eine Hexe im zwanzigsten Jahrhundert ein Geschäft führte.

Die Auslagen im Laden waren genauso aufwändig dekoriert wie im Schaufenster. Verschiedene Steine, manche aufgeschnitten und mit einem kristallenen Innenleben, schmückten die Regale, daneben ausgefallen geformte kleine Fläschchen mit farbigen Etiketten. Nash war regelrecht enttäuscht, als er sah, dass es sich dabei um Badeessenzen aus Kräutern handelte. Er hatte stark gehofft, wenigstens einen Liebestrank darunter zu finden.

Überall Kräuter- und Pflanzenpotpourris, verschiedene Teemischungen, Duftkerzen und Kristalle in allen Formen und Farben. Interessanter Schmuck war in einer Glasvitrine ausgestellt. Kunstwerke, Bilder, Statuen, Skulpturen, alles so geschickt präsentiert, dass dieser Laden eigentlich als Galerie bezeichnet werden müsste.

Da das Ungewöhnliche Nash schon immer gefesselt hatte, wandte er sich einer Tischlampe aus gehämmertem Zinn zu – ein Drache mit ausgebreiteten Flügeln und leuchtend roten Augen.

Und dann sah er sie. Ein Blick genügte, und er war sicher, dass so eine moderne Hexe aussehen musste. Die ernst aussehende Blondine war mit zwei Kunden beschäftigt, die sich wohl für die verschiedenen Kristalle auf dem Tisch interessierten. Ihre grazile Gestalt steckte in einem hautengen schwarzen Overall, lange Ohrringe baumelten ihr bis auf die Schultern, und an jedem ihrer Finger, die in tödlich wirkenden, rot lackierten Nägeln ausliefen, trug sie einen Ring.

„Interessant, nicht wahr?"

„Hm?" Bei der rauchigen Stimme drehte Nash sich um. Und vergaß die moderne Hexe drüben am anderen Ende des Ladens augenblicklich. Stattdessen ertrank er fast in einem Paar kobaltblauer Augen. „Wie bitte?"

„Der Drache." Sie fuhr mit den Fingern über das Zinn. „Ich habe mich gerade gefragt, ob ich ihn mit nach Hause nehmen soll." Sie lächelte, und Nash sah, dass ihre Lippen voll und weich und ohne Lippenstift waren. „Mögen Sie Drachen?"

„Ich bin verrückt nach ihnen", entschied er schlagfertig. „Kaufen Sie hier oft etwas?"

„Ständig." Sie schob sich das Haar zurück. Es war schwarz wie die Nacht und fiel ihr in sanften Wellen bis auf die Hüften. Nash versuchte sich Stück für Stück ein Bild von ihr zu machen. Die Haut, weiß schimmernd wie Elfenbein, passte hervorragend zu dem dunklen Haar. Die großen Augen blickten klar und waren von dichten Wimpern umrandet, die Nase gerade und zierlich. Sie war fast genauso groß wie er und dazu gertenschlank. Das schlichte blaue Kleid, das sie trug, zeugte von Stil und sicherem Geschmack und brachte die fraulichen Rundungen bestens zur Geltung.

Etwas an ihr war … verwirrend, gestand er sich ein,

auch wenn er nicht hätte sagen können, was genau es war. Dazu war er viel zu sehr damit beschäftigt zu genießen, was er sah.

Wieder verzog sie die Lippen zu einem Lächeln. Ein wissendes wie auch amüsiertes Lächeln. „Waren Sie schon mal im ‚Wicca‘?"

„Nein, aber ich muss sagen, es gibt tolle Sachen hier."

„Interessieren Sie sich für Kristalle?"

„Ich könnte mich vielleicht dafür erwärmen." Er nahm einen großen Amethyst zur Hand. „Leider bin ich in Geologie in der Schule durchgefallen."

„Ich glaube nicht, dass man hier Noten verteilt." Sie deutete auf den Stein, den er hielt. „Wenn Sie mit Ihrem inneren Selbst in Kontakt treten wollen, müssen Sie den Stein in die linke Hand nehmen."

„So?" Er tat ihr den Gefallen, aber er sagte ihr nicht, dass er nichts fühlte – außer der Freude zu beobachten, wie der Saum ihres Kleides ihre Knie umspielte. „Also, wenn Sie sozusagen eine Stammkundin hier sind, könnten Sie mich ja vielleicht der Hexe vorstellen."

Mit einer hochgezogenen Augenbraue folgte sie seinem Blick zu der zierlichen Blondine, die gerade etwas für ihre Kunden einpackte. „Sie suchen eine Hexe?"

„So könnte man es wohl sagen, ja."

Ihre wunderbaren blauen Augen richteten sich wieder auf Nash. „Sie sehen nicht aus wie ein Mann, der einen Liebeszauber nötig hat."

Er grinste. „Danke. Aber um genau zu sein … ich benötige Informationen. Ich schreibe Filmdrehbücher, und ich habe vor, eine Geschichte über Hexen in den neunziger Jahren zu schreiben. Sie wissen schon, Geheimbünde, Sex, Opferdarbringungen … solche Sachen."

„Ah." Als sie den Kopf neigte, blinkten durchsichtige Kristalltropfen an ihren Ohren auf. „Junge Frauen, die unter wolkenverhangenem Himmel nackt auf einer Lichtung tanzen und dann Liebestränke bei Vollmond brauen, um ihre ahnungslosen Opfer zu verführen."

„Ja, so was in der Art." Er lehnte sich ein wenig näher zu ihr und stellte fest, dass sie kühl und frisch roch wie ein Wald bei Mondlicht. „Ist diese Morgana wirklich davon überzeugt, dass sie eine Hexe ist?"

„Sie weiß, was sie ist, Mr. …?"

„Kirkland. Nash Kirkland."

Ihr Lachen klang tief und ehrlich erfreut. „Aber natürlich. Ich kenne und schätze Ihre Arbeit. Am besten hat mir ‚Midnight Blood' gefallen. Sie haben Ihren Vampir mit einer Menge Esprit und Einfühlungsvermögen ausgestattet, ohne die Tradition zu verletzen."

„Selbst für Untote gibt es mehr als Friedhofserde und Sargdeckel."

„Ja, wahrscheinlich. Und eine Hexe rührt nicht nur Zaubertränke in ihrem Kessel."

„Genau. Deshalb will ich ja auch ein Interview mit ihr. Sie muss eine äußerst intelligente Lady sein, um das Ganze durchzuziehen."

„Durchziehen?" wiederholte sie, während sie sich

bückte, um eine große weiße Katze aufzuheben, die um ihre Beine strich.

„Ja, immerhin genießt sie einen ausgezeichneten Ruf. Ich habe in L. A. von ihr gehört. Die Leute erzählen seltsame Geschichten."

„Das glaube ich gern." Sie streichelte der Katze über den Kopf. Nash sah sich jetzt von zwei Augenpaaren gefangen – einem kobaltblauen und einem bernsteinfarbenen. „Aber Sie selbst glauben nicht an diese Kraft, oder?"

„Ich glaube, dass ich eine verdammt gute Story daraus machen kann." Er legte all seinen Charme in sein Lächeln. „Also? Legen Sie ein gutes Wort bei der Hexe für mich ein?"

Sie musterte ihn genauer. Ein Zyniker, entschied sie. Noch dazu einer, der sich seiner selbst viel zu sicher war. Bisher schien das Leben Nash Kirkland auf Rosen gebettet zu haben. Nun, es wurde Zeit, dass er ein paar Dornen zu spüren bekam.

„Das wird nicht nötig sein." Sie streckte ihm ihre Hand hin, eine schlanke Hand mit langen Fingern, nur ein einzelner silberner Ring als Schmuck. Er nahm die dargebotene Hand automatisch und stieß unwillkürlich die Luft aus, als ihm ein elektrischer Schlag durch den Arm zuckte. Sie lächelte nur.

„Sie haben Ihre Hexe bereits gefunden."

Statische Elektrizität, sagte Nash sich einen Moment später, während Morgana die Frage eines Kunden beantwortete. Schließlich hielt sie die Katze und hatte die ganze Zeit das Fell gestreichelt – daher der Schlag.

Trotzdem spreizte er unauffällig die Finger und ballte sie wieder zur Faust.

Ihre Hexe, hatte sie gesagt. Er war sich nicht ganz sicher, ob ihm dieses Pronomen gefiel. Es machte die Dinge ein wenig zu … zu intim. Nicht, dass sie nicht umwerfend aussah. Aber wie sie ihn angelächelt hatte, als er zusammengezuckt war, machte ihn nervös. Jetzt wusste er auch, was an ihr so verwirrend war.

Macht. Oh nein, nicht diese Art von Macht, versicherte er sich selbst, während er zusah, wie sie getrocknete Kräuter bündelte. Es war die Macht, die manchen schönen Frauen einfach angeboren zu sein schien – eine ursprüngliche Sexualität und ein geradezu erschreckendes Selbstbewusstsein. Er hatte sich nie für den Typ Mann gehalten, der durch die Willenskraft einer Frau eingeschüchtert wurde, allerdings musste er sich eingestehen, dass anschmiegsame, nachgiebige Frauen wesentlich weniger anstrengend waren.

Nun, wie auch immer. Sein Interesse an ihr war beruflicher Natur. Nicht nur, wie er in Gedanken anfügte. Ein Mann müsste schon jahrelang im Grab liegen, um Morgana Donovan anzusehen und seine Gedanken auf einer rein professionellen Ebene halten zu können. Aber Nash war ziemlich sicher, dass er Job und Privates voneinander trennen konnte.

Er wartete, bis sie mit dem Kunden fertig war, setzte

ein zerknirschtes Lächeln auf und ging zu ihr an die Kasse. „Ich frage mich, ob Sie wohl eine geeignete Beschwörung parat haben, die mich wieder aus dem Fettnäpfchen herausholt."

„Ich denke, das schaffen Sie auch allein." Normalerweise hätte sie ihn längst sich selbst überlassen, aber es musste einen Grund geben, weshalb sie ihn am anderen Ende des Ladens erspäht und sich von ihm angezogen gefühlt hatte. Morgana glaubte nicht an Zufälle. Außerdem, ein Mann mit so sanften braunen Augen konnte kein kompletter Idiot sein. „Ich fürchte, Sie kommen zu einer unpassenden Zeit, Nash. Wir haben heute hier sehr viel Betrieb."

„Sie machen um sechs Uhr zu. Vielleicht könnte ich dann zurückkommen? Ich lade Sie zu einem Drink ein. Oder zum Dinner?"

Ihr erster Impuls war abzulehnen. Sie hätte es vorgezogen, erst zu meditieren oder ihre Kristallkugel zu befragen. Doch bevor sie etwas sagen konnte, sprang die weiße Katze leichtfüßig auf den Tresen. Nash streckte die Hand aus und kraulte das Tier hinter den Ohren. Und anstatt auszuweichen oder beleidigt zu fauchen, wie es sonst bei Fremden ihre Art war, begann die weiße Katze zu schnurren und schmiegte sich an Nashs Hand. Ihre bernsteinfarbenen Augen wurden zu schmalen Schlitzen, aus denen sie Morgana unverwandt anstarrte.

„Luna scheint mit Ihnen einverstanden zu sein", murmelte Morgana. „Na schön, sechs Uhr also." Die Katze schnurrte lauter. „Dann werde ich entscheiden, was ich mit Ihnen mache."

„Bestens." Nash strich Luna noch einmal über den Rücken und verließ den Laden.

Mit gerunzelter Stirn sah Morgana auf die Katze hinab. „Ich kann nur hoffen, dass du weißt, was du tust."

Luna verlagerte ihr nicht unerhebliches Gewicht und begann sich seelenruhig zu putzen.

Morgana blieb danach keine Zeit, noch länger über Nash nachzudenken. Sicher, da sie mit ihrer impulsiveren Seite eigentlich immer im Clinch lag, hätte sie eine ruhige Stunde vorgezogen, in der sie ihre Vorgehensweise genau hätte überlegen können. Tatsache jedoch war, dass die Ladentür kaum still stand und die vielen Kunden ihre ganze Aufmerksamkeit beanspruchten. So beruhigte sie sich mit dem Gedanken, dass ihr ein vorwitziger Geschichtenerzähler mit treuen Hundeaugen wohl kaum Schwierigkeiten machen würde.

„Puh." Mindy, die vollbusige Blondine, die Nash so bewundert hatte, ließ sich hinter der Theke auf einen Hocker fallen. „Seit Weihnachten waren nicht mehr so viele Leute auf einmal im Laden." Sie zog einen Kaugummistreifen aus der Hosentasche und grinste. „Hast du vielleicht eine Geldformel gemurmelt?"

Morgana baute ein kleines Schloss aus Glassteinen zusammen, bevor sie antwortete. „Die Sterne stehen günstig fürs Geschäft. Außerdem ist die neue Schaufensterdekoration einfach umwerfend." Sie lächelte. „Geh nach Hause, Mindy. Ich räum auf und schließ ab."

„Das musst du mir nicht zweimal sagen." Sie glitt vom Hocker und streckte sich ausgiebig. Dann hob sie die Augenbrauen. „Oh Mann, schau dir das an. Groß, gebräunt und unheimlich appetitlich anzusehen."

Morgana folgte Mindys Blick und erkannte Nash draußen auf der Straße vor dem Schaufenster. Diesmal hatte er mehr Glück mit einem Parkplatz gehabt und stieg direkt vor dem Laden aus seinem Wagen.

„Immer mit der Ruhe, Mädchen." Morgana lachte leise. „Männer wie der da brechen Herzen, ohne auch nur einen Gedanken daran zu verschwenden."

„Ach, das ist okay. Mein Herz war schon seit Tagen nicht mehr gebrochen. Sehen wir uns das doch mal genauer an …" Innerhalb von Sekundenbruchteilen hatte Mindy eine genaue Einschätzung parat. „Knapp einsneunzig, achtzig wunderbar muskulöse Kilo. Der lässige Typ, vielleicht ein bisschen zu intellektuell. Ist gerne im Freien, übertreibt es aber nicht. Ein paar sonnengebleichte Strähnchen, die Haut in genau dem richtigen Braunton. Gute Gesichtsknochen, wird also im Alter nicht einfallen. Augen wie ein junger Hund, und dann dieser Wahnsinnsmund …"

„Glücklicherweise weiß ich, dass du mehr von Männern hältst als von jungen Hunden."

Kichernd frischte Mindy mit den Fingern ihre Frisur auf. „Oh ja, allerdings. Ich kenne den Unterschied." Als die Tür aufging, stellte Mindy sich in Pose. „Hallo, Sie Hübscher. Sie wollen also ein bisschen Magie erleben?"

Immer bereit, einer freundlichen Frau entgegenzukommen, schenkte Nash ihr ein fröhliches Grinsen. „Was können Sie denn empfehlen?"

„Nun jaaa …" Das Wort hörte sich an wie Lunas Schnurren.

„Mindy, Mr. Kirkland ist kein Kunde." Morganas Stimme klang sanft und amüsiert. Es gab nur wenig, das unterhaltender war als Mindys Flirts mit attraktiven Männern. „Wir haben einen Termin."

„Vielleicht beim nächsten Mal", sagte Nash zu Mindy.

„Wann immer Sie wollen", hauchte Mindy, warf Nash einen letzten verführerischen Blick zu und verschwand zur Tür hinaus.

„Ich wette, sie jagt die Umsatzzahlen nach oben", meinte Nash grinsend.

„Ja, genauso wie den Blutdruck aller männlichen Kunden. Wie ist es um Ihren bestellt?"

Das Grinsen wurde sofort breiter. „Haben Sie zufällig eine Sauerstoffmaske da?"

„Tut mir Leid, der Sauerstoff ist gerade ausgegangen." Sie legte ihre Hand auf seinen Arm. „Warum setzen Sie sich nicht ein paar Minuten? Ich muss noch … Mist!"

„Wie bitte?"

„Ich hätte das ‚Geschlossen'-Schild schneller anbringen sollen", murmelte Morgana, dann lächelte sie, als die Tür geöffnet wurde. „Hallo, Mrs. Littleton."

„Morgana." Die Frau, die jetzt in den Laden strömte, stieß einen erleichterten Seufzer aus.

Nash schätzte sie auf irgendwo zwischen sechzig und siebzig, und „strömen" war die richtige Beschreibung. Die alte Dame war gebaut wie ein Kreuzfahrtschiff, mit massivem Bug. Bunte Schals umflatterten sie wie wehende Fahnen. Ihr Haar war leuchtend rot gefärbt und krauste sich um ein rundes Gesicht, kräftiges Smaragdgrün umrandete die Augen, während der Mund in tiefem Korallenrot erstrahlte. Sie streckte beide Hände vor – zahlreiche Ringe schmückten die Finger – und griff nach Morgana.

„Ich habe es nicht früher geschafft. Ich musste erst noch einen jungen Polizisten schelten, der mir doch tatsächlich einen Strafzettel geben wollte. Man stelle sich vor, der Junge ist noch nicht einmal alt genug, dass ihm ein Bart wächst, aber er will mir etwas von Verkehrsregeln erzählen", brummelte sie empört. „Ich hoffe, Sie haben noch eine Minute Zeit für mich?"

„Aber natürlich." Morgana konnte nichts dagegen tun, sie mochte die alte Dame einfach.

„Ach, Sie sind ein Schatz. Sie ist doch ein Schatz, nicht wahr?" wandte sich Mrs. Littleton an Nash.

„Dem kann ich nur zustimmen."

Mrs. Littleton strahlte. Unter dem Klimpern von vielen Ketten und Armreifen wandte sie sich ihm jetzt ganz zu. „Sie sind Schütze, nicht wahr?"

„Äh …" Rasch berichtigte Nash in Gedanken sein Geburtsdatum, um der alten Dame einen Gefallen zu tun. „Stimmt. Woher wussten Sie das?"

Sie atmete schwer aus, und ihr ausladender Busen hob und senkte sich. „Mit aller Bescheidenheit darf ich von mir behaupten, eine ausgezeichnete Menschenkennerin zu sein. Ich werde Sie wirklich nur einen Moment von Ihrer Verabredung abhalten."

„Es ist keine Verabredung", berichtigte Morgana. „Also, Mrs. Littleton, was kann ich für Sie tun?"

„Ach, es handelt sich nur um einen winzigen Gefallen." Mrs. Littletons Augen begannen zu funkeln, und Morgana unterdrückte gerade noch einen Seufzer. „Es geht um meine Großnichte. Bald ist doch der Abschlussball, und da ist dieser süße Junge in ihrem Geometriekurs …"

Dieses Mal würde sie hart bleiben, schwor Morgana sich. Hart wie Stein. Sie nahm Mrs. Littleton beim Arm und zog sie ein Stück von Nash weg. „Ich habe Ihnen bereits erklärt, dass ich das nicht mache."

Mrs. Littleton klimperte mit den falschen Wimpern. „Ich weiß, dass Sie so etwas normalerweise", sie zog das Wort lang, „nicht machen. Aber in diesem Fall ist es wirklich etwas ganz Besonderes."

„Das ist es immer." Sie warf Nash, der unauffällig näher gekommen war, einen argwöhnischen Blick zu und zog Mrs. Littleton noch weiter in den Laden hinein. „Ich bin sicher, Ihre Nichte ist ein ganz entzückendes Mädchen, aber eine Verabredung für ihren Abschlussball zu arrangieren wäre leichtfertig – solche Dinge haben immer

Nachwirkungen. Nein", fügte sie sofort an, als Mrs. Littleton protestieren wollte. „So etwas zu arrangieren bedeutet, etwas zu verändern, das nicht verändert werden sollte. Es könnte ihr ganzes Leben beeinflussen."

„Es ist doch nur dieser eine Abend."

„Wenn man das Schicksal für einen Moment verändert, ist es durchaus möglich, dass Jahrhunderte einen anderen Gang nehmen." Bei Mrs. Littletons enttäuschtem Gesicht kam Morgana sich mies und schäbig wie ein Geizkragen vor, der einem hungernden Mann ein Stück Brot verweigerte. „Ich weiß, wie sehr Sie sich eine besondere Nacht für Ihre Nichte wünschen, aber man darf nicht mit dem Schicksal spielen."

„Sie ist doch so schüchtern", seufzte Mrs. Littleton. Ihr Gehör war noch scharf genug, der Hauch von Schwäche in Morganas Stimme war ihr nicht entgangen. „Und sie denkt, sie sei nicht hübsch genug. Aber sie ist hübsch. Sehen Sie nur." Bevor Morgana etwas erwidern konnte, hatte Mrs. Littleton bereits ein Foto ihrer Nichte hervorgezogen.

Sie wollte sich das Foto nicht ansehen, und doch senkte sie die Augen auf das Konterfei des hübschen Teenagers. Dieser melancholische Blick gab ihr dann den Rest.

Drachenblut und Höllenfeuer! Morgana fluchte still. Warum nur musste sie bei den ersten zarten Gefühlen junger Menschen immer schwach werden! „Ich kann aber für nichts garantieren, nur vorschlagen."

„Oh, das würde schon genügen." Mrs. Littleton holte

ein weiteres Bild hervor, offensichtlich aus dem Jahrbuch der High School herausgeschnitten. „Das ist Matthew. Ein hübscher Name, nicht wahr? Matthew Brody und Jessie Littleton. Sie fangen doch bald an, oder? Der Ball ist am ersten Samstag im Mai."

„Wenn es so sein soll, wird es auch geschehen." Morgana ließ die beiden Fotos in ihrer Tasche verschwinden.

„Ach, Sie sind einfach wunderbar." Strahlend küsste Mrs. Littleton Morgana auf die Wange. „Jetzt will ich Sie aber nicht weiter aufhalten. Ich komme am Montag wieder vorbei."

„Ein schönes Wochenende." Verärgert über sich selbst, sah Morgana Mrs. Littleton nach.

„Hätte sie Ihnen nicht ein Silberstück dafür geben müssen?"

Beim Klang von Nashs Stimme wandte Morgana den Kopf. Ihre Augen blitzten wütend. „Ich bereichere mich nicht durch die Macht."

Er zuckte nur die Schultern und kam auf sie zu. „Ich sage es wirklich nicht gern, aber die alte Dame hat Sie nach allen Regeln der Kunst um den Finger gewickelt."

Ein Hauch von Rot überzog ihre Wangen. Wenn sie etwas mehr hasste als schwach zu werden, dann war es schwach werden vor Zeugen. „Darüber bin ich mir im Klaren."

Er hob die Hand und rieb mit dem Daumen den Lippenstift von ihrer Wange, den Mrs. Littletons Kuss dort hinterlassen hatte. „Ich dachte immer, Hexen seien knallhart." Aber da habe ich mich wohl getäuscht.

„Ich habe nun mal eine Schwäche für Exzentriker und gute Seelen. Und Sie sind kein Schütze."

Nur unwillig sah er ein, dass es keine Notwendigkeit mehr gab, ihre Wange zu berühren. Ihre Haut fühlte sich weich und kühl an wie Seide. „Bin ich nicht? Was denn dann?"

„Zwilling."

Er zog eine Augenbraue hoch und steckte die Hände in die Hosentaschen. „Gut geraten."

Dass er sich unwohl fühlte, versöhnte sie ein wenig. „Mit Raten hat das nicht viel zu tun. Aber da Sie nett genug waren, Mrs. Littletons Gefühle nicht zu verletzen, werde ich meinen Ärger nicht an Ihnen auslassen. Warum kommen Sie nicht mit nach hinten durch? Ich werde uns einen Tee brauen." Als sie sein Gesicht sah, musste sie lachen. „Na schön, ich kann Ihnen auch ein Glas Wein anbieten, wenn Ihnen das lieber ist."

„Ja, das ist besser."

Er folgte ihr durch die Tür hinter dem Verkaufstresen in einen Raum, der als Lager, Büro und Küche diente. Obwohl nicht groß, schien der Raum doch nicht überladen. An zwei Wänden waren Regale angebracht, auf denen sich Kisten und Bücher stapelten. Auf einem Schreibtisch aus Kirschholz stand eine Messinglampe in Form einer Meerjungfrau, ein Telefon, ein Stapel Unterlagen, beschwert mit einem Glasstein, in dem sich das Licht brach, wartete darauf, bearbeitet zu werden.

Dahinter stand ein kleiner Kühlschrank, ein Zwei-Platten-Kocher und ein kleiner Bistro-Tisch mit zwei Stühlen. Auf der Fensterbank des großen Fensters wuchsen in Tontöpfen verschiedene Kräuter. Nash roch … er war sich nicht sicher … Salbei vielleicht … und Oregano. Und Lavendel. Auf jeden Fall duftete es angenehm.

Morgana nahm zwei durchsichtige Kelche von dem Regal über der Spüle. „Setzen Sie sich. Ich kann Ihnen zwar nicht sehr viel Zeit widmen, aber zumindest können Sie es sich gemütlich machen." Sie nahm eine Flasche mit einem langen Hals aus dem Kühlschrank und füllte die Gläser mit einer goldenen Flüssigkeit.

„Kein Etikett?"

„Es ist mein eigenes Rezept." Lächelnd nippte sie an ihrem Kelch. „Keine Angst, es ist kein einziges Molchauge drin."

Eigentlich hatte er lachen sollen, aber die Art, wie sie ihn über den Rand ihres Glases hinweg musterte, machte ihn irgendwie unruhig. Aber er hatte noch nie eine Herausforderung abgelehnt. Also trank er einen Schluck. Der Wein war kühl, nur leicht süß und ungemein samtig. „Schmeckt gut."

„Danke." Sie nahm auf dem anderen Stuhl Platz. „Ich habe noch nicht entschieden, ob ich Ihnen helfen werde oder nicht. Aber Ihr Handwerk interessiert mich, vor allem, da Sie doch jetzt vorhaben, meines als Thema zu bearbeiten."

„Sie mögen also Filme, Morgana." Das war immerhin ein erster Schritt.

„Unter anderem. Mir gefallen die verschiedenen Ausdrucksmöglichkeiten menschlicher Vorstellungskraft."

„Dann …"

„Aber", unterbrach sie ihn, „ich bin mir nicht sicher, ob ich meine persönliche Geschichte in Hollywood sehen will."

„Darüber können wir ja reden." Er lächelte, und erneut überkam sie das Gefühl, dass er eine Energie ausstrahlte, die man nicht außer Acht lassen durfte. Während sie noch darüber nachdachte, sprang Luna auf den Tisch. Nash bemerkte, dass die Katze einen runden Kristall an einem Halsband trug. „Sehen Sie, Morgana, ich maße mir hier kein Urteil an. Ich will nicht die Welt verändern, ich will nur einen Film machen."

„Warum ausgerechnet Horror und Okkultismus?"

„Warum?" Er zuckte die Schultern. Er fühlte sich nie wohl dabei, wenn die Leute ihn aufforderten, es zu analysieren. „Ich weiß es nicht. Vielleicht weil ich will, dass die Leute den lausigen Tag im Büro vergessen, sobald sie den ersten Schreckensschrei gehört haben." Seine Augen funkelten humorvoll. „Oder vielleicht deshalb, weil ich zum ersten Mal bei einem Mädchen weitergekommen bin, als sie mir bei Carpenters ‚Halloween' im Kino fast auf den Schoß kroch."

Morgana nahm noch einen Schluck Wein und überlegte. Vielleicht, aber auch nur vielleicht, lag hinter dieser selbstzufriedenen Fassade doch eine empfindsame Seele. Talent war da ganz sicher, und auch ein gewisser Charme war nicht zu leugnen. Es störte sie, dass sie sich … irgendwie gedrängt fühlte. Dazu gedrängt zuzustimmen.

Nun, sie würde genau das tun, was sie wollte. Und wenn sie Nein sagte, dann hieß das auch Nein. Aber erst würde sie das noch genauer ausloten.

„Erzählen Sie mir etwas von Ihrer Story."

Nash witterte seine Chance und legte los. „Ich habe noch keine Story. Keine richtige zumindest. Und genau da kommen Sie ins Bild. Ich habe gern eine fundierte Basis. Natürlich kann ich viele Informationen aus Büchern bekommen", er hob seine Hände, „und ich habe auch schon einiges gesammelt, schließlich überschneiden sich viele Gebiete des Okkulten. Aber ich will den persönlichen Blickwinkel. Ich will wissen, wie Sie zur Magie, zur Hexerei gekommen sind. Nehmen Sie an Zeremonien teil? Welche Insignien bevorzugen Sie?"

Morgana strich nachdenklich mit dem Finger über den Rand ihres Kelches. „Ich fürchte, Sie beginnen mit einem falschen Eindruck. Bei Ihnen hört sich das so an, als wäre ich einem Verein beigetreten."

„Bund, Club, Verein … eine Gruppe Gleichgesinnter."

„Ich gehöre keinem Bund an. Ich ziehe es vor, allein zu arbeiten."

Interessiert beugte er sich vor. „Und wieso?"

„Es gibt Gruppen, die ernst zu nehmen sind, andere sind es nicht. Dann gibt es auch noch solche, die sich an Dingen versuchen, die besser unter Verschluss gehalten werden sollten."

„Schwarze Magie."

„Nennen Sie es, wie Sie wollen."

„Und Sie sind eine gute, eine weiße Hexe."

„Sie lieben es, alles zu etikettieren, nicht wahr?" Mit einer ungeduldigen Bewegung nahm sie ihr Weinglas auf. Es machte ihr nichts aus, über ihre Kräfte zu reden, aber sie erwartete, dass man ihr mit Respekt begegnete. „Wir alle werden mit bestimmten Kräften geboren, Nash. Ihr Talent ist es, unterhaltsame Geschichten zu erzählen. Und auf Frauen zu wirken." Sie lächelte leicht. „Ich bin sicher, Sie wissen um diese Kräfte und benutzen sie. So wie ich meine einsetze."

„Was sind Ihre Kräfte?"

Sie ließ sich Zeit. Setzte das Glas ab, blickte auf und sah ihm direkt in die Augen. Unter diesem Blick kam er sich vor wie ein Trottel, weil er überhaupt gefragt hatte. Da war sie, die Macht – eine Macht, die einen Mann in die Knie zwingen konnte.

„Sie würden gern eine kleine Demonstration sehen, nicht wahr?" Ein leichter Anflug von Ungeduld lag in ihrer Stimme.

Er schaffte es irgendwie, Luft zu holen und das abzuschütteln, was ihn überkommen hatte. Eine Art Trance – wenn er denn an so etwas wie Trance glauben würde. „Mit Vergnügen." Es konnte sein, dass er sich hier auf dünnes Eis begab, aber ihn ritt der Teufel.

Ärger trieb einen Hauch Rot in ihr Gesicht, dass ihre Wangen schimmerten wie ein Pfirsich. „Was hatten Sie sich denn vorgestellt? Blitze, die aus Fingern schießen? Soll ich den Wind beschwören oder den Mond vom Himmel fallen lassen?"

„Die Entscheidung überlasse ich ganz Ihnen."

Der Mann hat wirklich Nerven! dachte sie, als sie sich erhob. Die Kraft rauschte heiß durch ihre Adern. Es würde ihm nur recht geschehen, wenn sie …

„Morgana."

Sie wirbelte herum, Zorn versprühend. Mit Mühe zwang sie sich dazu, sich zu entspannen.

„Ana."

Nash hätte nicht sagen können, weshalb er das Gefühl hatte, gerade ganz knapp einer Katastrophe entkommen zu sein. Er wusste nur, dass er für einen Moment so von Morgana gefangen gewesen war, dass er noch nicht einmal ein Erdbeben bemerkt hätte. Sie hatte ihn in ihren Bann gezogen, und jetzt konnte er nur ein wenig benommen auf die schlanke blonde Frau starren, die in der Tür aufgetaucht war.

Sie war sehr hübsch und, obwohl einen Kopf kleiner als Morgana, strahlte sie eine seltsame, ruhige Kraft aus. Ihre Augen waren von einem sanften Grau, ihr Blick lag jetzt unverwandt auf Morgana. Sie trug einen Karton unter dem Arm, voll mit blühenden Kräuterpflanzen.

„Du hattest das Schild nicht aufgehängt, deshalb bin ich vorne reingekommen."

„Lass mich dir den Karton abnehmen." Die beiden Frauen tauschten Botschaften aus, Nash wusste es, auch

35

ohne ein Wort zu hören. „Ana, das ist Nash Kirkland. Nash, meine Cousine Anastasia."

„Entschuldigt, wenn ich euch störe." Ihre Stimme war ebenso sanft und beruhigend wie ihr Blick.

„Nein, du störst nicht", sagte Morgana, während Nash sich erhob. „Wir sind sowieso fertig."

„Wir haben gerade angefangen", verbesserte er. „Aber wir können später weitermachen. War nett, Sie kennen zu lernen", sagte er zu Anastasia. Dann lächelte er Morgana an und steckte ihr eine Haarsträhne hinters Ohr. „Bis zum nächsten Mal also."

Morgana nahm einen der kleinen Töpfe aus dem Karton. „Ein Geschenk." Sie versah ihn mit ihrem nettesten Lächeln und dem Topf. „Wicken. Sie symbolisieren den Aufbruch."

Er konnte nicht widerstehen. Er beugte sich über den Karton hinweg zu Morgana und berührte flüchtig mit den Lippen ihren Mund. „Einfach nur so." Damit ging er hinaus.

Und entgegen aller Vorsätze musste Morgana lächeln.

Anastasia ließ sich mit einem Seufzer auf einem Stuhl nieder. „Willst du darüber reden?"

„Da gibt es nichts zu reden. Er ist ein charmantes Ärgernis. Ein Autor, mit den stereotypen Ansichten über Hexen."

„Ah, der Nash Kirkland also." Anastasia griff nach Morganas Kelch und trank einen Schluck Wein. „Der, der diesen blutrünstigen Film gemacht hat, in den du und Sebastian mich geschleift haben." Diesen Film, nach dem ich tagelang nicht richtig schlaffen konnte.

„Eigentlich war ja der Film doch ziemlich intelligent gemacht."

„Hm." Anastasia nahm noch einen Schluck. „Und blutrünstig. Aber du hattest ja schon immer eine Vorliebe für so was."

„Das Studium des Bösen ist eine unterhaltsame Art, das Gute zu bestätigen." Morgana runzelte die Stirn. „Leider muss ich zugeben, dass Nash Kirkland dabei ausgezeichnete Arbeit leistet."

„Mag sein. Ich sehe mir trotzdem lieber die Marx Brothers an." Anastasia stand auf und begutachtete die Kräuter auf der Fensterbank. „Die Spannung war nicht zu ignorieren. Du sahst aus, als wolltest du ihn jeden Moment in eine hässliche Kröte verwandeln."

Die Vorstellung amüsierte Morgana. „Die Versuchung war groß. Seine Selbstgefälligkeit hat mich gereizt."

„Du lässt dich viel zu leicht reizen. Hattest du nicht gesagt, du würdest an deiner Selbstbeherrschung arbeiten?"

Mit einer tiefen Falte auf der Stirn nahm Morgana Nashs Glas hoch. „Er ist doch heil und auf zwei Beinen hier herausgegangen, oder nicht?" Sie nippte an dem Glas und merkte sofort, dass es ein Fehler gewesen war. Er hatte zu viel von sich selbst in diesem Wein zurückgelassen.

Ein mächtiger Mann, dachte sie und stellte den Kelch wieder ab. Trotz des charmanten Lächelns und des lässigen Auftretens.

Sie wünschte, sie hätte die Blumen, die sie ihm gegeben hatte, mit einem Spruch belegt, aber dann verwarf sie den Gedanken sofort wieder. Vielleicht trieb sie irgendetwas zueinander, aber sie würde damit umgehen. Damit und mit Nash Kirkland, und zwar ohne Magie.

2. KAPITEL

*S*chon immer hatte Morgana die ruhigen Sonntagnachmittage genossen. Das war ihr Tag, um sich zu verwöhnen. Vom ersten Atemzug an hatte sie den Wert des Verwöhnens geschätzt. Nicht, dass sie Arbeit mied. Sie hatte viel Zeit und Mühe in ihren Laden investiert, damit alles glatt und auch Gewinn bringend lief – und zwar ohne ihre besonderen Fähigkeiten einzusetzen. Aber sie war der festen Überzeugung, dass man nach anstrengender Arbeit ein unverbrüchliches Recht auf Entspannung hatte.

Im Gegensatz zu den meisten Geschäftsinhabern zerbrach Morgana sich nicht den Kopf über Buchhaltung, Inventar und Umsatzzahlen. Sie tat einfach das, was sie für nötig hielt, und stellte sicher, dass sie es auch richtig und gut tat. Sobald die Ladentür hinter ihr zufiel, und sei es auch nur für eine kurze Lunchpause, vergaß sie jeden Gedanken an Arbeit. Es erstaunte sie immer wieder, dass es Menschen gab, die an einem wunderbaren, sonnigen Tag in einem Zimmer saßen und über Zahlen brüteten. Dafür hatte sie einen Buchhalter.

Eine Haushälterin hatte sie nicht. Weil es ihr nicht behagte, wenn jemand in ihren persönlichen Sachen herumschnüffelte. Sie, und nur sie allein, kümmerte sich um diese Dinge. Ihr Garten war riesig, und wenn sie auch nicht den gleichen fantastischen grünen Daumen wie Cousine Anastasia hatte, so pflegte sie alle Pflanzen doch selbst. Sie fand den Zyklus von Pflanzen, Gießen, Unkrautjäten und Ernten erfüllend.

Sie kniete gerade in einem Beet, in dem Kräuter und Frühlingsblumen im hellen Sonnenlicht gediehen. Ein Hauch von Rosmarin und Anis, von Hyazinthen und Jasmin lag in der Luft. Musik drang durch die offenen Fenster des Hauses herüber, der helle Flötenklang eines traditionellen irischen Volksliedes, in den sich das Gurgeln und Rauschen eines kleinen Wasserfalls mischte, der über den Felsen knapp hundert Meter hinter ihr fiel.

Es war einer dieser wunderbaren, perfekten Tage, mit einem hellblauen Himmel, einer strahlenden Sonne und einer leichten Frühlingsbrise, die den Duft des Wassers und die Aromen der Wildblumen mit sich trug. Hinter der niedrigen Mauer und der schützenden Baumreihe, die ihr Grundstück umgaben, konnte Morgana ab und zu ein vorbeifahrendes Auto hören.

Luna lag nicht weit entfernt in der Sonne, die Augen zu schmalen Schlitzen zusammengezogen. Ihre Schwanzspitze zuckte, wenn ein Vogel in Sichtweite kam. Wäre Morgana nicht hier, hätte sie sich vielleicht einen kleinen Imbiss ergattert. Trotz ihres Umfangs war sie schnell wie ein Blitz. Aber ihre Herrin hatte strenge Ansichten über derartige Angewohnheiten.

Als der Hund angelaufen kam und seinen Kopf in Morganas Schoß legte, gab Luna einen abfälligen Ton von sich und schloss die Augen ganz. Hunde hatten eben keinen Stolz.

Mit sich und der Welt zufrieden, kraulte Morgana dem Hund das Fell und betrachtete ihr Kräuterbeet. Vielleicht würde sie ein paar Halme und Stiele ernten. Ihr ging das Engelwurz-Balsam aus, und vom Ysop-Puder hatte sie auch nicht mehr viel vorrätig. Heute Nacht, beschloss sie. Wenn der Mond schien. Solche Dinge tat man am besten im Mondlicht.

Aber vorerst würde sie einfach nur die Sonne genießen, die Wärme auf der Haut fühlen. Wann immer sie hier saß, fühlte sie die Schönheit dieses Ortes. Ihres Geburtsortes. Sie war durch viele Länder gereist, hatte viele magische Plätze besucht, aber hier war es, wo sie hingehörte.

Denn hier würde sie Liebe finden und Kinder gebären. Dieses Wissen besaß sie schon seit langem. Aber das würde noch warten können. Morgana schloss die Augen. Sie war zufrieden mit ihrem Leben, so wie es war. Und wenn der richtige Zeitpunkt gekommen war, um andere Wege einzuschlagen, dann würde sie die Zügel in der Hand behalten, dazu war sie fest entschlossen.

Als der Hund aufsprang und ein leises Knurren hören ließ, brauchte Morgana sich nicht umzudrehen. Sie hatte gewusst, dass er kommen würde. Dazu hatte sie keine Kristallkugel und keinen Zauberspiegel nötig. Sie musste auch kein Seher sein – das war mehr das Gebiet ihres Cousins Sebastian. Nein, es reichte völlig aus, Frau zu sein, um Gewissheit zu haben.

Sie saß lächelnd da, während der Hund drohend bellte. Sie würde abwarten, wie Nash Kirkland mit dieser Situation fertig wurde. Mal sehen, ob Nash so souverän und selbstgefällig tun würde wie bisher.

Wie reagierte ein Mann am besten, wenn die Frau, die er besuchen wollte, bewacht wurde von einem … er war sicher, dass es sich nicht um einen Wolf handelte, aber dieses Tier sah wirklich aus wie einer. Außerdem war er überzeugt, dass dieses kräftige silberfarbene Vieh ihm auf den kleinsten Wink seiner Herrin an die Kehle springen würde.

Nash räusperte sich und zuckte erschreckt zusammen, als etwas um seine Beine strich. Luna. Nun, immerhin einer hatte beschlossen, ihn freundlich zu empfangen. „Schöner Hund, den Sie da haben", setzte er vorsichtig an. „Ein schöner, großer Hund."

Sie ließ sich dazu herab, ihn über die Schulter anzuschauen. „Eine kleine Sonntagsspazierfahrt?"

„So ungefähr."

Der Hund hatte zu bellen aufgehört und ließ ein tiefes, gefährliches Knurren hören. Nash fühlte einen einzelnen Schweißtropfen über seinen Rücken rinnen, als das riesige Muskelpaket mit dem Furcht einflößenden, gebleckten Gebiss auf ihn zukam und an seinen Schuhen schnüffelte. „Ich … äh …"

Dann hob der Hund den Kopf, und Nash sah in ein Paar dunkelblauer Augen, die wie Edelsteine in dem silbernen Fell glänzten. „Gott, bist du eine Schönheit", entfuhr es ihm unwillkürlich. Er hielt dem Tier die Hand hin und hoffte inständig, dass der Hund sie ihn behalten lassen würde. Sie wurde ausgiebig beschnüffelt und dann kurz geleckt.

Mit geschürzten Lippen hatte Morgana die Szene beobachtet. Pan würde keiner Fliege etwas zu Leide tun, aber er war auch nicht gerade dafür bekannt, dass er sich so schnell mit jemandem anfreundete. „Sie können gut mit Tieren umgehen, wie ich sehe."

Nash hatte sich bereits vorgebeugt, um dem großen Tier kräftig das Fell zu kraulen. Als Kind hatte er sich immer einen Hund gewünscht. Es überraschte ihn, dass diese Sehnsucht eines kleinen Jungen nie ganz versiegt war. „Tiere spüren eben sofort, dass ich im Grunde meines Herzens immer noch ein kleiner Junge bin. Was für eine Rasse ist das?"

„Pan?" Ihr Lächeln war geheimnisvoll. „Sagen wir einfach, er ist ein Donovan. Was kann ich für Sie tun, Nash?"

Er sah zu ihr hin. Sie saß im Sonnenlicht, das lange Haar unter einem breitkrempigen Strohhut versteckt. Ihre Jeans saßen eng, das T-Shirt war viel zu weit. Da sie bei der Gartenarbeit nie Handschuhe trug, waren ihre Hände mit schwarzer Erde verkrustet. Sie war barfuß. Himmel, er wäre nie auf den Gedanken gekommen, dass bloße Füße sexy sein könnten. Bis zu diesem Moment.

„Außer zuzulassen, dass Sie mich anstarren." Sie sagte es leichthin, amüsiert, und er grinste entschuldigend.

„Sorry, ich habe meinen Gedanken einfach freien Lauf gelassen."

Sie sah es nicht als Beleidigung an, wenn man sie begehrenswert fand. „Fangen Sie doch einfach damit an, wie Sie mich gefunden haben."

„Das war nun wirklich nicht schwierig. Immerhin haben Sie einen gewissen Ruf." Er kam zu ihr und setzte sich zu ihr ins Gras. „Ich bin zum Dinner in das Restaurant neben Ihrem Laden gegangen und habe ein Gespräch mit der Kellnerin angefangen."

„Das glaube ich Ihnen sofort."

Er griff nach dem Amulett, das sie trug, und besah es sich genauer. Ein interessantes Stück, ein Halbmond mit einer Inschrift in … Griechisch? Arabisch? Er war kein Gelehrter. „Nun, auf jeden Fall war sie eine wahre Quelle an Informationen. Gleichzeitig fasziniert und eingeschüchtert. Wirken Sie eigentlich auf viele Leute so?"

„Auf fast alle." Und mittlerweile fand sie es sehr vergnüglich. „Hat sie Ihnen erzählt, dass ich bei Vollmond auf meinem Besenstiel durch die Lüfte reite?"

„So ähnlich." Er ließ das Amulett aus den Fingern gleiten. „Ich finde es immer wieder interessant, welche Faszination das Übernatürliche auf normal intelligente Leute ausübt."

„Verdienen Sie sich nicht genau damit Ihren Lebensunterhalt, Nash?"

„Stimmt. Und da wir schon beim Thema sind … Ich glaube, Sie und ich haben auf dem falschen Fuß angefangen. Was halten Sie von einem sauberen Schnitt und einem Neuanfang?"

Es war schwer, einem attraktiven Mann an einem sonnigen Tag böse zu sein. „Nun, was schlagen Sie mir denn jetzt vor?" Etwa eine Versöhnungsszene auf der grünen Wiese?

Er hielt es für angebrachter, das Gespräch sozusagen durch die Hintertür auf das Thema zu bringen, das ihn interessierte. „Sie kennen sich gut mit Blumen und Pflanzen aus, nicht wahr?"

„Etwas." Sie setzte Zitronenmelisse aus einem Topf in die Erde.

„Vielleicht könnten Sie mir sagen, was bei mir alles wächst und was ich noch dazusetzen sollte."

„Heuern Sie eine Gartenbaufirma an." Sie entspannte sich und lächelte. „Ich kann es mir ja mal ansehen."

„Das wäre nett." Er wischte ihr einen Schmutzfleck vom Kinn. „Morgana, Sie könnten mir wirklich sehr bei meinem Drehbuch helfen. Sich Informationen aus Büchern zu holen ist kein Problem – das kann jeder. Aber ich suche nach einem anderen Ansatz, nach etwas Persönlicherem. Und ich …"

„Was ist?"

„Sie haben Sterne in den Augen", murmelte er. „Kleine goldene Sterne … wie Sonnenschein auf einem nachtblauen Meer. Aber es ist unmöglich, Sonnenstrahlen um Mitternacht gleichzeitig zu sehen."

„Man kann alles, wenn man weiß, wie es geht." Diese unglaublichen, schönen Augen hielten seinen Blick gefangen. Er hätte ihn nicht abwenden können, und wenn es ihn seine Seele gekostet hätte. „Sagen Sie mir, was Sie wollen, Nash."

„Ich will den Leuten ein paar vergnügliche Stunden bereiten. Wissen, dass sie alle Probleme, die Realität, den Alltag, einfach alles für zwei Stunden abschütteln können, wenn sie in meine Welt treten. Eine gute Story ist wie eine Tür, durch die man gehen kann, wann immer man das Bedürfnis hat. Und wenn sie einmal dir gehört hat, wird sie dir immer gehören."

Er hielt inne, verlegen und verwirrt. Dieses Philosophieren war überhaupt nicht seine Art, es passte nicht zu dem Image des lässigen Drehbuchautors. Er hatte gewieften Interviewern gegenübergesessen, die ihn stundenlang mit Fragen bombardiert hatten, ohne dass er je eine so simple und ehrliche Antwort gegeben hätte.

„Und natürlich will ich so viel Geld wie möglich verdienen", setzte er gelassen hinzu, aber das selbstzufriedene Grinsen wollte nicht so recht gelingen.

„Ich sehe nicht ein, warum das eine das andere ausschließen sollte. In meiner Familie hat es über viele Generationen immer sehr begabte Geschichtenerzähler gegeben, bis hin zu meiner Mutter. Wir wissen um den Wert von Geschichten."

Vielleicht war das der Grund, weshalb sie ihn nicht von Anfang an abgelehnt hatte. Sie respektierte das, was er tat. Denn es lag auch ihr im Blut.

„Also gut." Als sie sich vorbeugte, fühlte er es wie einen Schlag in den Magen, etwas, das weit über ihre Schönheit hinausging. „Falls ich mich dazu entschließe, Ihnen zu helfen, werde ich es Ihnen verbieten, den kleinsten

gemeinsamen Nenner zu suchen. Es wird keine buckelige, zahnlose Alte geben, die kichernd ihren Hexentrank
braut."

Er lächelte. „Versuchen Sie es."

„Seien Sie vorsichtig damit, wen und was Sie herausfor-
dern, Nash", murmelte sie. „Kommen Sie mit ins Haus",
sagte sie und erhob sich. „Ich habe Durst."

Da er nicht mehr befürchtete, dass ihr Wachhund ihn
zerfleischen würde, nahm er sich Zeit, um ihr Haus zu
bewundern. Natürlich hatte er gewusst, dass die Häuser
entlang der Monterey Halbinsel alle einzigartig waren.
Schließlich hatte er selbst eines gekauft. Aber Morgana
hatte ihrem Heim eine ganz besondere Note verliehen.

Ein dreigeschossiges Haus aus Stein, mit Türmchen
und Zinnen, passend für eine Hexe, dachte er. Aber weder war es düster noch unheimlich. Hohe Fenster ließen
das Sonnenlicht herein, an den Wänden rankten sich blü-
hende Pflanzen empor bis zu den schmiedeeisernen Bal-
kongittern. Elfen und Nixen waren in die Fassade gemeißelt, Fantasiefiguren dienten als Wasserspeier auf dem
Dach.

Innen, Nacht. Im höchsten Turm des alten Hauses am
Meer sitzt eine wunderschöne junge Hexe in einem Kreis
aus Kerzen. Im Raum ist es dämmrig, das Licht der Kerzen wirft flackernde Schatten auf die Gesichter der Statuen. Überall silberne Kelche, eine klare Kristallkugel.
Die Hexe trägt ein zartes weißes Gewand, offen bis zur
Hüfte. Ein Amulett schwingt zwischen ihren Brüsten. Ein

tiefes Summen erfüllt den Raum, während die Hexe zwei Fotografien hoch in die Luft hält.

Die Kerzen flackern auf, als ein Wind anhebt. Die Hexe murmelt vor sich hin, setzt zu einem Singsang an. Uralte Worte, tief in der Kehle gesprochen. Sie hält die Fotos an die Flamme …

Nein, streichen.

Sie … ja, sie benetzt die beiden Fotos mit einer leuchtenden Flüssigkeit aus einer blauen Schale. Rauch steigt zischend auf. Das Summen wird lauter, intensiver. Die Hexe wiegt sich im Takt, während sie die Fotos mit den Vorderseiten aufeinander in eine silberne Schale legt. Ein geheimnisvolles Lächeln umspielt ihre Lippen, als die beiden Fotos miteinander verschmelzen …

Ausblenden.

Ja, die Szene gefiel ihm. Aber sicher konnte sie noch einige Details hinzufügen, ein bisschen mehr Farbe hineinbringen.

Morgana war zufrieden, dass er schwieg. Sie führte ihn um das Haus herum und zu einer Terrasse, die wie ein Pentagramm angelegt war. Am höchsten Punkt der Terrasse stand die Bronzestatue einer Frau. In einem kleinen Springbrunnen zu ihren Füßen gurgelte Wasser.

„Wer ist sie?" fragte Nash.

„Sie hat viele Namen." Morgana nahm eine Schöpfkelle, trank von dem klaren Wasser und goss den Rest zu Füßen der Göttin auf die Erde. Ohne ein weiteres Wort überquerte sie die Terrasse und trat in eine helle, blitzsaubere Küche. Sie blieb in der Mitte des Raumes stehen und fragte unvermittelt: „Glauben Sie an einen Schöpfer?"

Die Frage überraschte ihn. „Ja, ich denke schon." Er folgte ihr unruhig. „Diese …Ihre Zauberkräfte … ist das eine religiöse Angelegenheit?"

Lächelnd griff sie nach einer Karaffe mit Limonade. „Das Leben an sich ist eine religiöse Angelegenheit. Aber keine Sorge, Nash", sie füllte zwei Gläser, „ich beabsichtigte nicht, Sie zu missionieren." Sie ließ Eiswürfel in die Gläser fallen. „Sie sollten sich bei dem Gedanken nicht so unwohl fühlen. Ihre Geschichten handeln alle von Gut und Böse. Und die Menschen treffen ihre Wahl."

„Und Sie? Haben Sie Ihre Wahl getroffen?"

Sie reichte ihm eines der Gläser, drehte sich um und ging unter einem Bogen zur Küche hinaus. „Man könnte sagen, ich versuche meine weniger sympathischen Eigenschaften unter Kontrolle zu halten." Sie warf ihm einen Blick über die Schulter zu. „Leider funktioniert es nicht immer."

Während sie sprach, führte sie ihn einen breiten Korridor entlang. Die Wände waren mit ausgeblichenen Wandteppichen behangen, die Szenen aus Mythen und Sagen darstellten.

Sie entschied sich für den Raum, den ihre Großmutter immer das „Zeichenzimmer" genannt hatte. Die Wände waren in einem warmen Rosa gehalten, der antike Teppich, der auf dem Boden aus breiten Kastaniendielen lag, griff den Farbton auf. In dem großen offenen Kamin lagen säuberlich gestapelte Scheite, vorbereitet für ein warmes Feuer, wenn der Frühlingsabend kühler wurde.

Doch im Moment spielte eine laue Brise mit den langen Vorhängen der Verandatür und brachte die Düfte und Aromen des Gartens ins Haus.

Wie in ihrem Laden, so fanden sich auch hier überall Kristalle und Skulpturen. Zauberer aus Zinn, Elfen aus Bronze, Drachen aus Porzellan.

„Hübsch." Er strich mit den Fingerspitzen über die Saiten einer goldenen Laute und entlockte ihr damit einen warmen, sanften Ton. „Spielen Sie?"

„Wenn mir danach ist." Sie sah ihm belustigt zu, wie er den Raum unter die Lupe nahm. Seine ehrliche Neugier schmeichelte ihr. Er hob einen silbernen Kelch auf und roch daran. „Das riecht wie …"

„Höllenschwefel?" schlug sie vor und warf ihm einen amüsierten Blick zu.

Er setzte den Kelch wieder ab und nahm einen dünnen Amethyststab mit eingearbeiteten Silberornamenten zur Hand. „Ein Zauberstab?"

„Natürlich, was sonst. Überlegen Sie gut, was Sie sich wünschen." Sie nahm ihm den Stab vorsichtig aus den Händen.

Er zuckte nur die Schultern und drehte sich um, wodurch ihm entging, wie der Stab zu glühen begann, als Morgana ihn berührte und weglegte. „Ich habe selbst eine Menge solcher Sachen gesammelt. Vielleicht wollen Sie es sich ja mal ansehen." Er beugte sich über eine Glaskugel und sah nur sein eigenes Spiegelbild. „Gerade letzte Woche habe ich auf einer Auktion eine Schamanenmaske erstanden und einen – wie nennt man es noch? – Zauberspiegel. Sieht ganz so aus, als hätten wir doch einige Dinge gemeinsam."

„Den gleichen Geschmack in Kunstgegenständen."

„Und in Literatur." Er las die Buchrücken auf dem Regal. „Lovecraft, Bradbury, Stephen King, Hunter Brown … He, ist das etwa …?" Er zog ein Buch heraus und schlug es ehrfürchtig auf. „Die Erstausgabe von Bram Stokers ,Dracula'." Er sah zu ihr hinüber. „Wenn ich Ihnen meinen rechten Arm biete, würden Sie es mir überlassen?"

„Vielleicht komme ich auf Ihr Angebot zurück."

„Ich habe mir immer gewünscht, dass er ,Midnight Blood' gutheißen würde." Während er das Buch zurück ins Regal stellte, fiel sein Blick auf ein anderes. „,Die vier goldenen Bälle' und ,Der Elfenkönig'." Er fuhr mit dem Finger über den schmalen Buchrücken. „,Rufe den Wind'. Sie haben die gesamte Werkausgabe." Neid regte sich in ihm. „Und als Erstveröffentlichung."

„Sie lesen Bryna?"

„Soll das ein Witz sein?" Ihm war, als würde er einen alten Freund wiedersehen. Er musste es berühren, studieren, ja, sogar riechen. „Ich habe alles von ihr gelesen, mindestens ein Dutzend Mal. Jeder, der behauptet, das seien Geschichten für Kinder, weiß nicht, wovon er redet. Da werden Poesie und Magie und moralische Wertvorstellungen auf einzigartige Weise miteinander verwoben.

Und die Illustrationen sind einfach hinreißend. Ich würde alles dafür geben, um ein Original zu bekommen, aber sie verkauft nicht."

Interessiert neigte Morgana den Kopf. „Haben Sie denn gefragt?"

„Gefragt? Ich habe ihren Agenten regelrecht angefleht, immer wieder. Leider ohne den geringsten Erfolg. Sie lebt irgendwo in Irland in einem alten Schloss. Wahrscheinlich beklebt sie das alte Gemäuer mit ihren Zeichnungen. Ich wünschte …" Er brach ab, als Morgana leise lachte.

„Um genau zu sein, sie bewahrt sie in einem dicken Ordner auf. Für die Enkelkinder, die sie sich wünscht."

„Donovan." Es dämmerte Nash. „Bryna Donovan. Sie ist Ihre Mutter."

„Ja, und sie wird begeistert sein zu hören, wie sehr Ihnen ihre Arbeit gefällt." Sie hob ihr Glas. „Von Geschichtenerzähler zu Geschichtenerzähler. Meine Eltern haben immer wieder hier in diesem Haus gelebt. Meine Mutter hat ihr erstes veröffentlichtes Buch hier geschrieben, während sie mit mir schwanger war. Sie behauptet steif und fest, ich hätte darauf bestanden, dass sie die Geschichte niederschreibt."

„Glaubt Ihre Mutter, dass Sie eine Hexe sind?"

„Das sollten Sie sie selbst fragen, wenn Sie die Gelegenheit dazu haben."

„Sie weichen mir schon wieder aus." Er schlenderte zur Couch und ließ sich neben ihr nieder. Es war unmöglich, sich nicht wohl zu fühlen in der Gesellschaft einer Frau, die die gleichen Dinge liebte wie er. „Drücken wir es mal anders aus. Hat Ihre Familie Probleme mit Ihren Interessen?"

Es gefiel ihr, dass er so entspannt war. Die langen Beine ausgestreckt, der Körper völlig gelöst, so als würde er sich hier ganz zu Hause fühlen. „Meine Familie hat immer die Notwendigkeit akzeptiert und verstanden, dass man seine Energie auf ein individuelles Ziel richten muss. Hatten Ihre Eltern Schwierigkeiten mit Ihren Interessen?"

„Ich habe sie nie gekannt. Meine Eltern."

„Das tut mir Leid." Das spöttische Funkeln in ihren Augen verschwand und machte augenblicklich ehrlichem Mitgefühl Platz. Ihre Familie war immer der Mittelpunkt ihres Lebens gewesen. Sie konnte sich nicht vorstellen, ohne sie zu leben.

„War nicht weiter schlimm." Aber er stand auf, unruhig geworden, auch durch die tröstende Hand, die sie ihm auf die Schulter gelegt hatte. Er hatte einen weiten Weg zurückgelegt, zu weit, als dass er Mitleid brauchen konnte. „Mich interessiert die Reaktion Ihrer Familie. Ich meine, wie fühlen sich Eltern, wenn sie herausfinden, dass ihr Kind Zaubersprüche murmelt? Haben Sie schon als Kind mit dem Zauberstab herumgefuchtelt?"

Das Mitgefühl löste sich schlagartig auf. „Herumgefuchtelt?" wiederholte sie mit zusammengekniffenen Augen.

„Ich überlege, ob ich einen Prolog vorschieben soll.

Wie die Hauptperson zur Zauberei gekommen ist. Ihre geheimnisvollen Wurzeln und Kräfte – so in dem Stil."

Er marschierte im Raum auf und ab, ohne recht auf sie zu achten. Er lief immer auf und ab, wenn er nachdachte, nahm Eindrücke und Ansichten in sich auf. „Vielleicht wird sie ja ständig von dem Nachbarsjungen gehänselt, und dann verwandelt sie ihn in eine Kröte." Er war so in seine Gedanken verstrickt, dass er nicht bemerkte, wie Morganas Miene hart wurde. „Oder vielleicht begegnet sie einer geheimnisvollen Frau, die ihr diese Kräfte verleiht. Ja, ich denke, das gefällt mir." Er spielte mit Ideen, verschiedenen Fäden, die zu einem Ganzen verwebt werden könnten. „Ich bin mir nur noch nicht sicher, von welcher Warte aus ich es angehen will. Am besten ist es wohl, wenn Sie mir alles von Anfang an erzählen, wie Sie dazu gekommen sind, was Sie dazu bewogen hat. Vielleicht auch, dass Sie ein Buch gelesen haben – was auch immer. Und dann kann ich es so hindrehen, dass daraus eine Story wird."

Sie würde sich wirklich zusammenreißen müssen. Als sie sprach, klang ihre Stimme sehr sanft. Etwas schwang darin mit, das ihn genau in der Mitte des Teppichs stehen bleiben ließ. „Ich wurde mit Elfenblut geboren. Ich bin eine Hexe aus altem Geschlecht, dessen Ursprung bis zu Finn, dem Kelten, zurückreicht. Meine Kräfte sind ein Geschenk, das von Generation zu Generation weitervererbt wird. Wenn ich einen würdigen Mann finde, werden wir Kinder haben, und diese Kinder werden die Kräfte von mir erben."

Er nickte beeindruckt. „Das ist toll." Na schön, sie wollte also nicht mit der Wahrheit herausrücken. Auch gut. Er würde mitmachen. Diese Idee mit dem Elfenblut hatte Potenzial. Großes Potenzial. „Und wann ist Ihnen zum ersten Mal klar geworden, dass Sie eine Hexe sind?"

Sein leicht spöttischer Ton versetzte ihrem eisern unter Kontrolle gehaltenen Temperament einen Hieb. Der Raum bebte, während sie sich zu zügeln versuchte. Nash riss sie von Sofa hoch und zog sie unter den Türrahmen, so schnell, dass ihr keine Zeit blieb, sich zu wehren. Das Beben stoppte.

„Nur eine kleine Erschütterung", sagte er, hielt sie aber noch immer fest in seinen Armen. „Während des letzten großen Erdbebens war ich in San Francisco." Weil er sich wie ein Idiot vorkam, setzte er ein zerknirschtes Lächeln auf. „Seither kann ich bei keinem noch so kleinen Beben ruhig bleiben."

So, er hielt das also für ein natürliches Erdbeben. Umso besser. Denn es gab absolut keinen Grund, die Beherrschung zu verlieren oder zu erwarten, dass er ihr glaubte. Und es war irgendwie süß, wie er losgestürzt war, um sie zu beschützen. „Sie könnten ja auch in den Mittleren Westen ziehen."

„Da gibt's Tornados." Da er nun schon mal hier war und sie in den Armen hielt, konnte er die Situation genauso gut genießen. Er strich mit der Hand über ihren Rücken, und es gefiel ihm, dass sie sich dieser Berührung entgegenwölbte. Wie eine Katze.

Morgana legte den Kopf zurück. Ärger und Wut waren Zeitverschwendung, wenn ihr Herz mit solcher Heftigkeit reagierte. Vielleicht war es unvernünftig, einander so in Versuchung zu führen. Aber Vernunft war eben nicht alles. „Die Ostküste?"

„Schneestürme." Er zog sie enger an sich heran. Für einen kurzen Augenblick nahm er wahr, wie perfekt ihre Körper zueinander passten.

„Und der Süden?" Sie legte die Arme um seinen Nacken und blickte ihn unverwandt unter dichten Wimpern hervor an.

„Hurrikans." Er tippte ihren Sonnenhut an, sodass er ihr vom Kopf fiel und das lange Haar sich wie Seide über seine Finger ergoss. „Katastrophen gibt es überall. Da kann man auch gleich da bleiben, wo man ist, und es an Ort und Stelle mit ihnen aufnehmen."

„Mit mir kannst du es nie aufnehmen, Nash." Sie strich flüchtig mit ihren Lippen über seinen Mund. „Aber du darfst es gerne versuchen."

Er küsste sie zuversichtlich und von sich selbst überzeugt. Schließlich betrachtete er schöne Frauen nicht als Katastrophe.

Vielleicht hätte er es besser tun sollen.

Es brachte ihn mehr ins Wanken als jedes Erdbeben, es war machtvoller als jeder Sturm. Die Erde bebte nicht, und kein Sturm heulte, aber als ihre Lippen sich willig für ihn öffneten, wusste er, dass er von einer unwiderstehlichen Kraft davongerissen wurde, für die es keinen Namen gab.

Sie schmiegte sich an ihn, weich und warm wie geschmolzenes Wachs. Würde er an solche Dinge glauben, hätte er behauptet, sie sei für ihn geschaffen worden. Er ließ seine Hände unter ihr weites T-Shirt gleiten, um die seidige Haut ihres Rückens zu streicheln, drückte sie fester an sich, einfach nur um sicher zu sein, dass sie echt war und er nicht träumte.

Er konnte die Realität schmecken, und doch lag in diesem Kuss etwas von einer träumerischen Fantasie. Ihr Mund war nachgiebig und weich wie Seide, und ihre Arme lagen wie samtene Bänder um seinen Hals.

Ein Ton schwang durch die Luft, sie murmelte etwas, etwas, das er nicht verstand. Doch er spürte die Überraschung in diesem Flüstern, vielleicht sogar ein wenig Angst, und dann endete es in einem Seufzer.

Sie war eine Frau, die den Geschmack und den Körper eines Mannes genoss. Man hatte ihr nicht beigebracht, sich zu schämen, wenn sie sich körperlichen Freuden hingab, mit dem richtigen Mann zur richtigen Zeit. Sie fürchtete sich nicht vor ihrer eigenen Sinnlichkeit, im Gegenteil, sie respektierte sie, zelebrierte sie, genoss sie.

Und doch, jetzt, zum ersten Mal verspürte sie so etwas wie Furcht vor einem Mann.

Ein Kuss war immer Ausdruck eines schlichten Bedürfnisses. Doch an diesem Kuss war nichts Schlichtes. Wie hätte er es sein können, wenn sie von Erregung und Beklommenheit zugleich erfüllt war?

Sie wollte glauben, diese Kraft ginge von ihr aus. Sie

trüge die Verantwortung für den Strudel von Gefühlen, in dem sie beide versanken. So etwas konnte schnell und leicht heraufbeschworen werden, fast automatisch.

Aber die Angst ließ sich nicht ignorieren, und sie wusste, diese Angst war aus dem Wissen entstanden, dass hier Mächte im Spiel waren, die sie nicht kontrollieren konnte.

Um einen Bann zu brechen, musste man vorsichtig vorgehen. Und man musste etwas tun.

Bewusst langsam machte sie sich aus der Umarmung frei. Auf keinen Fall durfte Nash erkennen, welche Macht er über sie hatte. Sie legte die Hand um ihr Amulett und fühlte sich wieder sicherer.

Nash dagegen fühlte sich, als wäre er der einzige Überlebende eines Zugunglücks. Abrupt steckte er die Hände in die Tasche, um nicht wieder Morgana zu packen und an sich heranzuziehen. Ab und an spielte er eigentlich ganz gerne mit dem Feuer – aber dann wollte er auch sicher sein, dass er derjenige war, der das Streichholz anzündete. Er wusste ganz genau, wer bei diesem kleinen Experiment die Zügel in der Hand gehalten hatte – und das war nicht er gewesen.

„Hast du eigentlich auch mit Hypnose zu tun?" fragte er sie.

Mir geht's gut, versicherte Morgana sich, alles in bester Ordnung. Sie setzte sich wieder auf das Sofa, aber es kostete sie Mühe, ein Lächeln auf ihre Lippen zu zaubern. „Habe ich dich etwa erstarren lassen, Nash?"

Aufgewühlt ging er zum Fenster. „Ich will nur sicher sein, dass dieser Kuss meine Idee war."

Sie hob den Kopf und reckte die Schultern. Der Stolz war ihrem Wesen ebenso eigen wie die uralten Kräfte. „Du kannst so viele Ideen haben, wie du willst. Ich brauche keine Magie, damit ein Mann mich begehrt." Sie fuhr mit den Fingerspitzen über ihre Lippen und spürte die Hitze, die er dort zurückgelassen hatte. „Und wenn ich beschließe, dass ich dich will, würdest du nur zu gern einwilligen, glaub mir."

Er zweifelte nicht daran, und das wiederum kratzte an seinem Stolz. „Hätte ich die gleichen Worte zu dir gesagt, würdest du mich einen Chauvinisten und überheblichen Egoisten nennen."

Geschmeidig griff sie nach ihrem Glas. „Die Wahrheit hat weder mit Sex noch mit Ego zu tun." Die weiße Katze sprang lautlos auf die Lehne des Sofas, und Morgana streichelte Luna, ohne ihren Blick von Nash zu wenden. „Falls du nicht bereit bist, das Risiko einzugehen, sollten wir unsere ... kreative Partnerschaft vielleicht in diesem Moment abbrechen."

„Du glaubst also, ich hätte Angst vor dir?" Das Absurde an dieser Vorstellung versetzte ihn in bessere Laune. „Keine Sorge, so leicht bin ich nicht zu beeindrucken."

„Ich bin erleichtert, das zu hören. Ich möchte schließlich nicht, dass du dir wie der Liebessklave einer durchtriebenen Frau vorkommst."

Er biss die Zähne zusammen. „Wenn wir zusammenarbeiten wollen, sollten wir vorher allerdings ein paar Regeln aufstellen."

Er musste verrückt sein. Vor fünf Minuten hatte er eine umwerfende, unglaublich sexy und schöne Frau in den Armen gehalten, und jetzt überlegte er sich, wie er sie davon abhalten konnte, ihn zu verführen.

„Nein." Morgana dachte nach. „Mit Regeln bin ich noch nie sehr gut gewesen. Du wirst das Wagnis einfach eingehen müssen. Aber ich mache dir einen Vorschlag. Ich werde dich nicht in kompromittierende Situationen locken, wenn du versprichst, dir deine abfälligen kleinen Bemerkungen über die Hexerei zu verkneifen." Sie fuhr sich durch das lange Haar. „Es irritiert mich. Und wenn ich irritiert bin, tue ich manchmal Dinge, die ich hinterher bereue."

„Ich muss aber Fragen stellen."

„Dann lerne es, die Antworten zu akzeptieren." Ruhig und entschieden erhob sie sich. „Ich lüge nicht – zumindest höchst selten. Ich kann noch nicht sagen, warum ich beschlossen habe, dir von mir zu erzählen. Du hast irgendetwas an dir. Sicherlich hat es auch mit dem Geschichtenerzähler in dir zu tun. Du hast eine starke Aura, und du suchst nach etwas Wesentlichem, auch wenn du ein Zyniker bist. Zudem hast du großes Talent. Vielleicht liegt es daran, dass die, die mir am nächsten stehen, dich akzeptiert haben."

„Als da wären?"

„Anastasia. Luna und Pan. Sie alle sind ausgezeichnete Menschenkenner."

Tja, da hatte er also den Test bei einer Cousine, einer Katze und einem Hund bestanden. „Ist Anastasia auch eine Hexe?"

Morgana zuckte mit keiner Wimper. „Wir reden hier über mich und die Magie im Allgemeinen. Anas Geschichte geht nur sie etwas an."

„Na schön. Wann fangen wir an?"

Wir haben doch schon angefangen, dachte sie und hätte fast geseufzt. „Ich arbeite nicht an Sonntagen. Komm morgen Abend vorbei, um neun."

„Nicht um Mitternacht? Entschuldigung", setzte er sofort hastig hinzu. „Macht der Gewohnheit. Ich würde gern ein Aufnahmegerät mitbringen. Geht das?"

„Sicher."

„Sonst noch etwas?"

„Fledermauszungen und Eisenhut." Sie lächelte. „Entschuldigung, Macht der Gewohnheit."

Er lachte und hauchte einen züchtigen Kuss auf ihre Wange. „Ich mag deinen Stil, Morgana."

„Wir werden sehen."

Sie wartete bis Sonnenuntergang, dann zog sie eine dünne weiße Robe über. Es ist immer besser, wenn man vorgewarnt ist, sagte sie sich. Sie hatte lange mit sich gekämpft und schließlich kapituliert. Es gefiel ihr nicht, sich eingestehen zu müssen, dass Nash wichtig genug war, um sich Sorgen zu machen. Aber da es nun einmal so war, konnte sie genauso gut sehen, was sie erwartete.

Sie stieg zu dem Zimmer im Turm auf, errichtete den Schutzkreis, zündete die Kerzen an. Der Geruch von Sandelholz und Kräutern breitete sich aus. Sie kniete sich in die Mitte des Kreises und hob die Arme.

„Feuer, Wasser, Erde und Wind, Kräfte, die ewig und unsterblich sind. Ich bitte euch, lasst mich sehen, um den rechten Weg zu gehen."

Die Macht floss in sie, kühl und klar. Sie hob die Kristallkugel mit beiden Händen. Die Flammen der Kerzen spiegelten sich in dem klaren Glas. Morgana schaute konzentriert auf die Kugel.

Rauch. Licht. Schatten.

Die Kugel begann sich zu trüben, und dann, als hätte ein unsichtbarer Wind den Nebel vertrieben, erschien ein Bild im Innern.

Die Zypressenlichtung. Die alten mystischen Bäume ließen nur einzelne Strahlen des Mondlichts auf den weichen Waldboden fallen. Sie roch den Wind, hörte ihn, und aus der Ferne erklang das Rauschen des Meeres.

Kerzenlicht. Im Raum. In der Kugel.

Sie selbst. Im Raum. In der Kugel.

Sie trug die weiße Zeremonienrobe, zusammengehalten von einem Gürtel aus Kristallen. Ihr Haar war offen, ihre Füße bloß. Das Feuer hatte sie entzündet, durch ihres Willens Kraft. Es brannte kühl und lautlos wie der Mondschein. Es war eine feierliche Nacht.

Eine Eule schrie. Sie drehte sich um und sah die weißen Flügel durch das Dunkel der Nacht gleiten. Sie folgte der

Eule mit dem Blick, bis der Vogel in der Dunkelheit verschwunden war. Dann sah sie ihn.

Er trat langsam unter dem Stamm einer Zypresse hervor, auf die Lichtung. In seinem Blick konnte sie sich selbst erkennen.

Verlangen. Sehnsucht. Schicksal.

Im Kreis streckte Morgana die Arme nach ihm aus und zog Nash zu sich, in ihre Umarmung.

Ein Aufschrei hallte an den Wänden des Turms wider. Morgana warf eine Hand in die Höhe, die Kerzen erloschen. Sie hatte sich selbst betrogen.

Sie blieb, wo sie war, zornig auf sich selbst. Sie wäre besser dran gewesen, wenn sie es nicht gewusst hätte.

Wenige Meilen entfernt schreckte Nash aus dem Schlaf hoch. Er war auf der Couch vor dem Fernseher eingeschlafen, jetzt flimmerte nur noch Schnee über den Bildschirm. Er rieb sich mit beiden Händen über das Gesicht und setzte sich gerädert auf.

Was für ein Traum! So lebendig, so real, dass einige sehr empfindliche Teile seines Körpers wehtaten.

Selbst schuld, schalt er sich und nahm gähnend eine Hand voll Popcorn aus der Schüssel, die auf dem Couchtisch stand.

Er hatte sich nicht darum bemüht, Morgana aus seinem Kopf zu vertreiben. Und so saß er nun hier und fantasierte sich etwas über Hexerei und Zaubersprüche zusammen. Irgend so ein Hexentanz im Wald. Wenn er sich sah, wie er ihr eine weiße Seidenrobe auszog und sie auf einer Lichtung auf dem weichen Waldboden liebte, konnte er nur sich selbst die Schuld geben.

Er schüttelte sich leicht und nahm einen Schluck von dem abgestandenen Bier. Trotzdem war es seltsam … Er hätte schwören mögen, den Duft von Kerzenwachs zu riechen.

3. KAPITEL

*M*organa war nicht gerade bester Laune, als sie am Montagabend die Auffahrt zu ihrem Haus hinauffuhr. Eine Lieferung war irgendwo auf der Strecke geblieben, es hatte sie eine volle Stunde gekostet, um sie überhaupt aufzuspüren. Sie war versucht gewesen, sich der Sache auf ihre Art anzunehmen – nichts ärgerte sie mehr als Unzuverlässigkeit –, aber sie wusste auch, dass solche Unternehmungen oft noch mehr Komplikationen einbrachten.

So aber hatte sie wertvolle Zeit verloren. Sie hatte sich auf einen ruhigen Spaziergang gefreut, um ihren Kopf wieder freizubekommen – und ja, verflucht, sie musste ihre Nerven beruhigen, damit sie Nash gegenübertreten konnte. Es hatte wohl nicht sollen sein.

Sie stellte den Motor ab und starrte düster auf das schwere chromblitzende Motorrad, das vor der Haustür geparkt war.

Sebastian. Der hatte ihr jetzt noch gefehlt. Wieso konnte sie jetzt nicht allein sein?

Luna sprang aus dem Wagen, lief auf das Motorrad zu und rieb sich an dem Reifen der schweren Harley.

„Natürlich." Angewidert schlug Morgana die Wagentür zu. „Hauptsache, es ist ein Mann."

Luna stieß einen Laut aus, der sehr unhöflich klang, und stolzierte zum Haus. Pan kam ihnen aus dem Haus entgegen, um sie zu begrüßen. Während Luna hineinging, ließ Morgana sich Zeit, um den Hund mit dem verständnisvollen Blick ausgiebig zu kraulen. Von drinnen erklang Musik von Beethoven.

Sie fand Sebastian genau so vor, wie sie es erwartet hatte – bequem auf dem Sofa ausgestreckt, die Füße mit den Motorradstiefeln lässig auf den Couchtisch gelegt, die Augen halb geschlossen und ein Weinglas in der Hand. Bei seinem Lächeln wäre jede Frau dahingeschmolzen, es stellte etwas Unglaubliches mit diesem dunklen, wie gemeißelt schönen Gesicht an, mit den vollen sinnlichen Lippen, den graublauen Augen, die so wach und wissend dreinblickten.

Träge hob er die Hand mit den langen schlanken Fingern zu einem uralten Gruß. „Morgana, meine einzige wahre Liebe."

Er hat schon immer viel zu gut ausgesehen, schon als Junge, dachte Morgana. „Cousin. Fühl dich ganz wie zu Hause."

„Danke, mein Herz." Er prostete ihr zu. „Der Wein ist köstlich. Deiner oder Anas?"

„Meiner."

„Gratulation." Er erhob sich, geschmeidig wie ein Tänzer. Es irritierte sie immer, dass sie zu ihm hochschauen musste. Er war gut einen Kopf größer als sie. „Hier." Er hielt ihr das Glas hin. „Du siehst aus, als könntest du etwas Entspannung gebrauchen."

„Es war ein schlechter Tag."

Er grinste. „Ich weiß."

Sie hätte gern einen Schluck getrunken, aber sie biss die Zähne zusammen. „Du weißt, wie sehr ich es hasse, wenn du in meinen Gedanken herumstocherst."

„Das war gar nicht nötig." Er hob die Hände und spreizte die Finger wie zu einem Friedensangebot. An seinem kleinen Finger blitzte ein goldener Filigranring mit einem Amethyst auf. „Du sendest Signale aus. Du weißt doch, wie laut du wirst, wenn du wütend bist." Da sie nicht von dem Wein trank, nahm er das Glas zurück. „Mein Herz, wir haben uns seit Lichtmess nicht mehr gesehen." Seine Augen lachten sie an. „Hast du mich wenigstens vermisst?"

Sie gab es nur äußerst ungern zu, aber ja, sie hatte ihn vermisst. Ganz gleich, wie sehr und wie oft Sebastian sie auch ärgerte – das hatte er schon getan, als sie noch in der Wiege gelegen hatte –, sie mochte ihn. Deshalb musste sie aber noch lange nicht zu schnell zu freundlich zu ihm sein.

„Ich war sehr beschäftigt."

„Ja, das habe ich gehört." Er stupste sie ans Kinn, weil er wusste, wie sehr sie das aufbrachte. „Erzähl mir von Nash Kirkland."

Die Wut schoss wie Pfeile aus ihren Augen. „Verdammt, Sebastian. Nimm gefälligst deine telepathischen Griffel aus meinem Kopf!"

„He, ich habe nichts dergleichen getan." Er schaffte es tatsächlich, ehrlich beleidigt auszusehen. „Ich bin Seher, kein Voyeur. Ana hat es mir gesagt."

„Oh." Sie schmollte einen Moment. „Entschuldige."

Sie wusste, dass Sebastian, seit er reifer geworden war und immer bessere Kontrolle über die Macht erlangt hatte, nur noch sehr selten in die privaten Gedanken anderer Menschen eindrang. Nur dann, wenn er es für absolut unerlässlich hielt. „Nun ... da gibt es nichts zu erzählen. Er ist Autor."

„Das weiß ich auch. Ich habe schließlich alle seine Filme gesehen. Und was will er von dir?"

„Informationen. Er will eine echte Hexengeschichte schreiben."

„Aber er will doch hoffentlich nicht mit der Hexe Geschichte schreiben, oder?"

Sie unterdrückte das Kichern. „Sei nicht so ungehobelt, Sebastian."

„Ich mache mir doch nur Gedanken um meine kleine Cousine."

„Das brauchst du nicht." Sie zog an einer Haarsträhne, die sich über den Kragen seines Hemdes kringelte. „Ich kann auf mich selbst aufpassen. Außerdem wird er bald hier auftauchen, also ..."

„Gut. Dann bleibt dir genügend Zeit, mir etwas zu essen anzubieten." Er legte freundschaftlich einen Arm um ihre Schultern. Sie würde ihn schon in Rauch aufgehen lassen müssen, bevor er sich die Gelegenheit entgehen ließ, den Schriftsteller kennen zu lernen. „Ich habe übrigens am Wochenende mit meinen Eltern gesprochen."

„Am Telefon?"

Er riss entsetzt die Augen auf. „Ehrlich, Morgana, weißt du eigentlich, was so ein Anruf auf den alten Kontinent kostet? Sie ziehen dir das letzte Hemd aus."

Lachend ließ sie ihren Arm um seine Taille gleiten. „Na schön. Ich werde dir ein Dinner spendieren, und du kannst mich auf den neusten Stand bringen."

Sie konnte ihm nicht lange böse sein. Hatte es nie gekonnt. Er gehörte schließlich zur Familie. Wenn man anders als andere war, war die Familie oft das Einzige, auf das man sich verlassen konnte.

Sie aßen zusammen in der Küche, während er ihr die letzten Neuigkeiten über ihre Eltern, ihre Tanten und Onkel berichtete. Nachdem eine Stunde vergangen war, war sie völlig entspannt.

„Es ist Jahre her, seit ich Irland im Mondschein gesehen habe", murmelte Morgana.

„Fahr hin. Du weißt, wie sehr sich alle über deinen Besuch freuen würden."

„Vielleicht werde ich das auch. Und dann natürlich zur Sommersonnenwende."

„Wir sollten alle fahren. Du, Anastasia und ich."

„Vielleicht." Mit einem Seufzer schob sie ihren Teller beiseite. „Aber im Sommer ist Hochsaison, da läuft das Geschäft am besten."

„Es war deine Wahl, dich selbstständig zu machen." Sie hatte den größten Teil ihres Koteletts auf ihrem Teller übrig gelassen, Sebastian stach mit der Gabel hinein und nahm es sich.

„Mir gefällt es. Ich treffe viele Leute, auch wenn einige ziemlich seltsam sind."

Er schenkte ihre Gläser nach. „Zum Beispiel?"

Sie stützte sich lächelnd auf ihre Ellbogen. „Da war dieser wirklich lästige Typ. Wochenlang kam er jeden Tag vorbei und behauptete, er würde mich aus einem früheren Leben kennen."

„Wie plump."

„Genau. Glücklicherweise habe ich ihn vorher nie getroffen, in keinem Leben. Eines Abends kam er hereingestürmt und machte einen sehr heftigen, sehr feuchten Annäherungsversuch."

„Hm." Natürlich wusste Sebastian, dass seine kleine Cousine auf sich selbst aufpassen konnte, trotzdem ärgerte er sich über diesen Pseudo-New-Ager. „Was hast du getan?"

„Ich habe ihn in den Magen geboxt und vors Schienbein getreten." Sie zuckte die Schultern, als Sebastian hell auflachte.

„Dein Stil gefällt mir, Morgana. Doch, wirklich. Du hast ihn nicht in eine Kröte verwandelt?"

Würdevoll hob sie den Kopf. „Du weißt, dass ich so etwas nicht tue."

„Und was war mit Jimmy Pakipsky?"

„Das war etwas anderes – ich war erst dreizehn." Sie konnte sich das Grinsen nicht verkneifen. „Außerdem habe ich ihn sofort wieder in den grässlichen kleinen Jungen zurückverwandelt, der er war."

„Aber auch nur, weil Ana sich für ihn eingesetzt hat." Sebastian wedelte kauend mit einer Gabel. „Und du hast ihm die Warzen gelassen."

„Das war das Mindeste, um mich an ihm zu rächen." Sie lehnte sich vor und drückte Sebastians Finger. „Wirklich, Sebastian, ich habe dich vermisst. Du warst diesmal sehr lange fort."

Er griff ihre Hand. „Ich habe dich auch vermisst. Und Anastasia."

Sie spürte etwas. Das Band zwischen ihnen war zu alt und zu tief, als dass sie es nicht hätte spüren können. „Was ist los, mein Lieber?"

„Nichts, was wir ändern könnten." Er küsste ihre Finger, dann gab er ihre Hand frei. Er hatte nicht vorgehabt, daran zu denken. Er war nicht achtsam genug gewesen, seine Cousine hatte es gefühlt. „Hast du irgendwas mit Sahne zum Nachtisch da?"

Sie schüttelte nur den Kopf. Sie hatte die Trauer deutlich gemerkt. Auch wenn er erfahren genug war, um es jetzt vor ihr abzublocken, sie würde es nicht einfach vorbeiziehen lassen. „Dieser Fall, an dem du arbeitest ... der kleine Junge, der entführt worden ist."

Der Schmerz kam plötzlich und scharf wie ein Messer. Er verdrängte ihn. „Sie haben es nicht rechtzeitig geschafft. Die Polizei in San Francisco hat alles ihr Mögliche getan, aber die Entführer haben Panik bekommen. Der Junge war erst acht."

„Das tut mir Leid." Trauer lag schwer in der Luft, seine

und ihre. Sie stand auf und setzte sich auf seinen Schoß. „Oh Sebastian, es tut mir so Leid. Es muss für dich sehr schwer sein."

„Belaste dich nicht damit." Auf der Suche nach Trost rieb er seine Wange an ihrem Haar. Weil sie die Last mit ihm trug, wurde sie etwas leichter. „Es frisst dich innerlich auf, wenn du daran denkst. Verdammt, ich war so nah dran. Und dann passiert so etwas. Man fragt sich, wofür man diese Gabe bekommen hat, wenn man doch nichts ändern kann."

„Du hast viel geändert." Sie nahm sein Gesicht in ihre Hände, Tränen standen in ihren Augen. „Ich kann es nicht zählen, wie oft du etwas geändert hast. Dieses Mal hat es eben nicht sollen sein."

„Es tut weh."

„Ich weiß." Sie strich ihm über das Haar. „Ich bin froh, dass du zu mir gekommen bist."

Er drückte sie noch einmal fest, dann hielt er sie von sich ab. „Hör zu, ich bin hergekommen, um ein warmes Essen abzustauben und mit dir zu lachen, nicht, um schlechte Laune zu verbreiten. Tut mir Leid."

„Sei kein Idiot."

Sie sagte es so scharf, dass er lachen musste. „Einverstanden. Wenn du mich unbedingt aufmuntern willst, wie wäre es dann mit Nachtisch?"

Sie pflanzte einen herzhaften Kuss auf seine Stirn. „Eis mit heißer Schokoladensoße?"

„Du bist eine Frau nach meinem Geschmack."

Morgana erhob sich, und da sie Sebastians Appetit kannte, holte sie eine große Schüssel aus dem Schrank. Sie durfte nicht mehr über den Fall reden, das könnte ihm helfen. Er würde noch eine Zeit lang damit zu kämpfen haben, und dann müsste er weitermachen. Weil es keine andere Möglichkeit gab.

Sie richtete ihre Gedanken auf das Radio im Wohnzimmer und stellte einen Rocksender ein.

„Besser." Sebastian legte die Füße auf den freien Stuhl neben ihm. „Also? Willst du mir erzählen, warum du diesem Kirkland bei seinen Nachforschungen hilfst?"

„Ich finde es interessant." Sie erhitzte die Schokoladensoße auf konventionelle Art. In der Mikrowelle.

„Du meinst, er interessiert dich."

„Ein wenig, ja." Sie gab einen Berg von Vanilleeis in die Schüssel. „Er glaubt nicht an Übersinnliches, er macht lediglich Filme darüber. Ich habe kein Problem damit." Nachdenklich leckte sie sich einen Klecks Eiscreme vom Daumen. „Mit den Filmen, meine ich. Sie sind gut. Was nun seine Einstellung und sein Gehabe betrifft … vielleicht muss ich daran etwas ändern, wenn wir zusammenarbeiten sollen."

„Du begibst dich bei vollem Bewusstsein auf gefährliches Gebiet, Cousinchen."

„Sebastian, das Leben an sich ist gefährliches Gebiet." Sie ließ die heiße Schokosoße über das Eis fließen. „Da sollte man sich wenigstens etwas Spaß gönnen." Um den Nachtisch abzurunden, gab sie frisch geschlagene Sahne

auf die Bergkuppe und setzte die Schüssel dann schwungvoll auf den Tisch.

„Keine Nüsse?"

Sie drückte ihm einen Löffel in die Hand. „Ich mag
keine Nüsse, und wir teilen uns die Portion." Sie setzte
sich und kratzte Eiscreme auf ihren Löffel. „Dir wird er
wahrscheinlich sogar gefallen. Nash, meine ich. Er be-
sitzt diese lässige Arroganz, die Männer für so männlich
halten." Wobei sie nicht ganz Unrecht haben, gestand sie
sich widerwillig ein. „Er hat eine unerschöpfliche Fantasie, kann mit Tieren umgehen – Luna und Pan haben sehr
positiv auf ihn reagiert. Außerdem ist er ein Fan von Mut-
ters Büchern, hat Humor und ist intelligent. Und er fährt
einen schnittigen Wagen."

„Hört sich an, als seist du hin und weg."

Fast hätte sie sich verschluckt. „Du musst nicht gleich
beleidigend werden. Nur weil ich ihn interessant finde,
heißt das nicht, dass ich – wie du es so erbärmlich aus-
drückst – hin und weg bin."

Sie schmollt, stellte Sebastian zufrieden fest. Es war
immer sehr viel einfacher, etwas von ihr zu erfahren, wenn
sie wütend war. „Und? Hast du nachgesehen?"

„Natürlich habe ich nachgesehen", fauchte sie. „Nur
als Vorsichtsmaßnahme."

„Du hast nachgesehen, weil du nervös bist."

„Unsinn!" Trotzdem begannen ihre Finger wie von
selbst auf der Tischplatte zu trommeln. „Er ist schließlich
nur ein Mann."

„Und du bist eine Frau, trotz deiner Gabe. Soll ich dir erklären, was passiert, wenn ein Mann und eine Frau zusammenkommen?"

Sie ballte eine Faust, um ihre Finger davon abzuhalten, etwas Drastischeres zu tun als nur zu trommeln. „Ich bin aufgeklärt worden, vielen Dank. Sollte ich ihn zum Liebhaber nehmen, so ist das allein meine Sache."

Immerhin hatte er sie so weit gebracht, dass sie keinen Appetit mehr auf das Eis hatte. Gut, so blieb mehr für ihn. „Das Problem ist nur, dass dabei immer das Risiko besteht, sich auch in einen Liebhaber zu verlieben. Sei bitte vorsichtig, Morgana."

„Ich kenne den Unterschied zwischen Lust und Liebe", entgegnete sie pikiert.

Unter dem Tisch hob Pan den Kopf und bellte leise.

„Wenn man vom Teufel spricht ..."

Morgana erhob sich und warf Sebastian einen warnenden Blick zu. „Benimm dich. Das meine ich ernst."

„Keine Sorge. Geh schon und mach auf." Einen Augenblick später klingelte es an der Tür. Vergnügt vor sich hin grinsend, sah er Morgana nach, die erhobenen Hauptes zur Haustür stolzierte.

Mist, dachte Morgana gleich darauf, als sie die Tür aufzog, Nash sieht aber auch zu süß aus. Sein Haar war vom Wind zerzaust, ein alter Lederrucksack hing über seiner Schulter, und seine ausgewaschene Jeans hatte einen großen Riss am Knie.

„Hi. Ich glaube, ich bin zu früh."

„Ist schon in Ordnung. Komm rein und setz dich, ich muss mich erst noch um … die Unordnung in der Küche kümmern."

„Redet man so über seinen Cousin?" Sebastian kam den Gang entlanggeschlendert, die bereits erheblich geleerte Eisschüssel in der Hand. „Hallo." Er nickte Nash freundlich zu. „Sie müssen Kirkland sein."

Morgana kniff die Augen zusammen, aber ihre Stimme blieb höflich. „Nash, das ist mein Cousin Sebastian. Er wollte sich gerade verabschieden."

„Oh, ich habe noch ein paar Minuten. Ihre Arbeit gefällt mir."

„Danke. Kenne ich Sie nicht?" Nash musterte Sebastian durchdringend. „Der Telepath, nicht wahr?"

Sebastian zog einen Mundwinkel hoch. „Ertappt."

„Ich habe ein paar Ihrer Fälle verfolgt. Selbst einige der hartgesottenen Cops mussten Ihnen zugestehen, dass der Yuppie-Mörder in Seattle nur mit Ihrer Hilfe gefasst werden konnte. Vielleicht würden Sie mir ja …"

„Sebastian redet nicht gern übers Geschäft", mischte Morgana sich ein. Sie sah mit stahlharten Augen zu ihm hin. „Nicht wahr, Cousin?"

„Um ehrlich zu sein …" Ein Energiestoß durchzuckte ihn, als sie ihm die Eisschüssel aus der Hand nahm.

„Es war wirklich nett, dass du vorbeigeschaut hast. Meld dich mal wieder."

Er gab nach. So blieb noch Zeit, um bei Anastasia vorbeizuschauen und mit ihr Morganas Lage ausführlicher zu bereden. „Pass auf dich auf, mein Herz." Er küsste sie innig und drückte sie an sich, bis er merkte, wie Nashs Gedanken sich mehr und mehr verdüsterten. „Alles Gute. Bis bald, Morgana."

Morgana schob ihn zur Tür hinaus und lauschte, bis das Motorgeräusch der Harley sich entfernte. Dann drehte sie sich schwungvoll zu Nash um. „Möchtest du vielleicht einen Tee?"

Er hatte die Stirn gerunzelt und die Hände fest in die Taschen gesteckt. „Ich hätte lieber Kaffee." Er folgte ihr in die Küche. „Was für ein Cousin ist er?"

„Sebastian? Ein recht dreister."

„Nein, ich meinte …" Er brach ab, als er in der Küche die Überreste eines gemütlichen Dinners für zwei bemerkte. „Ist er ein Cousin ersten Grades oder ist er angeheiratet?"

Sie stellte einen altmodischen Kupferkessel auf den Herd und lud das Geschirr in eine hypermoderne Spülmaschine. „Unsere Väter sind Brüder." Als sie Nashs erleichterten Blick erhaschte, hätte sie fast aufgelacht. „In diesem Leben", konnte sie sich nicht verkneifen hinzuzufügen und beobachtete seine Reaktion.

„In diesem … Ah ja, natürlich." Er stellte den Rucksack ab. „Du glaubst also an Wiedergeburt?"

„Glauben?" wiederholte sie in spöttischem Tonfall. „Nun, ja, der Ausdruck muss wohl reichen. Auf jeden Fall … Sebastians Vater, meiner und Anas wurden in Irland geboren. Drillinge."

„Ernsthaft?" Er lehnte sich mit der Hüfte an den Küchentisch, während sie eine kleine Dose öffnete und Tee abmaß.

„Sie heirateten drei Schwestern. Auch Drillinge", fuhr sie fort. „Ein ungewöhnliches Arrangement, könnte man sagen, aber sie haben einander erkannt. Und ihr Schicksal." Sie sah sich lächelnd zu ihm um, während sie die kleine Teekanne beiseite stellte. „Das Schicksal hatte ihnen bestimmt, jeweils nur ein einziges Kind zu haben, was eine gewisse Enttäuschung war. Zwischen den sechsen gibt es eine so große Menge an Liebe, sie hätten sie gern auf eine ganze Schar von Kindern verteilt. Aber es hat nicht sollen sein."

Sie stellte eine Kanne mit Kaffee auf das silberne Tablett, neben die zierlichen Porzellantassen. Zuckertopf und Milchkännchen hatten die Form von breit grinsenden Totenschädeln.

„Ich nehme das." Als er das Tablett anhob, sah er skeptisch auf Zucker und Milch. „Alte Familienerbstücke?"

„Gerade neu erstanden. Ich dachte mir, du würdest sie lustig finden."

Sie ging voraus in das Zeichenzimmer, wo Luna sich bereits auf dem Sofa zusammengerollt hatte. Morgana setzte sich neben die Katze und bedeutete Nash, das Tablett auf den Tisch zu stellen.

Er sah zu, wie sie behutsam den heißen Tee in die Tassen einschenkte und die gruseligen Behälter nahm, um Milch und Zucker hinzuzugeben.

„Ich wette, an Halloween ist dein Einfallsreichtum unschlagbar, oder?"

Sie reichte ihm seine Tasse. „Die Kinder kommen von überall her, um von der Hexe etwas Süßes zu bekommen, oder um zu versuchen, ihr etwas Saures zu verpassen." Und weil sie Kinder liebte, wartete sie mit ihrer eigenen Zeremonie am Abend vor Allerheiligen, bis auch wirklich jeder seinen Anteil an Süßigkeiten bekommen hatte. „Ich glaube, manche sind regelrecht enttäuscht, dass ich keinen spitzen Hut trage und mit dem Besen durch die Lüfte reite."

„Die meisten Menschen haben zwei Bilder vor Augen, wenn sie sich eine Hexe vorstellen: die buckelige Alte mit der krummen Nase, die giftige Äpfel verteilt, oder die strahlende Schönheit im glitzernden Kleid und mit einem Zauberstab in Sternform, die dir sagt, dass es keinen schöneren Ort als Zuhause gibt."

„Ich fürchte nur, ich passe wohl in keine dieser beiden Kategorien."

„Und genau deshalb bist du das, was ich brauche." Er stellte seine Tasse ab und kramte in seinem Rucksack. „Ist das okay?" fragte er und stellte den Kassetenrecorder auf den Tisch.

„Ja, sicher."

Er drückte den Aufnahmeknopf und kramte wieder. „Ich bin tagelang auf Bücherjagd gewesen, in Büchereien und Buchläden." Er zog ein dünnes Taschenbuch hervor. „Was hältst du hiervon?"

Mit einer hochgezogenen Augenbraue las Morgana den Titel. „„Ruhm, Reichtum und Romantik, Kerzenrituale für jeden Zweck'." Sie warf das Buch zurück auf seinen Schoß. „Hoffentlich hast du nicht viel dafür ausgegeben."

„Sieben Dollar. Kann ich steuerlich absetzen. Du machst so was also nicht?"

Geduld, ermahnte sie sich, streifte ihre Schuhe ab und zog die Beine unter. Der kurze rote Rock, den sie trug, rutschte an ihren Oberschenkeln hoch. „Flackernde Kerzen und gemurmelte Beschwörungen. Glaubst du wirklich, jeder Laie kann zaubern, indem er ein Buch liest?"

„Irgendwie muss man es ja lernen."

Mit einem abfälligen Schnauben griff sie erneut nach dem Buch und schlug es auf. „Wie man Eifersucht erweckt", las sie laut vor. „Wie man sich die Liebe eines anderen sichert. Wie man reich wird." Sie klappte es zu. „Denk doch mal nach, Nash. Und sei dankbar, dass es nicht bei jedem funktioniert. Das Geld ist im Moment knapp, die Rechnungen stapeln sich. Du würdest ja wirklich gern dieses neue Auto haben, aber dein Kredit ist restlos ausgelastet. Also zündest du ein paar Kerzen an und wünschst dir was. Vielleicht tanzt du ja auch noch ein bisschen herum, nackt natürlich, das wirkt effektvoller. Abrakadabra." Sie spreizte die Finger beider Hände. „Und dann liegt ein Scheck über zehntausend Dollar im Briefkasten. Das Problem ist nur, deine Großmutter, die du abgöttisch geliebt hast, musste plötzlich sterben, damit sie dir dieses Geld hinterlassen konnte."

„Ich verstehe. Man muss also vorsichtig sein, wie man sich ausdrückt."

Sie warf den Kopf zurück. „Handlungen ziehen immer Konsequenzen nach sich. Du wünschst dir, dein Mann wäre ein bisschen romantischer? Bumm, plötzlich ist er zärtlich wie Don Juan – mit jeder einzelnen Frau in der Stadt." Sie schnaubte. „Magie ist nichts für Laien, die weder vorbereitet noch verantwortungsbewusst sind. Und man kann Zaubern ganz bestimmt nicht aus einem armseligen Buch lernen."

„Okay." Ihre Argumentation beeindruckte ihn. „Du hast mich überzeugt. Aber was ich sagen wollte, ist, dass ich dieses Buch für sieben Dollar in einem normalen Buchladen kaufen konnte. Die Leute interessiert das."

„Die Menschen waren immer an Magie interessiert. Es gab Zeiten, da führte das Interesse dazu, dass man Hexen ertränkte oder verbrannte." Sie nippte an ihrem Tee. „Heute sind wir ein wenig zivilisierter."

„Das ist es ja", stimmte er zu. „Genau deshalb will ich eine Story von heute erzählen. Die modernen Zeiten mit Handy, Mikrowelle, Fax und Voice Mail. Trotzdem fasziniert die Magie die Menschen immer noch. Es gibt da verschiedene Richtungen, die ich einschlagen könnte. Da wären zum Beispiel die Verrückten, die in Vollmondnächten Tieropfer darbringen …"

„Aber nicht mit mir."

„Das dachte ich mir. Das wäre sowieso zu einfach … äh, zu vulgär. Eigentlich dachte ich mehr an eine vergnügliche Version, vielleicht gewürzt mit ein bisschen Romantik." Luna sprang auf seinen Schoß, und er streichelte sie automatisch. „Ich will mich auf diese Frau konzentrieren, diese umwerfend aussehende Frau, die eben etwas mehr kann. Wie geht sie mit Männern um, mit dem Job, mit … ich weiß nicht … wie erledigt sie ihre Einkäufe? Im Supermarkt? Sie wird andere Hexen kennen. Worüber reden sie miteinander? Worüber lachen sie? Wann hast du eigentlich beschlossen, dass du eine Hexe bist?"

„Wahrscheinlich, als ich über meiner Wiege schwebte." Morgana beobachtete ihn genau und sah ein Lächeln in seinen Augen aufblitzen.

„Genau so etwas will ich." Er lehnte sich zurück, und Luna streckte sich genüsslich auf seinen Knien aus. „Deine Mutter muss einen Schock bekommen haben, als sie es feststellte."

„Sie war vorbereitet." Als sie sich ein wenig umsetzte, streifte ihr Knie seinen Oberschenkel. Die Hitze, die ihn durchzuckte, hatte nichts mit Magie zu tun. Das war reine Chemie. „Ich sagte dir bereits, dass ich als Hexe geboren wurde."

„Richtig." Sein Tonfall ließ sie schwer durchatmen. „Und? Hat es dich gestört? Ich meine, weil du geglaubt hast, du seist anders."

„Ich wusste, dass ich anders war", berichtigte sie. „Natürlich. Als Kind ist es schwer, die Kräfte zu kontrollieren. Heftige Gefühle können oft dazu führen, dass ein Kind die Kontrolle verliert, so ähnlich wie bei einer erwachsenen Frau, die bei einem bestimmten Mann die Kontrolle über ihre Vernunft verliert."

Er hätte zu gern ihr Haar berührt, aber er hielt sich zurück. „Passiert das häufiger? Das mit dem unerwarteten Kontrollverlust?"

Sie erinnerte sich an den Kuss, an seinen Mund auf ihrem. „Nicht mehr so oft wie früher. Ich bin reifer geworden. Ich habe schon immer ein Problem mit meiner Beherrschung gehabt, und manchmal tue ich Dinge, die ich hinterher bereue. Aber eines vergisst eine verantwortungsbewusste Hexe nie: ‚Auf dass keiner zu Schaden komme‘", zitierte sie. „Die Macht darf nicht dazu benutzt werden, um andere zu verletzen."

„Du bist also eine ernst zu nehmende und verantwortungsvolle Hexe. Und du verhängst Liebeszauber für deine Kunden."

Ihr Kinn schoss vor. „Mit Sicherheit nicht."

„Du hast die Fotos genommen – die Nichte dieser alten Dame und der Schwarm aus dem Geometriekurs."

Hat er das unbedingt mitbekommen müssen? dachte Morgana missmutig. „Sie hat mir ja nicht wirklich die Wahl gelassen, oder?" Und weil sie peinlich berührt war, setzte sie die zierliche Tasse viel heftiger ab als nötig. „Außerdem, nur weil ich die Fotos an mich genommen habe, heißt das nicht, dass ich sie auch mit Mondstaub bestreuen werde."

„Ah, so wird das also gemacht?"

„Ja, aber …" Sie brach ab und biss sich auf die Zunge.

„Du machst dich lustig über mich. Warum stellst du Fragen, wenn du nicht bereit bist, die Antworten zu glauben?"

„Ich muss nicht alles glauben, um interessiert zu sein." Und interessiert war er, sehr sogar. Er rückte näher an sie heran. „Also hast du nichts wegen des Abschlussballs unternommen?"

„Das habe ich nicht gesagt." Sie schmollte sehr reizvoll, und er gab dem Drang nach und spielte mit ihrem Haar. „Ich habe nur einen kleinen Stolperstein entfernt. Alles andere wäre grobe Einmischung."

„Welchen Stolperstein?" Er hatte keine Ahnung, was Mondstaub war, aber er stellte sich vor, dass er riechen würde wie ihr Haar.

„Das Mädchen ist schrecklich schüchtern. Also habe ich ihrem Selbstbewusstsein einen kleinen Schubs gegeben. Alles andere liegt jetzt bei ihr."

Ihr Hals war wunderschön, schlank und lang und elegant. Er fragte sich, wie es wohl sein mochte, daran zu knabbern. Eine Stunde vielleicht, oder auch zwei … Denk ans Geschäft, ermahnte er sich.

„So arbeitest du also? Du verteilst Anreize?"

Sie wandte den Kopf und sah ihm direkt in die Augen. „Das hängt von der Situation ab."

„Ich habe viel gelesen. Hexen wurden jahrhundertelang als weise Frauen angesehen. Sie brauten Tränke, konnten Ereignisse voraussehen, heilten Kranke."

„Mein Gebiet ist weder das Heilen noch das Sehen."

„Sondern?"

„Magie." Ob es nun aus Stolz oder Ärger war, sie wusste es nicht. Aber sie sandte ein Donnergrollen über den Himmel.

Nash sah zum Fenster. „Hört sich an, als würde sich ein Gewitter zusammenbrauen."

„Möglich. Warum beantworte ich nicht deine Fragen, damit du trocken nach Hause kommst?"

Sie wollte, dass er verschwand. Sie wusste, was sie in der Kristallkugel gesehen hatte. Mit Vorsicht und Fingerspitzengefühl konnten solche Dinge manchmal verhindert werden. Doch was immer auch geschehen mochte, sie wollte nicht, dass die Dinge sich so rasant entwickelten. Die Art, wie er sie berührte, seine schlanken Finger in ihrem Haar, ließen kleine Flammen der Angst in ihr züngeln.

Und das machte sie maßlos wütend.

„Ich habe keine Eile." Er fragte sich, ob er wieder ein so überirdisches Gefühl erfahren würde, wenn er das Risiko einginge und sie nochmals küssen würde. „Ein bisschen Regen macht mir nichts aus."

„Es wird ein Guss werden", murmelte sie. Dafür würde sie schon sorgen. „Einige deiner Bücher können vielleicht hilfreich sein", setzte sie an. „Geschichtliche Fakten, die aufgezeichnet wurden, eine Beschreibung der wesentlichen Rituale …" Sie tippte mit dem Zeigefinger auf das dünne Taschenbuch. „Aber das da ganz bestimmt nicht. Es gibt bestimmte … allgemeine Zutaten und Rahmenbedingungen."

„Friedhofserde?"

Stöhnend schlug sie die Augen zur Decke auf. „Also bitte."

„Komm schon, Morgana, du musst zugeben, es macht visuell wirklich was her." Er legte seine Hand auf ihre, wollte, dass sie sah, was er sah. „Stell dir vor ... Außen, Nacht. Unsere schöne Heldin watet durch aufsteigenden Nebel, Schatten von Grabsteinen um sie herum. Eine Eule schreit. Aus der Ferne ertönt das lang gezogene Heulen eines Hundes. Nahaufnahme – ein schönes Gesicht, weiß wie Porzellan, umrahmt von einer weiten, dunklen Kapuze. Die Heldin bleibt vor einem frisch ausgehobenen Grab stehen, nimmt eine Hand voll Erde und gibt sie in einen magischen Beutel. Lautes Donnergrollen, Ausblenden ..."

Sie gab sich alle Mühe, nicht beleidigt zu sein. Man stelle sich vor – sie mitten in der Nacht auf einem Friedhof! „Nash, ich versuche wirklich, mir immer wieder klar zu machen, dass es dir um Unterhaltung geht und du dir daher auch eine gewisse künstlerische Freiheit nehmen kannst."

Er küsste ihre Fingerspitzen. Musste es einfach tun. „Du verbringst also keine Zeit auf Friedhöfen?"

Sie unterdrückte ihren Ärger – und das Verlangen. „Ich werde akzeptieren, dass du mir nicht abnimmst, was ich bin. Aber ich werde es niemals tolerieren, dass du dich über mich lustig machst."

„He, werd doch nicht gleich so heftig!" Er strich ihr

das Haar von den Schultern und massierte leicht ihren Nacken. „Ich muss zugeben, dass ich sonst etwas feinfühliger vorgehe. Immerhin habe ich elf Stunden Interviewmaterial mit einem verrückten Rumänen aufgenommen, der schwor, ein Vampir zu sein. Ich musste die ganze Zeit ein Kreuz um den Hals tragen, ganz zu schweigen von dem Knoblauch." Nash zog eine Grimasse. „Was ich damit sagen will, ist, dass ich überhaupt kein Problem damit hatte. Ich habe ihm einfach den Gefallen getan, es hingenommen und dafür eine unbezahlbare Flut an Anekdoten und Hinweisen bekommen. Aber bei dir …"

„Bei mir geht es nicht, ich verstehe." Sie tat ihr Bestes, um zu ignorieren, dass er gedankenverloren mit einem Finger über ihren bloßen Arm strich.

„Dir kann ich es einfach nicht abnehmen, Morgana. Du bist eine intelligente, starke Frau. Du hast Stil, Geschmack … mal ganz davon abgesehen, dass du wunderbar riechst. Ich kann nicht so tun, als würde ich glauben, dass du selbst davon überzeugt bist."

Sie merkte, wie ihr Blut zu kochen begann. Sie würde, konnte es nicht zulassen, dass er sie zur gleichen Zeit wütend machte und verführte. „Ist es das, was du willst? So tun?"

„Wenn eine neunzigjährige Frau mir vollkommen ernst erzählt, dass ihr Verlobter 1922 als Werwolf erschossen wurde, dann werde ich sie auf keinen Fall eine Lügnerin nennen. Ich denke mir dann, dass sie entweder eine verdammt gute Geschichtenerzählerin ist oder dass sie es selbst glaubt. Mit beiden Möglichkeiten kann ich leben. Damit habe ich nicht das geringste Problem."

„Solange du Material für deine Filme bekommst."

„Das ist mein Beruf. Illusionen. Und es tut niemandem weh."

„Oh, ich bin sicher, dass es das nicht tut. Vor allem dir nicht. Du drehst dich um und gehst, trinkst ein Bier mit deinen Freunden und lachst über den Irren, den du gerade interviewt hast." Ihre Augen blitzten. „Ich warne dich, Nash, wenn du es bei mir genauso machst, wirst du Warzen auf der Zunge bekommen."

Da er sah, dass sie wirklich wütend war, verkniff er sich das Grinsen. „Ich will damit sagen, dass du über genügend Kenntnisse und Fantasie verfügst, und das ist genau das, wonach ich suche. Ich kann mir vorstellen, dass der Ruf als Hexe die Umsatzzahlen in deinem Laden um einen guten Prozentsatz anhebt, und es ist ja auch großartige Werbung. Aber bei mir brauchst du dieses Spiel nicht zu spielen."

„Du glaubst also, ich gebe nur vor, eine Hexe zu sein, um die Verkaufszahlen zu steigern?" Sie stand auf und trat von ihm weg, weil sie fürchtete, ihm etwas anzutun, wenn sie zu nahe bei ihm blieb.

„Ich … He!" Er zuckte zusammen, als Luna ihre Krallen schmerzhaft in seine Schenkel schlug.

Morgana und ihre Katze tauschten einen zustimmenden Blick aus. „Du sitzt in meinem Haus, auf meinem Sofa und nennst mich tatsächlich einen Scharlatan, eine

Lügnerin und eine Betrügerin." Was bildest du dir eigentlich ein, du gottverdammter Zyniker.

„Aber nein." Er löste Lunas Krallen aus seinem Bein und stand ebenfalls auf. „So meine ich das nicht. Ich wollte nur sagen, dass du mir gegenüber offen sein kannst."

„Offen also." Sie schritt unruhig im Raum auf und ab, bemühte sich um Beherrschung. Auf der einen Seite verführte er sie mühelos, ohne dass sie etwas dazu tat, auf der anderen Seite machte er abfällige Bemerkungen über sie. Dieser ungläubige Trottel konnte von Glück sagen, dass sie ihm nicht Eselsohren anhexte. Mit einem tückischen Lächeln drehte sie sich zu ihm um. „Du willst also, dass ich offen zu dir bin?"

Das Lächeln beruhigte ihn, aber nur wenig. Er hatte wirklich befürchtet, sie würde ihm etwas an den Kopf werfen. „Ich will nur, dass du weißt, du kannst dich bei mir entspannen. Du gibst mir die Fakten, ich kümmere mich um die Fiktion."

„Entspannen." Sie nickte. „Gute Idee. Wir beide sollten uns entspannen." Ihre Augen funkelten, als sie auf ihn zutrat. „Sollen wir ein Feuer im Kamin anzünden? Nichts hilft besser zum Entspannen als ein gemütliches kleines Feuer."

„Wunderbarer Vorschlag." Und ein sehr verführerischer. „Ich werde mich direkt daranmachen."

„Bemühe dich nicht." Sie legte eine Hand auf seinen Arm und hielt ihn zurück. „Du erlaubst?"

Sie drehte sich zum Kamin und streckte beide Arme

aus. Sie spürte das klare, reine Wissen durch ihr Blut fließen. Es war eine uralte Gabe, eine der ersten, die beherrscht wurden, und eine der letzten, die mit dem Alter schwanden. Ihre Augen und ihr Geist konzentrierten sich auf das Holz im Kamin. Im nächsten Moment schlugen Flammen hoch, Rauch quoll auf, Scheite knackten. Sie ließ die Arme sinken und drehte sich wieder zu ihm.

Es war das reine Entzücken. Nicht nur war er kreideweiß geworden, ihm stand auch der Mund offen.

„Besser so?" fragte sie zuckersüß.

Er setzte sich – auf die Katze. Luna fauchte erbost auf und trippelte hochmütig davon, trotz der gemurmelten Entschuldigung. „Ich glaube …"

„Du siehst aus, als könntest du einen Drink gebrauchen." Sie kam in Fahrt. Sie hob eine Hand, und die Karaffe schwebte vom Sideboard durch den Raum auf sie zu. „Brandy?"

„Nein … danke." Er atmete tief durch.

„Ich genehmige mir einen." Sie schnippte mit den Fingern, und ein Cognacschwenker kam herübergeschwebt, blieb mitten in der Luft vor ihr hängen, während sie einschenkte. Es war Angeberei, das wusste sie, aber es machte ihr diebischen Spaß. „Willst du wirklich nichts trinken?"

„Nein, wirklich nicht."

Sie schickte die Karaffe durchs Zimmer zurück zum Sideboard. Das Glas klirrte ganz leise, als es auf das Holz auftraf. „Wo waren wir stehen geblieben?"

Halluzinationen, dachte er. Hypnose. Er öffnete den Mund, aber nur ein unverständliches Stottern kam heraus. Morgana lächelte immer noch, zufrieden wie eine Katze, die den Milchtopf ausgeschleckt hatte.

Spezialeffekte. Technische Tricks. Das war ihm plötzlich so klar, dass er über seine eigene Dummheit lachte.

„Da ist doch irgendwo ein Draht, oder?" Er stand auf und sah nach. „Toller Trick. Für einen Moment hattest du mich fast so weit."

„Wirklich?" murmelte sie zweideutig.

Er hob die Karaffe an, studierte die Kommode, suchte nach Haken und Ösen, fand jedoch nur Kristall und edles Holz. Mit einem Schulterzucken ging er zum Kamin und kniete sich hin. Er nahm an, dass da in der Feuerstelle irgendwo eine Gasdüse angebracht war, die mit einer Fernbedienung in Gang gesetzt werden konnte.

Die Inspiration kam so plötzlich und klar, dass er mit einem Satz aufsprang.

„Wie wär's damit? Also, da kommt dieser Mann in die Stadt. Er ist Wissenschaftler, und er fühlt sich sofort zu ihr hingezogen. Aber es macht ihn verrückt, weil sie Dinge tut, für die er unbedingt eine logische Erklärung sucht." Sein Verstand machte einen großen Sprung vor. „Er schleicht ihr heimlich nach, zu einem ihrer Rituale. Warst du schon mal bei so was?"

Sie vertrieb ihren Ärger, und seltsamerweise blieb nichts anderes als Humor übrig. „Natürlich. Jede Hexe nimmt daran teil."

„Großartig. Du kannst mir dann die ganzen Insider-Informationen geben. Er sieht also, wie sie zaubert. Sie lässt etwas durch die Luft schweben, vielleicht. Oder das mit dem Feuer, das war auch gut. Ja, ein Lagerfeuer, und sie zündet es ohne Streichhölzer an. Aber er weiß immer noch nicht, ob es echt ist oder nur ein Trick. Das Publikum weiß es auch nicht."

Sie trank den Brandy und genoss die Wärme, die er durch ihre Adern schickte. Wutanfälle waren immer so anstrengend. „Und die Aussage dieser Geschichte?"

„Nun, neben ein paar spannenden und unheimlichen Szenen soll es vor allem darum gehen, wie dieser normale sachliche Mann mit der Tatsache umgeht, dass er sich in eine Hexe verliebt hat."

Morgana starrte in ihr Glas. „Man kann auch fragen, ob die Hexe damit umgehen kann, dass sie sich in diesen normalen Mann verliebt hat."

„Und dafür brauche ich dich. Nicht nur vom Blickwinkel der Hexe aus, sondern auch von dem der Frau." Er fühlte sich wieder in bester Verfassung und strich über ihr Knie. „Jetzt lass uns über Zaubersprüche reden."

Sie stellte das Glas beiseite und lachte. „Also schön. Betreiben wir ein bisschen Zauberei."

4. KAPITEL

*N*ash war nicht einsam. Wie hätte er das auch sein können, wenn er den ganzen Tag über Büchern gesessen und seinen Verstand und seine Welt mit Fakten und Fantasiebildern gefüllt hatte? Schon in der Kindheit hatte er gelernt, sich allein zu beschäftigen, und war zufrieden damit gewesen. Was als Notwendigkeit begonnen hatte, war zu einem Lebensstil geworden.

Die Zeit, die er bei seiner Großmutter oder seiner Tante oder bei verschiedenen Pflegeeltern verbracht hatte, hatte ihn gelehrt, dass er wesentlich besser dran war, wenn er sich seine Unterhaltung selbst ersann, als wenn er bei den Erwachsenen um Ablenkung gebeten hätte. Denn die erwachsene Art von Ablenkung für ihn hatte hauptsächlich aus der Erledigung von Pflichten, Strafpredigten, Hausarrest oder – im Falle seiner Großmutter – aus einer schlagkräftigen Rückhand bestanden.

Da er weder viele Spielzeuge noch viele Freunde zum Spielen gehabt hatte, hatte er seinen Geist zu einem besonders ausgefeilten Spielzeug gemacht, auf eine Weise, die ihm nun bei seiner Arbeit zugute kam.

Oft dachte er, dass er dadurch einen enormen Vorteil gegenüber den Kindern gehabt hatte, die mehr materielle Dinge vorweisen konnten als er. Denn kein Erwachsener hatte ihm das wegnehmen können. Und seine Fantasie musste auch nicht zurückbleiben, wenn es mal wieder Zeit gewesen war, in einem anderen Haus unterzukommen. Sie begleitet ihn immer und überall hin, wie ein guter Freund.

Heute konnte er sich alles kaufen, was er begehrte, und er gab auch bereitwillig zu, dass es da einige faszinierende Spielzeuge für Erwachsene gab. Aber noch immer gab es für ihn kaum eine schönere Beschäftigung, als seiner Fantasie freien Lauf zu lassen.

Er konnte sich stundenlang aus der realen Welt und von realen Leuten zurückziehen. Das hieß nicht, dass er allein war. Nicht mit all den Figuren und Ereignissen, die sich in seinem Kopf abspielten. Und wenn er von Zeit zu Zeit eine Phase hatte, wo er von Party zu Party zog, dann tat er das, um Kontakte zu pflegen, und als Ausgleich für die vielen Stunden, in denen er nur seine eigene Gesellschaft hatte.

Aber einsam? Nein, das war absurd.

Er hatte einen Freundeskreis, er allein hatte die absolute Kontrolle über sein Leben. Er allein traf die Wahl, ob er bleiben oder gehen wollte. Dass er dieses riesige Haus für sich allein hatte, begeisterte ihn. Er konnte essen, wann er wollte, schlief, wenn er müde war, konnte seine Sachen da liegen lassen, wo es ihm passte. Die meisten Leute, mit denen er zu tun hatte, waren entweder unglücklich verheiratet, hatten gerade eine hässliche Scheidung hinter sich oder verwendeten viel Zeit und Mühe darauf, über ihre jeweiligen Partner zu lamentieren.

Nicht so Nash Kirkland.

Er war ein freier Mann. Ein Junggeselle ohne Sorgen.

Ein einsamer Wolf, aber glücklich und zufrieden. Unabhängig und weit weg von klebrigen Beziehungen.

Die Möglichkeit, mit dem Laptop auf der Terrasse zu arbeiten, den Sonnenschein und die frische Luft zu genießen, während das Wasser im Hintergrund rauschte, machte ihn glücklich. In Gedanken mit einer Story zu spielen, wann und wie lange es ihm beliebte, ohne an feste Arbeitszeiten oder Firmenpolitik oder eine Frau denken zu müssen, die darauf wartete, dass er endlich ihr seine Aufmerksamkeit schenkte anstatt seiner Fantasiewelt.

Hörte sich das etwa wie das Jammern eines einsamen Mannes an?

Er wusste, dass er weder für einen konventionellen Job noch für eine konventionelle Beziehung geschaffen war. Seine Großmutter hatte ihm oft genug gesagt, dass aus ihm nie etwas Anständiges werden würde. Sie hatte auch mehr als einmal wiederholt, dass keine anständige Frau mit einem Funken Verstand ihn würde haben wollen.

Nash bezweifelte, dass diese strenge und unnachgiebige Frau das Schreiben von okkulten Geschichten als etwas „Anständiges" akzeptiert hätte. Würde sie noch leben, hätte sie wahrscheinlich nur geschnaubt und dann moniert, dass er mit dreiunddreißig immer noch nicht verheiratet war.

Doch er hatte den anderen Weg zumindest versucht. Sein kurzes Gastspiel als Angestellter einer Versicherungsgesellschaft hatte ihm endgültig bewiesen, dass er nicht für den Achtstundentag im Büro geschaffen war.

Und seine letzte Beziehung … nun, da hatte sich gezeigt, dass er den Anforderungen einer Frau an eine dauerhafte Beziehung einfach nicht genügte.

DeeDee Driscol. Eine fröhliche, lebenslustige Frau mit einem wunderbar weiblichen Körper und einem herzlichen Lächeln. Wie hatte sie es noch beim endgültigen Bruch so verächtlich ausgedrückt? „Du bist nichts weiter als ein egoistischer, unreifer kleiner Junge und gefühlsmäßig völlig zurückgeblieben. In deiner grenzenlosen Fantasie bildest du dir ein, weil du gut im Bett bist, kannst du dir außerhalb des Betts jegliches Verantwortungsgefühl ersparen. Du spielst lieber mit deinen Monstern, als dass du dich mit einer erwachsenen Beziehung zwischen Mann und Frau auseinander setzt."

Sie hatte noch viel mehr gesagt, aber das war mehr oder weniger die Kernaussage gewesen. Er konnte es ihr noch nicht einmal verübeln, dass sie ihm seine Verantwortungslosigkeit an den Kopf geschleudert hatte. Oder den Marmoraschenbecher. Er hatte sie enttäuscht. Er war nicht, wie sie gehofft hatte, aus dem Holz geschnitzt, aus dem Ehemänner sind. So sehr sie sich während der sechs Monate auch bemüht hatte, ihn zurechtzubiegen, es hatte einfach nicht gereicht bei ihm.

Also heiratete DeeDee jetzt ihren Kieferchirurgen. Nash konnte sich das Grinsen nicht verkneifen, wenn er daran dachte, was ein entzündeter Weisheitszahn so alles nach sich ziehen konnte.

Besser du als ich, wünschte er dem unbekannten Zahnarzt Glück. Wenn er daran dachte, dass DeeDee jetzt bald in den Hafen der Ehe einlaufen würde, machte ihn das ganz bestimmt nicht einsam.

Er war frei, konnte gehen und kommen, wann er wollte, war ungebunden und damit rundum zufrieden.

Warum also strich er rastlos durch dieses große Haus, als wäre er der letzte Mensch auf Erden? Was noch viel bedenklicher war – warum griff er immer wieder zum Telefon, bestimmt schon ein Dutzend Mal, um Morgana anzurufen?

Dabei war heute nicht ihr gemeinsamer Arbeitsabend. Sie war sehr entschieden gewesen und hatte ihm nur zwei Abende die Woche gewährt. Nachdem sie die anfänglichen Stolpersteine aus dem Weg geräumt hatten, waren sie gut voran- und miteinander zurechtgekommen. Wenigstens solange er sich mit seinen sarkastischen Bemerkungen zurückhielt.

Sie hatte Sinn für Humor und ein ausgezeichnetes Verständnis für Dramatik – genau das, was er sich für seine Story vorstellte. Man konnte es auch weiß Gott kein Opfer nennen, wenn er ein paar Stunden in der Woche in ihrer Gesellschaft zubrachte. Zwar bestand sie immer noch darauf, eine Hexe zu sein, aber das machte die ganze Sache eigentlich nur interessanter. Er war sogar eher enttäuscht, dass sie ihn nicht noch einmal mit diesen Spezialeffekten überrascht hatte.

Er war stolz auf sich. Er hatte außergewöhnliche Selbstbeherrschung gezeigt und die Finger von ihr gelassen. Nun, dass er ab und zu ihre Hand berührte oder mit ihrem Haar spielte, zählte schließlich nicht. Nicht, wenn er diesem verführerischen vollen Mund widerstanden hatte, diesem langen schlanken Hals, diesen wunderbar festen Brüsten ...

Nash unterbrach hastig diesen Gedankengang. Er wünschte sich, er könnte etwas anderes treten als nur die Seite seines Sofas.

Es war normal, eine Frau zu begehren. Es bereitete ihm sogar äußerstes Vergnügen, sich vorzustellen, wie es sein würde, wenn sie zusammen zwischen den zerknüllten Laken lagen. Aber wie seine Gedanken immer wieder, Tag und Nacht, nur noch um Morgana kreisten, ihm das Arbeiten unmöglich machten, das nahm Züge einer Besessenheit an.

Es war höchste Zeit, dass er das irgendwie in den Griff bekam.

Und doch wollte er jetzt nichts anderes tun, als sie anrufen, ihre Stimme hören, sie sehen, ein wenig Zeit mit ihr verbringen.

Verflucht, er war nicht einsam! Zumindest war er es nicht gewesen, bis zu dem Zeitpunkt, da er beschlossen hatte, den Computer auszuschalten und seinen müden Geist mit einem Spaziergang am Strand zu beleben. All diese Leute, die er gesehen hatte – die Familien, die Paare, all diese kleinen Grüppchen, die ihr Zusammengehörigkeitsgefühl für jedermann sichtbar zur Schau trugen. Und er war allein gewesen, hatte der Sonne zugesehen, wie sie am Horizont im Wasser versank, und sich nach etwas gesehnt, von dem er sicher war, dass er es eigentlich gar nicht wollte. Etwas, mit dem er gar nichts anzufangen wüsste, wenn er es denn hätte.

Manche Menschen waren eben nicht für ein Familienleben gemacht. Nash wusste das aus eigener Erfahrung. Er hatte schon vor langer Zeit beschlossen, diesen Fehler zu vermeiden und einem namen- und gesichtslosen Kind das Unglück zu ersparen, mit einem lausigen Vater belastet zu sein.

Aber so allein dazustehen und den Familien zuzusehen hatte ihn rastlos gemacht, hatte das Haus, zu dem er zurückgekommen war, zu groß und zu leer erscheinen lassen. Es hatte ihn dazu gebracht sich zu wünschen, Morgana wäre bei ihm. Sie hätten zusammen den Strand entlangschlendern können, Hand in Hand, die Füße im Wasser. Oder sie hätten auf einem der alten ausgeblichenen Baumstämme sitzen können, Arm in Arm, und gemeinsam die ersten Sterne aufgehen sehen.

Mit einem gemurmelten Fluch gab er nach, riss den Hörer vom Telefon und wählte ihre Nummer. Er lächelte schon, als ihre Stimme erklang, aber gleich darauf wurde ihm klar, dass er nur den Anrufbeantworter hörte.

Er überlegte, ob er eine Nachricht hinterlassen sollte, legte dann aber auf. Was hätte er auch sagen sollen? „Ich wollte nur mit dir reden. Ich muss dich sehen. Ich denke immerzu an dich."

Er schüttelte den Kopf über sich selbst und begann wieder im Raum auf und ab zu tigern. Wertvolle antike Masken starrten ihn von den Wänden an, in dekorativ aufgestellten Schatullen schimmerten edelsteinbesetzte Messer auf Samtunterlagen. Um ein Ventil für seine Frustration zu finden, hob er eine Voodoo-Puppe auf und stach mit einer Nadel direkt in das Herz.

„Mal sehen, wie dir das gefällt, Winzling!"

Er warf die Puppe achtlos beiseite, steckte die Hände in die Hosentaschen und beschloss, dass er besser etwas unternehmen sollte.

Ach, zum Teufel, er konnte doch genauso gut ins Kino gehen.

„Heute bist du an der Reihe mit den Tickets", sagte Morgana zu Sebastian. „Ich sorge für das Popcorn, und Ana darf den Film aussuchen."

Sebastian runzelte die Stirn, während sie die Straße entlanggingen. „Ich hab doch das letzte Mal die Tickets bezahlt."

„Nein, hast du nicht."

Anastasia schüttelte lächelnd den Kopf, als er sich um Zustimmung heischend zu ihr drehte. „Ich habe sie gekauft", bestätigte sie. „Du versuchst dich nur wieder herauszuwinden."

Beleidigt blieb er mitten auf der Straße stehen. „Winden? Was für ein hässliches Wort. Ich kann mich genau erinnern …"

„Du erinnerst dich nur an Dinge, an die du dich erinnern willst", unterbrach Anastasia ihn ungerührt und hakte sich bei ihm ein. „Gib's auf, Cousin, ich werde nicht auf meine Wahl verzichten."

Er murmelte etwas in sich hinein und ging weiter, Ana an einem Arm, Morgana am anderen. Er wollte unbedingt diesen neuen Film mit Arnold Schwarzenegger sehen, aber er befürchtete, Ana würde sich für die seichte romantische Komödie in Kino zwei entscheiden. Eigentlich hatte er nichts gegen Komödien, aber er hatte gehört, dass Arnie sich diesmal selbst übertroffen hatte und die Erde vor bösen Außerirdischen, die dazu noch jede Gestalt annehmen konnten, retten musste.

„Sei nicht eingeschnappt", warf Morgana leichthin ein. „Das nächste Mal darfst du wählen."

Ihr gefiel das Abkommen, das sie getroffen hatten. Wann immer sie Lust und Zeit hatten, gingen Cousin und Cousinen ins Kino. Jahre des Streits, hitziger Debatten und ruinierter Abende hatten zu dem jetzigen Arrangement geführt. Sicher, es hatte auch seine Schwächen, aber zumindest vermieden sie so eine Diskussion an der Kinokasse.

„Es ist nicht gerade fair, wenn du versuchst, mich zu beeinflussen", tadelte Ana, als sie merkte, dass Sebastian sich in ihre Gedanken schleichen wollte.

„Ich möchte ja nur mein Geld nicht verschwenden." Resigniert sah er auf die Schlange, die sich vor der Kinokasse bildete. Seine Laune hob sich erheblich, als er den Mann sah, der von der anderen Seite auf das Kino zuschlenderte. „Da schau her. So ein Zufall!"

Morgana hatte Nash längst erblickt und wusste nicht, ob sie verärgert oder erfreut sein sollte. Während ihrer Arbeitstreffen hatte sie es bisher immer geschafft, Ruhe zu bewahren und ausgeglichen und gelassen zu bleiben. Eine stolze Leistung, dachte sie jetzt, wenn man bedachte, dass es vor erotischer Spannung zwischen ihnen nur so knisterte.

Das schaffst du schon, beruhigte sie sich und begrüßte Nash mit einem freundlichen Lächeln. „Kleine Verschnaufpause?"

Seine düstere Stimmung verflog bei ihrem Anblick augenblicklich. Sie sah aus wie ein Engel der Finsternis, das lange dunkle Haar floss ihr über Schultern und Rücken, das kurze rote Kleid schmiegte sich wie eine zweite Haut um ihre verführerischen Kurven. „So ungefähr. Ich lenke mich gern mit dem Film eines anderen ab, wenn ich an meinem eigenen arbeite." Auch wenn es ihm schwer fiel, den Blick von Morgana zu wenden, so sah er doch zu Ana und Sebastian. „Hi."

„Nett, Sie wiederzusehen." Ana trat einen Schritt vor. „Seltsam, das letzte Mal, als wir drei ins Kino gegangen sind, haben wir ‚Play Dead' von Ihnen gesehen. Der Film war gut."

„Sie muss es ja wissen", warf Sebastian schmunzelnd ein. „Sie hat sich die ganze Zeit die Augen zugehalten."

„Das ist das höchste Kompliment überhaupt." Nash rückte mit ihnen in der Schlange auf. „Was werdet ihr euch heute ansehen?"

Anastasia warf Sebastian einen abschätzenden Blick zu, während er sein Portemonnaie hervorzog. „Den Film mit Schwarzenegger."

„Wirklich?" Nash wusste zwar nicht, warum Sebastian so breit in sich hineingrinste, aber er lächelte Morgana an. „Den wollte ich mir auch ansehen."

Nash glaubte ganz fest, dass ihm das Glück hold war, als Morgana sich neben ihn setzte. Es war unwichtig, dass er den Film schon gesehen hatte, er hätte ihn wahrscheinlich sowieso aus dem laufenden Angebot gewählt.

Als die Lichter im Kinosaal heruntergedreht wurden, lächelte Morgana ihn an. Nash wünschte sich, der Film hätte Überlänge.

Normalerweise trat Nash in dem Moment von der Realität in die Fantasiewelt, wenn das erste Bild auf der Leinwand erschien. Er liebte es, sich von der Action mitreißen zu lassen, wobei es nicht darauf ankam, ob er den Film zum ersten oder zum zwanzigsten Mal sah. In einem Film fühlte er sich immer zu Hause. Aber heute Abend konnte er dem Abenteuer auf der Leinwand nur mit großer Mühe folgen.

Er war sich der Frau neben ihm zu sehr bewusst, als dass er die Realität hätte ausschalten können.

Kinos hatten immer ihren eigenen Geruch. Es roch nach Popcorn und Kunststoff, nach verschütteter Cola und Limonade. Nash mochte diesen Geruch – doch heute nahm er nur Morganas Parfüm wahr.

Für ihn hatte es noch nie Sinn gemacht, dass die Klimaanlage im Kino immer bis zum Anschlag aufgedreht war, sodass es eigentlich viel zu kalt war, um zwei Stunden still zu sitzen. Heute jedoch spürte er nur die Hitze, die Morganas Haut neben ihm ausstrahlte.

Leider suchte sie nicht angsterfüllt an seiner Schulter Schutz, als der Kampf zwischen Held und Eroberern zu einem Gemetzel wurde – wie er sich erhofft hatte –, stattdessen haftete ihr Blick unverwandt auf der Leinwand, und ab und zu nahm sie eine Hand voll Popcorn aus der großen Papiertüte, die zwischen ihnen herumgereicht wurde.

Aber an einer Stelle zog sie scharf den Atem ein und stützte den Arm auf die Lehne zwischen ihnen. Galant legte Nash seine Hand auf ihre. Sie sah ihn nicht an, aber sie drehte ihre Hand und verschränkte ihre Finger mit den seinen.

Sie konnte nichts dagegen tun. Schließlich war sie nicht aus Stein, sondern eine Frau aus Fleisch und Blut, die den Mann neben sich ausgesprochen attraktiv fand. Und süß. Es hatte unleugbar etwas Charmantes, in einem dunklen Kino zu sitzen und Händchen zu halten.

Und was sollte es schon schaden?

Sie war auf der Hut, wenn sie allein waren, achtete darauf, dass die Dinge nicht aus dem Ruder liefen oder in eine Richtung, die sie nicht bestimmt hatte. Allerdings hatte sie ihn auch gar nicht abwehren müssen, erinnerte sie sich leicht verstimmt. Er hatte in letzter Zeit keinen weiteren Versuch gemacht, sie zu umarmen, zu küssen oder in irgendeiner Weise zu verführen.

Wenn man davon absah, dass er sie ständig berührte, auf diese harmlose, ja fast gedankenverlorene Art. Die Art, die sie sich stundenlang unruhig im Bett wälzen ließ, nachdem er längst gegangen war.

Das ist allein mein Problem, schalt sie sich und versuchte das sehnsüchtige Ziehen zu ignorieren, das sie durchfuhr, als Nash jetzt mit seinem Daumen über ihren Daumenballen streichelte.

Trotzdem machte ihr die Arbeit mit ihm Spaß. Nicht nur, weil er ein angenehmer, geistreicher Gesellschafter war, sondern auch, weil ihr so die Möglichkeit geboten wurde, mit ihren eigenen Worten zu erklären, was sie war.

Sie wusste, dass er ihr nicht eines davon glaubte.

Was aber unwichtig ist, sagte sie sich und verlor den Faden im Film vollends, als Nashs Arm den ihren berührte. Er musste ihr nicht glauben, um ihr Wissen in eine gute Story einzuarbeiten. Trotzdem war sie enttäuscht, irgendwo ganz tief in ihrem Inneren. Es wäre schön gewesen, wenn er ihr glauben und sie respektieren würde.

Nachdem die Erde gerettet war und die Lichter wieder aufflammten, zog sie ihre Hand zurück. Morgana war einfach nicht darauf aus, sich Sebastians frotzelnde Bemerkungen anhören zu müssen.

„Exzellente Wahl, Ana, das muss man dir lassen", sagte Sebastian.

„Sag mir das, wenn mein Puls wieder normal ist."

Er legte den Arm um ihre Schultern, während sie zum Ausgang strebten. „Angst gehabt?"

„Natürlich nicht." Dieses Mal weigerte sie sich, es zuzugeben. „Diesen Wahnsinnskörper fast zwei Stunden lang entblößt zu sehen würde den Puls jeder Frau in die Höhe treiben."

Sie traten in die helle Lobby. „Pizza", schlug Sebastian vor und schaute zu Nash. „Haben Sie auch Lust?"

„Auf Pizza habe ich immer Lust."

„Gut." Sebastian hielt die Tür auf, und sie traten hinaus in die Nacht. „Sie übernehmen die Rechnung."

Was für ein Trio, dachte Nash, als sie zu viert am Tisch saßen und Pizza-Stücke verschlangen. Sie stritten sich über alles, angefangen dabei, welche Pizza man bestellen sollte, bis hin zu der Frage, welches außerirdische Dahinscheiden am effektvollsten im Film gewesen war. Vor allem Morgana und Sebastian liebten es, sich gegenseitig zu widersprechen, während Ana immer wieder die Rolle des Schiedsrichters zufiel. Dabei war offensichtlich, wie tief das Band der Zuneigung zwischen den dreien ging, trotz des Frotzelns und Nörgelns.

Als Morgana einen von Sebastians Kommentaren mit: „Sei kein Idiot, mein Lieber", bedachte, war Nash klar, dass „Idiot" und „mein Lieber" voller Wohlwollen gleich gemeint waren. Und während er zuhörte, musste er gegen den gleichen schmerzhaften Stich ankämpfen, den er schon am Nachmittag am Strand gespürt hatte.

Sie alle waren Einzelkinder gewesen, so wie er. Doch

sie waren nicht – wie er – allein gewesen. Sie scheinen wie durch ein unsichtbares Band miteinander verbunden.

Anastasia wandte sich ihm zu. Etwas flackerte in ihren Augen auf, etwas, das ihn so sehr an Mitgefühl denken ließ, dass er sich beschämt fühlte. Dann war der Ausdruck aus ihrem Blick wieder verschwunden, und sie war nichts weiter als eine hübsche Frau mit einem herzlichen Lächeln.

„Sie sind nicht absichtlich so unhöflich", sagte sie leichthin. „Sie können einfach nicht anders."

„Unhöflich?" Morgana hielt nun ihr Glas hoch und schwenkte den dunkelroten Wein. „Es hat nichts mit Unhöflichkeit zu tun, wenn man Sebastians Charakterschwächen aufzeigt. Immerhin sind sie so offensichtlich, dass jeder es sofort mitbekommt." Sie schlug ihm auf die Finger, als er nach dem letzten Stück Pizza griff. „Seht ihr? Er war schon immer gierig."

Er grinste. „Ich lasse nur manchmal gerne fünf gerade sein."

„Du bist eingebildet und unbeherrscht." Sie grinste zurück und kaute genüsslich an einem großen Stück Pizza.

„Alles gelogen." Er gab sich mit seinem Wein zufrieden und lehnte sich in den Stuhl zurück. „Ich bin sogar ausgesprochen ausgeglichen. Du bist doch diejenige, die immer Schwierigkeiten damit hatte, ihr Temperament zu zügeln. Stimmt doch, Ana, oder?"

„Ehrlich gesagt, ihr beide …"

„Aber sie ist dem nie entwachsen", unterbrach Sebastian. „Wenn sie als Kind ihren Willen nicht hat durchsetzen können, hat sie einen Wutanfall bekommen und geschrien und getobt wie eine Wahnsinnige. Oder sie hat sich in eine Ecke zurückgezogen und geschmollt. Selbstbeherrschung war nie ihre starke Seite."

„Ich sage es ja nur ungern", setzte Ana an, „aber meist warst du es, der sie zum Schreien und Toben gebracht hat."

Sebastian fühlte sich keineswegs schuldig. „Dazu brauchte es ja nicht viel." Er blinzelte Morgana zu. „Es ist heute noch leicht."

„Ich hätte dich damals nie von der Decke herunterlassen sollen."

Nash wollte gerade sein Glas an den Mund führen, hielt jedoch inne. „Wie bitte?"

„Ein ausgesprochen gemeiner Streich", erklärte Sebastian. Selbst heute noch ärgerte es ihn, dass seine Cousine ihm eins ausgewischt hatte.

„Du hattest es verdient." Morgana sah in den dunklen Wein. „Ich kann eigentlich immer noch nicht sagen, dass ich dir dafür verziehen hätte."

Ana stimmte ihr zu. „Das war wirklich schäbig von dir, Sebastian."

Da er überstimmt war, zeigte Sebastian sich reumütig. Wenn er sich bemühte, konnte er in der Erinnerung sogar etwas Lustiges entdecken. „He, ich war elf. Kleinen Jungen ist es gestattet, schäbig zu sein. Das gehört dazu. Außerdem war es ja keine echte Schlange."

Morgana schnaubte beleidigt. „Sie sah aber echt aus."

Amüsiert beugte Sebastian sich vor, um Nash die Geschichte zu erzählen. „Wir waren damals alle zur Walpurgisnacht bei Tante Bryna und Onkel Matthew. Zugegeben, ich habe eigentlich immer nach einer Möglichkeit gesucht, um dieses Gör hier", er blickte zu Morgana, „irgendwie zu ärgern. Und ich wusste, dass sie höllische Angst vor Schlangen hatte."

„Das sieht dir ähnlich, eine kleine Schwäche schamlos auszunutzen", murmelte Morgana.

„Ja, weil sie nämlich sonst überhaupt keine Angst kannte, eben nur bei Schlangen." Sebastians Augen funkelten belustigt. „Und da Jungs nun mal eben Jungs sind, habe ich eine Gummischlange mitten auf ihr Bett fallen lassen – während Morgana darin lag, natürlich."

Nash konnte sein Grinsen gerade noch zu einem gekünstelten Husten umändern, als er Morganas kritischen Blick auf sich gerichtet sah. „Das scheint mir doch gar nicht so schlimm zu sein. Eine Gummischlange …"

„Er hat sie aber zischeln und züngeln lassen." Auch Ana biss sich auf die Zunge, um nicht zu lachen.

Sebastian seufzte theatralisch. „Es hat mich Wochen gekostet, bis ich den Zauberspruch richtig hingekriegt habe. Zauberei war nie meine Stärke, deshalb war es eigentlich auch ein ziemlich schwacher Versuch, aber", er sah lachend zu Morgana hin, „es hat gereicht. Morgana war jedenfalls sehr beeindruckt."

Nash hatte nichts dazu zu sagen. Bisher hatte er gedacht, er säße mit drei relativ vernünftigen Menschen an einem Tisch. Dem war scheinbar doch nicht so. Er war wohl der Einzige, der rational dachte.

„Na ja", nahm Morgana die Erzählung auf, „nachdem ich mit dem Schreien aufgehört hatte und mir klar geworden war, was für ein erbärmlicher Spruch es war, habe ich Sebastian an die Decke geschickt, kopfüber, und habe ihn dort hängen lassen." Sie sah zu ihrem Cousin. „Wie lange, meinst du, war das wohl?" flötete sie zuckersüß und sehr zufrieden mit sich.

„Zwei endlose Stunden."

Sie lächelte. „Du würdest immer noch da oben baumeln, wenn meine Mutter nicht gekommen wäre."

„Und den restlichen Sommer habt ihr beide versucht, euch gegenseitig auszustechen", fügte Ana hinzu, „und habt ständig mit euren Eltern Ärger gehabt."

Sebastian und Morgana lachten einander an. Dann warf Morgana einen Blick auf Nash. „Möchtest du noch ein Glas Wein?"

„Nein, ich muss fahren." Sie nahmen ihn auf den Arm, das wurde ihm mit einem Schlag klar. Also lächelte er Morgana an. Es machte ihm nichts aus, im Gegenteil, kleine Anekdoten waren gut für seine Story. „Ihr habt euch also als Kinder oft gegenseitig solche … Streiche gespielt?"

„Es ist schwer, sich mit normalen Spielen zufrieden zu geben, wenn man gewisse Kräfte hat."

„Was immer wir auch gespielt haben, du hast gemogelt", hielt Sebastian Morgana vor.

„Natürlich!" Ganz und gar nicht beleidigt, überließ

sie ihm ihr Stück Pizza. „Ich gewinne eben gern. Aber es wird spät." Sie erhob sich und küsste Cousin und Cousine auf die Wange. „Warum fährst du mich nicht nach Hause, Nash?"

„Gern." Genau das hatte er sich erhofft.

„Vorsicht, Kirkland", warnte Sebastian träge. „Sie liebt es, mit dem Feuer zu spielen."

„Das habe ich auch schon bemerkt." Nash nahm Morgana bei der Hand und ging mit ihr hinaus.

Anastasia stützte seufzend ihr Kinn in die Hand. „Bei den ganzen Funken, die hier herumgeflogen sind, wundert es mich, dass nicht längst das Restaurant abgebrannt ist."

„Die Flammen werden schon noch früh genug lodern." Sebastians Augen waren dunkel und starr geworden. „Ob sie es will oder nicht."

Alarmiert legte Ana sofort ihre Hand auf seine. „Wird es ihr gut gehen?"

Er sah es nicht so deutlich, wie er es gern gehabt hätte. Bei der Familie war es immer schwieriger, und vor allem mit Morgana. „Sie wird ein paar blaue Flecke abbekommen." Und es tat ihm ehrlich Leid für sie. Dann wurde sein Blick klar, und das lässige Lächeln stand wieder auf seinem Gesicht. „Aber sie wird's überstehen. Wie sie selbst gesagt hat – sie gewinnt gerne."

Morgana allerdings dachte im Moment überhaupt nicht an Schlachten oder Siege, sondern daran, wie kühl und samten der Abendwind über ihre Wangen strich. Den Kopf zurückgelegt, sah sie zum sternenübersäten Himmel auf, an dem ein sichelförmiger Mond hing.

Es war so schön und leicht zu genießen. Der schnittige Wagen mit dem offenen Verdeck, die Luft, die die Würze des Meeres in sich trug. Es war auch leicht, sich an der Gesellschaft des Mannes zu freuen, der den Wagen mit lässiger Sicherheit lenkte und nach den Geheimnissen der Nacht duftete.

Sie wandte leicht den Kopf und studierte sein Profil. Wie gern hätte sie mit den Fingern über das markante Gesicht gestrichen, hätte die Konturen des Kinns nachgezogen, die Weichheit der Lippen gefühlt. Oh ja, sie hätte es sehr gern getan.

Also, warum zögerte sie dann? Sie war nie leichtfertig mit sexuellen Beziehungen umgegangen und hatte auch ganz sicher nicht in jedem Mann einen potentiellen Liebhaber gesehen. Und doch verspürte sie bei diesem Mann das tiefe Verlangen, sich ihm hinzugeben. Sie hatte gesehen, dass es über kurz oder lang passieren würde.

Darin lag die Antwort. Sie würde immer dagegen rebellieren, eine Marionette des Schicksals zu sein.

Aber wenn sie ihn selbst wählte, wenn sie die Zügel führte, dann war das doch etwas anderes, als wenn sie vom Schicksal gelenkt wurde, oder? Denn schließlich war sie ihre eigene Herrin.

„Warum bist du heute Abend in die Stadt gekommen?" fragte sie.

„Ich war unruhig und konnte zu Hause nichts mit mir anfangen."

Sie kannte das Gefühl. Es geschah ihr nicht oft, aber wenn, dann fand sie es unerträglich. „Kommst du gut mit dem Drehbuch voran?"

„Recht gut sogar. In ein paar Tagen müsste ich so weit sein, dass ich meinem Agenten den ersten Entwurf schicken kann." Er sah zu ihr hinüber und wünschte im gleichen Augenblick, er hätte es nicht getan. Sie war so schön, so verführerisch, mit dem Wind in ihren Haaren und dem Mondschein auf ihrem Gesicht, dass er gar nicht wieder wegschauen wollte. Was nicht unbedingt klug war, wenn man am Steuer saß. „Du warst mir eine große Hilfe."

„Heißt das, du brauchst mich nicht mehr?"

„Nein, Morgana. Ich …" Er bremste und fluchte leise, weil er an ihrer Auffahrt vorbeigefahren war. Er setzte zurück und bog ab, um dann mit laufendem Motor vor ihrer Haustür zu halten. Schweigend sah er zum Haus hinauf.

Sollte sie ihn hereinbitten, würde er mit ihr gehen. Musste mit ihr gehen. Irgendetwas geschah heute Abend. Seit dem Moment, als er sich umgedreht und ihr in die Augen geschaut hatte, hatte er das beunruhigende Gefühl, als wäre ihm eine Rolle in einer Geschichte zugedacht worden, die jemand anders geschrieben hatte und deren Ende noch offen war.

„Du bist wirklich sehr ruhelos", murmelte sie. „Völlig untypisch für dich." Sie beugte sich vor und drehte den Schlüssel, um den Motor abzustellen. Ohne das sanfte Schnurren des Motors dröhnte die plötzliche Stille in seinen Ohren. Ihre Körper streiften einander, eine kurze, unbeabsichtigte Berührung nur, aber sein Blut jagte wie brodelnde Lava durch seinen Körper. „Weißt du, was ich meistens mache, wenn ich unruhig bin?"

Sie hatte leise gesprochen, ihre Stimme floss wie Balsam über seine Haut. Er sah in ihre Augen, in denen sich der Mond spiegelte, und stellte fest, dass seine Hände sich wie von selbst nach ihr ausstreckten.

„Was?"

Sie zog sich zurück, entglitt seinen Händen wie ein Geist. Sie stieg aus und kam um den Wagen herum, beugte das Gesicht vor, bis ihre Lippen sich fast berührten. „Ich gehe spazieren." Sie richtete sich wieder auf und bot ihm ihre Hand. „Komm mit mir. Ich zeige dir einen magischen Ort."

Er hätte ablehnen können. Aber der Mann, der diese dargebotene Hand nicht genommen hätte, musste noch geboren werden.

Sie gingen über den Rasen, entfernten sich vom Haus und traten in die mystischen Schatten und die flüsternde Stille des Zypressenhains. Das Mondlicht zeichnete unheimliche Schattenrisse von Ästen und Zweigen auf den Waldboden. Eine leichte Brise spielte mit den Blättern und ließ ihn an die Laute in Morganas Zeichenzimmer denken.

Ihre Hand lag warm und fest in seiner, während sie

ohne Eile, aber zielbewusst voranschritt. Nash ließ sich führen, er konnte nichts dagegen tun.

„Ich liebe die Nacht." Sie atmete tief die würzige Luft ein. „Den Geruch und den Geschmack. Manchmal, wenn ich nachts aufwache, komme ich hierher."

Er hörte das Rauschen von Wasser, das von einem Felsen fiel. Rhythmisch, stark, unablässig. Und aus unerklärlichen Gründen begann sein Herz schneller und kräftiger zu schlagen.

Irgendetwas passierte hier.

„Die Bäume." Seine Stimme klang fremd in seinen Ohren. „Ich habe mich in sie verliebt."

Sie hielt an und musterte ihn sehr aufmerksam. „Wirklich?"

„Letztes Jahr habe ich hier Urlaub gemacht. Ich brauchte eine Pause, wollte der Tretmühle entfliehen. Die Bäume haben es mir angetan." Er legte eine Hand an die raue Rinde eines schiefen Stammes. „Eigentlich war ich nie der Naturtyp. Ich habe immer in Städten gelebt, oder in direkter Stadtnähe. Aber ich wusste, dass ich irgendwo leben musste, wo ich aus meinem Fenster schauen und diese Bäume sehen kann."

„Manchmal kehren wir dahin zurück, wohin wir gehören." Sie ging wieder weiter, der dichte Waldboden verschluckte ihre Schritte. „Es gibt uralte Gemeinschaften, die Bäume wie diese verehren." Sie lächelte. „Ich meine, es genügt, wenn man sie liebt, sie für ihr Alter respektiert, ihre Schönheit, ihre Ausdauer …" Sie hielt wieder an und drehte sich zu ihm. „Hier. Das ist das Zentrum, das Herz. Die reinste und schönste Magie kommt immer aus dem Herzen."

Er hätte nicht sagen können, wieso er verstand. Oder warum er ihre Worte glaubte. Vielleicht lag es am Mond, oder am Moment. Alles, was er wusste, war, dass er etwas spürte. Ein Schauer rann über seine Haut, etwas klickte in seinem Kopf. Und irgendwo ganz tief in seiner Erinnerung wusste er, dass er bereits hier gewesen war. Mit ihr.

Er hob eine Hand und berührte ihr Gesicht, strich mit den Fingerspitzen über ihre Wange. Sie bewegte sich nicht, weder vorwärts noch rückwärts, sah ihn nur an. Wartete.

„Ich weiß nicht, ob mir gefällt, was hier gerade mit mir geschieht."

„Was meinst du?"

„Dich." Unfähig zu widerstehen, legte er auch die andere Hand an ihr Gesicht und hielt es warm mit seinen Händen umfasst. „Ich träume von dir. Selbst mitten am Tag träume ich von dir. Ich kann es nicht abstellen, nichts dagegen tun, es passiert einfach."

Sie legte ihre Finger um seine Handgelenke, fühlte den kräftigen Schlag seines Pulses. „Ist das so schlimm?"

„Ich weiß es nicht. Normalerweise bin ich wirklich gut, wenn es darum geht, Komplikationen zu vermeiden, Morgana. Und ich will nicht, dass sich das ändert."

„Dann werden wir es unkompliziert halten."

Er wusste nicht, ob er sich bewegt hatte oder sie. Aber plötzlich lag sie in seinen Armen, und sein Mund trank von ihrem. Kein Traum war so bewegend.

Ihre Zunge spielte mit seiner, feuerte ihn an, tiefer in die warme Höhle vorzudringen. Sie hieß ihn mit einem leisen Stöhnen willkommen, das sein Blut zum Sieden brachte.

Wie hatte sie nur denken können, ihr bliebe eine Wahl, sie hätte die Kontrolle behalten können? Was sie einander gaben, war so alt wie die Zeit, so frisch wie der junge Frühling.

Ach, wäre es doch nur reine Lust, dachte sie, während ihr Verstand mit den Empfindungen kämpfte. Doch auch wenn ihr Körper vor Lust bebte, so wusste sie doch, dass es sehr viel mehr war.

Nicht ein Mal, in all den Jahren als Frau, hatte sie ihr Herz verschenkt. Sie hatte nicht darauf achten müssen, denn die Gefahr hatte nie bestanden. Doch jetzt, hier, mit dem leuchtenden Mond am Himmel und den stillen alten Bäumen als Zeugen, schenkte sie es ihm.

Ihre Arme schlangen sich fester um seinen Nacken, als es ihr schmerzhaft bewusst wurde. Sein Name kam über ihre Lippen, ein Hauch nur. In diesem Moment erkannte sie, warum sie ihn hierher hatte bringen müssen. Wo sonst hätte sie ihm besser ein solches Geschenk machen können als hier, an ihren geheimsten und liebsten Platz?

Für einen Moment noch hielt sie ihn ganz fest, ließ ihren Körper aufnehmen, was er ihr geben konnte, und wünschte sich, sie könnte ihr Versprechen halten und ihre Beziehung unkompliziert lassen.

Aber ab jetzt würde nichts mehr einfach sein. Für keinen von ihnen beiden. Jetzt konnte sie nur noch die übrige Zeit dazu nutzen, um sie beide vorzubereiten auf das, was unabänderlich kommen würde.

Als sie sich zurückziehen wollte, hielt er sie fest, ergriff erneut Besitz von ihrem Mund, während in seinem Kopf alles durcheinander wirbelte.

„Nash." Sie rieb ihre Wange zärtlich an seiner. „Es kann jetzt noch nicht sein."

Ihre leisen Worte hallten wie Donner in seinen Ohren. Er verspürte den Drang, sie auf den Boden zu zerren, sie jetzt und hier zu nehmen, ihr zu beweisen, dass sie Unrecht hatte. Es musste jetzt sein. Es würde jetzt sein. Die Welle der Gewalt, die ihn durchfuhr, erschreckte ihn. Angewidert von sich selbst, lockerte er seinen Griff, als er erkannte, dass seine Finger sich in ihre Arme gegraben hatten.

„Entschuldige." Er ließ seine Arme sinken. „Habe ich dir wehgetan?"

„Nein." Gerührt nahm sie seine Hand und küsste seine Fingerspitzen. „Natürlich nicht. Mach dir keine Sorgen."

Er hatte allen Grund, sich Sorgen zu machen. Er war nie anders als zärtlich zu einer Frau gewesen. Es gab bestimmt einige, die von ihm behaupten würden, dass er achtlos mit ihren Gefühlen umgegangen war, und sollte das stimmen, so tat es ihm Leid. Aber nicht eine würde ihm vorwerfen können, dass er in körperlicher Hinsicht achtlos gewesen wäre. Und doch hätte er sie fast hier auf den Boden gezogen und sich genommen, was er so verzweifelt brauchte, ohne auch nur einen Augenblick daran zu denken, ob sie ihre Zustimmung gegeben hätte oder nicht.

Erschüttert steckte er die Hände in die Hosentaschen. „Ich hatte Recht. Mir gefällt nicht, was hier passiert. Das ist das zweite Mal, dass ich dich küsse, und das zweite Mal, dass ich das Gefühl hatte, ich müsste es tun. So wie ich atmen oder essen oder schlafen muss."

Sie würde sehr vorsichtig vorgehen müssen. „Zuneigung ist genauso lebenswichtig."

Er bezweifelte das, vor allem, da er den größten Teil seines Lebens ohne ausgekommen war. Er musterte sie eingehend und schüttelte den Kopf. „Weißt du, Schätzchen, wenn ich dir glauben würde, dass du eine Hexe bist, würde ich jetzt behaupten, du hast mich verzaubert."

Das Ausmaß des Schmerzes überraschte sie. Weniger seine Worte, sondern der Abstand, den diese Worte zwischen ihnen schufen. Sie konnte sich nicht daran erinnern, dass ein Mann sie je verletzt hätte. Vielleicht war es das, was Liebe ausmachte. Bis jetzt hatte sie es nicht nötig gehabt, ihr Herz zu schützen, aber von jetzt an würde sie auf der Hut sein.

„Dann ist es ja gut, dass du mir nicht glaubst. Es war nur ein Kuss, Nash." Sie lächelte und hoffte, dass der Schatten der Bäume die Traurigkeit in ihren Augen verbergen würde. „Von einem Kuss ist nichts zu befürchten." Du kannst du ganz beruhigt sein.

„Ich will dich." Seine Stimme klang rau, und seine Hände in den Hosentaschen hatten sich verkrampft. In die Leidenschaft hatte sich Hilflosigkeit geschlichen. Vielleicht rührte diese plötzliche Gewaltbereitschaft daher. „Das könnte gefährlich werden."

Sie zweifelte nicht daran. „Wenn die Zeit kommt, werden wir es herausfinden. Aber jetzt bin ich müde. Ich werde zum Haus zurückgehen."

Als sie diesmal durch den Hain ging, bot sie ihm nicht ihre Hand.

5. KAPITEL

Es war jetzt über fünf Jahre her, dass Morgana die Tür des „Wicca" zum ersten Mal aufgeschlossen hatte, bevor Nash Kirkland auf der Suche nach einer Hexe durch eben diese Tür gekommen war. Dass ihr Laden so gut ging, beruhte auf Morganas Auswahl von faszinierenden Waren, ihrer Bereitschaft, endlos viele Stunden Arbeit zu investieren und dem reinen Spaß, den sie dabei hatte, zu kaufen und zu verkaufen.

Da ihre Familie schon immer finanziellen Erfolg hatte verbuchen können, hätte sie sich die Zeit mit müßigem Nichtstun vertreiben und von den Einnahmen verschiedener Treuhandfonds leben können. Die Entscheidung, den Weg als Geschäftsfrau einzuschlagen, war ihr leicht gefallen. Sie war ehrgeizig, und ihr Stolz gebot ihr, ihren Lebensunterhalt selbst zu verdienen.

Morgana hatte einen Laden eröffnet, weil ihr das erlaubte, sich mit den Dingen zu umgeben, die sie liebte und an denen sie Spaß hatte. Außerdem hatte sie festgestellt, wie zufrieden es sie machte, diese Dinge auch an andere weiterzugeben.

Einen eigenen Laden zu haben hatte eindeutige Vorteile. Es gab einem das Gefühl, etwas erreicht zu haben, der schlichte Stolz, dass einem etwas gehörte. Und dann waren da noch all die verschiedenen Menschen, die man traf.

Aber es gab natürlich auch eine andere Seite der Medaille. Wenn man einen gewissen Sinn für Verantwortung besaß, konnte man nicht einfach die Tür abschließen und die Rollläden herunterlassen, nur weil man lieber allein sein wollte.

Unter all den Gaben, die Morgana mitbekommen hatte, war auch ein sehr ausgeprägtes Verantwortungsgefühl.

Im Moment wünschte sie sich, ihre Eltern hätten zugelassen, dass aus ihr eine leichtfertige, ichbezogene Person, die jeder Laune nachgab, geworden wäre. Wenn sie sie nicht so gut erzogen hätten, dann hätte sie jetzt die Tür verriegelt, wäre in ihren Wagen gesprungen und ziellos durch die Gegend gefahren, bis diese miserable Laune endlich verschwunden wäre.

Sie war nicht daran gewöhnt, sich so rastlos zu fühlen. Und erst recht gefiel ihr die Vorstellung nicht, diese düstere Stimmung könnte von einem Mann hervorgerufen worden sein. Solange sie sich erinnern konnte, war Morgana immer und mit jedem Vertreter des männlichen Geschlechts fertig geworden. Das war auch eine Gabe. Ganz gleich, ob mit ihrem Vater, mit ihren Onkeln und sogar mit Sebastian, obwohl es bei ihm etwas mehr Anstrengung gekostet hatte.

Als Teenager hatte sie schnell begriffen, wie man mit Jungen umgehen musste. Was zu tun war, wenn sie interessiert war, was, wenn sie kein Interesse hatte. Als die Jahre vergingen und sie zur Frau wurde, war es einfach gewesen, diese Regeln auf erwachsene Männer zu übertragen.

Ihre Sexualität war ihr immer eine Quelle der Freude

gewesen. Sie wusste auch, dass dies eine andere Art von Macht war. Ihre Beziehungen zu Männern, ob nun freundschaftlich oder romantisch, waren immer reibungslos und gut verlaufen.

Bis jetzt. Bis Nash aufgetaucht war.

Wann hat das eingesetzt? Wann habe ich den Boden unter den Füßen verloren? fragte sie sich, während sie eine Flasche mit Ginseng-Badezusatz für eine Kundin einpackte. Als sie ihrem Impuls nachgegeben hatte und durch den Laden zu ihm gegangen war? Als sie sich von ihrer Neugier hatte hinreißen lassen, ihn zu küssen?

Vielleicht war es auch erst gestern geschehen, weil sie es erlaubt hatte, sich ganz von ihren Gefühlen leiten zu lassen. Ihn zu der magischen Lichtung im Zypressenhain mitzunehmen.

Sie hatte noch nie einen Mann dorthin geführt. Und sie würde auch nie wieder einen anderen Mann dorthin führen.

Immerhin konnte sie es auf die Nacht und den Ort schieben, wenn sie jetzt glaubte, verliebt zu sein.

Sie wollte einfach nicht akzeptieren, dass ihr so etwas so schnell passieren konnte. Oder sie so hilflos zurückließ, dass sie keine Wahl hatte.

Also würde sie sich verweigern und der Sache ein Ende setzen.

Fast hörte sie das Lachen der Geister. Sie ahnte, dass das unmöglich sein würde. Mit einem stillen Seufzer ging sie zu einem anderen Kunden, um ihn zu beraten.

Den ganzen Morgen über war wenig, aber stetiger Betrieb. Morgana hätte nicht sagen können, was ihr lieber war – wenn einige Neugierige sich umsahen oder wenn sie mit Luna allein im Laden war.

„Und überhaupt, eigentlich bist du an der ganzen Sache schuld." Morgana stützte die Ellbogen auf den Tresen und beugte sich herab, bis sie der Katze direkt in die Augen sehen konnte. „Wenn du nicht so freundlich zu ihm gewesen wärst, hätte ich mich nicht täuschen lassen und gedacht, dass er harmlos ist."

Luna zuckte nur mit der Schwanzspitze und blickte weise drein.

„Dabei ist er alles andere als harmlos", fuhr Morgana fort. „Und jetzt ist es zu spät. Ja, sicher", sagte sie, als Luna blinzelte, „natürlich könnte ich ihm sagen, dass unsere Abmachung nicht mehr gilt. Ich könnte mir Ausreden einfallen lassen, warum ich mich nicht mehr mit ihm treffen kann. Wenn ich ein Feigling wäre." Sie legte ihre Stirn an den Kopf der Katze. „Ich bin aber kein Feigling." Luna hob die Tatze und berührte Morganas Wange. „Du brauchst dich gar nicht einzuschmeicheln. Wenn das noch schlimmer wird, trägst du die Verantwortung."

Morgana sah auf, als die Türglocke anschlug, und lächelte erleichtert, als sie Mindy erblickte. „Hi, ist es schon zwei?"

„Ja, fast." Mindy stellte ihre Handtasche hinter den Tresen und kraulte Luna kurz die Ohren. „Und? Wie läuft's, was macht der Umsatz?"

„So weit, so gut.“

„Ich sehe, du hast den großen Rosenquarzblock verkauft.“

„Ja, an ein junges Paar aus Boston. Er kommt in ein gutes Heim. Ich habe ihn nach hinten gebracht, um ihn für den Transport einzupacken.“

„Soll ich das machen?“

„Nein, im Moment kann ich eine Pause vom Verkauf gebrauchen. Kümmere du dich um den Laden, ich gehe nach hinten.“

„Klar. Du siehst heute irgendwie niedergeschlagen aus, Morgana.“

Sie hob eine Augenbraue. „Wirklich?“

„Und wie. Lass Madame Mindy mal sehen.“ Sie griff Morganas Hand und unterzog die Handfläche einer genauen Musterung. „Aha. Kein Zweifel. Es gibt Probleme mit einem Mann.“

Trotz der erschreckenden Tatsache, dass Mindy den Nagel auf den Kopf getroffen hatte, musste Morgana grinsen. „Ich zweifle deine Expertise im Handlesen ja nur ungern an, Madame Mindy, aber bei dir geht es doch immer um einen Mann.“

„Ich nutze eben jede Chance. Du würdest dich wundern, wie viele Leute mir ihre Hand unter die Nase halten, nur weil ich für eine Hexe arbeite.“

Neugierig geworden, legte Morgana den Kopf schief. „Wirklich?“

„Die meisten sind zu nervös, um dich selbst anzusprechen, ich dagegen bin ungefährlich. Sie denken wahrscheinlich, dass ich etwas bei dir gelernt habe, aber es ist nicht genug, dass sie sich Sorgen machen müssten."

Zum ersten Mal seit langen Stunden fühlte Morgana ein Lachen in sich aufsteigen. „Ich verstehe. Ich fürchte, sie wären alle fürchterlich enttäuscht, wenn sie erführen, dass ich nicht aus der Hand lese."

„Also, ich werde es ihnen nicht verraten." Mindy prüfte ihr Make-up in einem Handspiegel. „Aber dir kann ich sagen, dass man kein Seher sein muss, um einen großen blonden Mann mit einem knackigen Hintern und treuen Hundeaugen zu erkennen." Sie zupfte eine Locke in die Stirn und sah dann zu Morgana. „Er beunruhigt dich?"

„Nein, nichts, mit dem ich nicht fertig werden würde."

„Sie sind ja so einfach zu handhaben, nicht wahr?" Mindy legte den Spiegel ab. „Bis sie anfangen, einem etwas zu bedeuten." Sie grinste Morgana an. „Nur ein Wort von dir, und ich räume dir dieses Problem aus dem Weg."

Amüsiert tätschelte Morgana Mindys Wange. „Danke, aber ich werde mich selbst darum kümmern."

Mit wesentlich besserer Laune ging Morgana ins Hinterzimmer. Warum machte sie sich überhaupt so viele Gedanken? Sie konnte damit fertig werden. Sie würde damit fertig werden! Schließlich kannte sie Nash nicht einmal gut genug, als dass er ihr etwas bedeuten würde.

Es gab genug, womit er sich beschäftigen konnte. Das sagte er sich immer wieder, während er auf dem Sofa lag,

Stapel von Büchern um sich herum und eines aufgeschlagen auf dem Schoß.

Auf dem Fernseher flimmerte eine der vielen belanglosen Seifenopern über den Bildschirm, eine Dose Cola stand auf dem Tisch, für den Fall, dass er plötzlich durstig wurde. Der Computer im Arbeitszimmer beschwerte sich über die fehlende Aufmerksamkeit, Nash konnte ihn regelrecht jammern hören.

Es war nicht so, als würde er nicht arbeiten. Nash riss gedankenverloren ein Blatt vom Notizblock und begann es zu falten. Sicher, er hatte fast den ganzen Vormittag auf der Couch gelegen und Löcher in die Luft gestarrt. Aber er dachte nach. Vielleicht war er in der Story bei einem Punkt angelangt, wo er feststeckte, aber es war nicht so, als hätte er eine Schreibblockade. Nein, er brauchte nur Zeit, um das Ganze ein wenig wirken zu lassen.

Er knickte das Blatt ein letztes Mal, dann sandte er den Papierflieger durch den Raum und ahmte die typischen Geräusche eines Flugzeugs nach. Der Flieger schwankte und landete, die Nase voran, auf dem Stapel anderer Modelle, der sich bereits auf dem Fußboden angesammelt hatte.

„Sabotage", stieß Nash hervor. „Da hat ein Spion seine Hand im Spiel." Er riss ein weiteres Blatt ab und versuchte sich am nächsten Flieger, während seine Gedanken wanderten.

Innen, Tag. Der große Hangar ist leer. Durch die Oberlichter fällt trübes Tageslicht auf einen silbernen Kampfjet. Schritte sind zu hören, hallen wider. Sie kommen näher, klingen vertraut. Weibliche Schritte, Pfennigabsätze auf Betonboden. Eine Frau schlüpft durch das offene Tor, tritt aus dem Licht in den Schatten. Ein Hut verdeckt ihr Gesicht, aber man sieht den Körper, in rotem Leder. Lange schlanke Beine bewegen sich über den Hangarboden. In einer Hand hält sie einen schwarzen Lederkoffer.

Sie blickt sich um, geht dann auf den Jet zu. Der Lederrock rutscht hoch, als sie in das Cockpit klettert, gibt den Blick auf einen Oberschenkel frei. Ihre Bewegungen drückten Entschlossenheit und Erfahrung aus, wie sie in den Pilotensitz steigt, wie sie den Koffer aufschnappen lässt.

Im Koffer kommt eine kleine, aber verheerende Bombe zum Vorschein, die sie unter der Konsole anbringt. Sie lacht, leise, lasziv. Die Kamera schwenkt auf ihr Gesicht.

Morgana.

Fluchend warf Nash das Papierflugzeug in die Luft. Es stürzte sofort ab. Was machte er hier eigentlich? Er träumte vor sich hin und erging sich in erbärmlich schlechtem Symbolismus.

Er hatte zu arbeiten, oder etwa nicht?

Fest entschlossen, genau das jetzt auch zu tun, richtete er sich auf und sandte ein paar Bücher zu Boden. Er griff nach der Fernbedienung, schaltete den Fernseher aus und drückte den Knopf des Kassettenrecorders, um das Band mit den Interviews ablaufen zu lassen.

Es dauerte keine fünf Sekunden, bis ihm klar wurde,

dass das ein Fehler war. Er war nicht in der Verfassung, um Morganas Stimme zu hören.

Er erhob sich und warf einen Stapel Bücher um, stieg über sie. Er dachte nach, ja. Er dachte, dass er unbedingt aus diesem Haus herausmusste. Und er wusste ganz genau, wohin er gehen würde.

Schließlich war es seine Entscheidung, versicherte er sich, als er nach den Autoschlüsseln griff. Wenn es einen juckte, dann musste man sich eben kratzen.

Morganas Laune hatte sich so weit gebessert, dass sie sogar die Melodie im Radio mitsummen konnte. Genau das brauchte sie jetzt. Eine Tasse Kamillentee zur Beruhigung, eine Stunde Alleinsein und angenehme, konstruktive Arbeit. Nachdem sie den Rosenquarzblock sorgfältig verpackt hatte, hatte sie sich ihre Inventarliste vorgenommen. Und sie hätte auch den ganzen Nachmittag damit verbracht, wäre sie nicht gestört worden.

Hätte sie besser Acht gegeben, wäre sie vielleicht darauf vorbereitet gewesen, als Nash die Tür aufriss. Aber jetzt machte es auch keinen Unterschied mehr, denn er marschierte auf ihren Schreibtisch zu, riss sie an den Armen hoch und pflanzte einen langen, festen Kuss auf ihren überraschten Mund.

„Das", sagte er befriedigt, als er endlich Luft holen musste, „war meine Idee."

Ihre Nerven vibrierten, und Morgana schaffte es nur, ein kleines Nicken zu Stande zu bringen. „Ich verstehe."

Er ließ seine Hände zu ihren Hüften gleiten und hielt

sie fest. „Mir hat es gefallen. Er ließ keinen Zweifel an seiner Entschlossenheit."

„Wie schön für dich." Sie sah über ihre Schulter und erblickte Mindy, die mit einem wissenden Lächeln im Türrahmen stand. „Ich komme schon zurecht, Mindy."

„Oh, da bin ich ganz sicher." Sie blinzelte Morgana zu und schloss die Tür.

„Also?" Morgana bemühte sich um Fassung und legte die Hände an seine Brust, um ihn von sich zu schieben. Sie weigerte sich zu registrieren, dass ihr Puls hämmerte und ihre Knie weich waren. Auf diese Art konnte man nicht die Oberhand behalten. „Gibt es noch etwas?"

„Da gibt es sogar noch sehr viel." Ohne ihren Blick freizugeben, drängte er sie gegen den Schreibtisch. „Wann sollen wir damit anfangen?"

Sie musste lächeln. „Ich denke, das kann man wirklich direkt und geradeheraus nennen."

„Nenn es, wie du willst." Da sie hohe Absätze trug, brauchte Nash den Kopf nur vorzuschieben, um an ihrer vollen Unterlippe zu knabbern. „Ich will dich, Morgana. Ich weiß, ich werde nicht mehr klar denken können, solange ich nicht ein paar Nächte mit dir verbracht habe. Ausgiebige, lange Nächte."

Das Vibrieren wurde stärker und breitete sich aus. Sie klammerte die Finger um die Kante der Schreibtischplatte, um das Gleichgewicht halten zu können, aber ihre Stimme klang tief und sicher. „Ich würde behaupten, dass du nie wieder klar denken wirst, nachdem du mit mir geschlafen hast. Überleg dir also ganz genau, worauf du dich da einlässt."

Er griff an ihr Kinn und strich mit seinen Lippen über ihren Mund. „Das Risiko gehe ich ein."

Ihr stockte für einen Moment der Atem, ehe sie sich wieder unter Kontrolle hatte. „Mag sein. Aber ich muss mir überlegen, ob ich es eingehen will."

Seine Lippen an ihrem Mund verzogen sich zu einem Lächeln. „Leb doch einfach gefährlich."

„Das tue ich." Für einen kurzen Moment lang gestattete sie sich zu genießen, was er ihr bot. „Was würdest du sagen, wenn ich behauptete, es sei noch nicht die richtige Zeit? Und dass wir beide es dann wissen werden, wenn die Zeit reif dafür ist."

„Ich würde sagen, du versuchst dich herauszureden."

„Du würdest dich irren." Sie presste die Wange an seine. „Glaube mir, es wäre ein Irrtum."

„Zum Teufel mit dem Timing. Komm mit mir nach Hause, Morgana."

Sie seufzte leise, als sie sich von ihm zurückzog. „Das werde ich." Sie schüttelte den Kopf, als sie sah, wie seine Augen dunkler wurden. „Um dir zu helfen, um mit dir zu arbeiten. Aber nicht, um mit dir zu schlafen. Nicht heute."

Er lächelte und zupfte zärtlich an ihrem Ohrläppchen. „Das gibt mir immerhin die Chance, deine Meinung zu ändern."

Ihr Blick war ruhig, fast traurig, als sie von ihm wegtrat. „Vielleicht wirst du deine Meinung ändern, bevor unsere Abmachung erfüllt ist. Ich werde Mindy Bescheid sagen, dass sie für den Rest des Tages den Laden übernehmen soll."

Sie bestand darauf, mit ihrem eigenen Wagen zu fahren. Luna lag auf dem Beifahrersitz zusammengerollt, während sie ihm folgte. Zwei Stunden, mehr nicht. Diese Zeit hatte sie ihm zugestanden. Und bevor sie ging, würde sie dafür sorgen, dass sein Verstand wieder klar arbeitete.

Sein Haus gefiel ihr, der verwilderte Garten, der förmlich nach einem Gärtner flehte, die Stuckverzierungen über den hohen Bogenfenstern, die roten Ziegel auf dem Dach. Es lag näher beim Meer als ihr Haus, deshalb war das Rauschen des Wassers viel intensiver zu hören, wie Musik. An der Seite standen zwei Zypressen, die sich zueinander beugten, wie zwei Liebende, die zueinander strebten.

Es passt zu ihm, dachte sie, als sie aus ihrem Wagen stieg und über das Gras ging, das knöchelhoch stand. „Wie lange wohnst du schon hier?" fragte sie Nash.

„Erst zwei Monate. Ich muss unbedingt einen Rasenmäher kaufen."

„Ja, das solltest du wirklich." Nicht mehr lange, und er würde eine Sense brauchen. „Du bist faul." Sie fühlte mit den Narzissen, die sich bemühten, ihre Blüten aus dem Unkraut herauszurecken. Sie ging zur Haustür, Luna folgte ihr mit königlicher Haltung.

„Ich brauche eben den richtigen Anstoß", sagte er, als

er die Haustür für sie öffnete. „Bisher habe ich in Miets- und Eigentumswohnungen gelebt. Das hier ist mein erstes eigenes Haus."

Sie sah sich in der hohen Halle mit den weißen Wänden um, bemerkte das warme dunkle Holz der Treppe, die sich ins Obergeschoss wand, die offene Galerie, die um die Halle lief. „Du hast gut gewählt. Wo arbeitest du?"

„Eigentlich überall."

„Hm." Sie steckte den Kopf durch den ersten Türbogen. Ein geräumiges Wohnzimmer, die Fenster ohne Vorhänge, der Boden kahl ohne Teppiche. Anzeichen, dass dieser Mann erst noch entscheiden muss, ob er sich wirklich hier niederlassen will, dachte sie.

Die Möbel passten nicht zusammen, und überall lagen Bücher, Notizen und Kleider herum, gebrauchtes Geschirr, längst vergessen. Die Regale an der Wand waren mit weiteren Büchern und Trödel voll gestopft. Sie musste sofort an ihre eigene Krimskrams-Sammlung denken, kleine Dinge, die ihr Freude bereiteten, sie beruhigten, ihr die Zeit vertrieben.

Ihr fielen die exquisiten antiken Masken auf, die an einer Wand hingen, daneben ein ausgezeichneter Druck mit Nymphen von Maxfield Parrish und ein Filmplakat von „Shape Shifter". Ein kleiner silberner Sarg stand neben dem Oscar, den er gewonnen hatte. Beide hätten gründlich abgestaubt gehört. Mit geschürzten Lippen nahm sie die Voodoo-Puppe hoch, in deren Herz noch immer die Nadel steckte.

„Jemand, den ich kenne?"

Er grinste. Er war sehr zufrieden, sie hier zu haben, und zu gewöhnt an seine Unordnung, als dass es ihm peinlich gewesen wäre. „Meistens geht es um einen Produzenten, manchmal auch einen Politiker. Einmal war es auch dieser kleinkarierte Steuerbeamte. Übrigens, was ich dir sagen wollte ...", sein Blick glitt über ihr kurzes, eng anliegendes Seidenkleid, „... du hast einen großartigen Geschmack."

„Ich bin froh, dass es dir gefällt." Amüsiert legte sie die unglückliche Puppe beiseite und nahm ein Deck Tarot-Karten zur Hand. „Legst du sie?"

„Nein. Jemand hat sie mir geschenkt. Angeblich sollen sie Houdini gehört haben."

Sie ließ die Karten über den Daumen rennen, fühlte ein schwaches Vibrieren der alten Kraft. „Wenn du wissen willst, woher sie kommen, solltest du Sebastian fragen. Er kann es dir sagen. Komm." Sie hielt ihm das Kartendeck entgegen. „Misch sie und heb ab."

Nur allzu willig tat er, wie ihm geheißen. „Werden wir jetzt spielen?"

Sie lächelte nur und nahm die Karten zurück. „Da die Sitzgelegenheiten hier alle anderweitig benutzt werden, lassen wir uns am besten auf dem Boden nieder." Sie kniete sich hin, warf das lange Haar zurück und bedeutete ihm, sich zu ihr zu gesellen. Dann legte sie ein Keltisches Kreuz. „Irgendetwas beschäftigt dich", sagte sie. „Aber deine Kreativität ist weder versiegt noch blockiert. Veränderungen kündigen sich an." Sie hob den Blick, ihre Augen waren von jenem verwirrenden irischen Blau, das jeden vernünftigen Mann dazu bringen konnte, alles bedingungslos zu glauben. „Womöglich die größten in deinem Leben, und es wird nicht leicht sein, sie zu akzeptieren." Es waren nicht mehr die Karten, aus denen sie las, sondern das blasse Licht des Sehers, das so viel heller in Sebastian schien. „Du musst dir vergegenwärtigen, dass manche Dinge mit dem Blut weitergegeben werden, andere werden schwächer oder fallen ganz weg. Wir sind nicht immer so wie die Menschen, die uns gemacht haben." Ihr Blick wurde sanft, als sie ihre Hand auf seine legte. „Und du bist nicht so allein, wie du denkst. Das warst du nie."

Diesmal gelang es ihm nicht, einen Scherz darüber zu machen. Dafür war es zu nah an der Wahrheit. Um dem Thema auszuweichen, küsste er ihre Fingerspitzen. „Ich habe dich nicht hergebracht, damit du mir aus den Karten liest."

„Ich weiß, warum du mich hergebeten hast, aber es wird nicht passieren. Noch nicht." Traurig und enttäuscht zog sie ihre Hand zurück. „Ich wollte dir nicht die Zukunft weissagen, ich wollte dir ein Geschenk machen." Sie sammelte die Karten ein. „Wenn ich kann, werde ich dir helfen. Erzähl mir, wo das Problem mit deiner Story liegt."

„Außer der Tatsache, dass ich ständig an nichts Anderes als an dich denke, wenn ich mich doch auf meine Arbeit konzentrieren sollte?"

„Ja." Sie schlug die Beine lässig unter. „Außer dieser Tatsache."

„Ich denke, es liegt am Motiv. An Cassandra. So habe ich sie genannt. Ist sie eine Hexe, weil es ihr um Macht geht, weil sie die Dinge ändern will? Sucht sie nach Rache oder nach Liebe? Oder einfach nur nach einem leichten Ausweg?"

„Wieso sollte es einer dieser Gründe sein? Warum kann es nicht darum gehen, ob sie die Gabe annimmt, die ihr mitgegeben wurde?"

„Das wäre zu einfach."

Morgana schüttelte den Kopf. „Das ist es nie. Es ist viel einfacher, so zu sein wie die anderen. Als ich ein kleines Mädchen war, verboten viele Mütter ihren Kindern, mit mir zu spielen. Ich hätte einen schlechten Einfluss. Ich wäre zu seltsam. Anders. Es tat mir damals weh, nicht dazuzugehören."

Er nickte verstehend. „Ich war immer ‚der Neue', nie lang genug an einem Ort, um akzeptiert zu werden. Irgendjemand hatte immer das Bedürfnis, dem Neuen eine blutige Nase zu verpassen, frag mich nicht, warum das so ist. Wenn man ständig umherzieht, wird man eigen. Man versagt in der Schule und wünscht sich nur noch wegzukommen …" Verärgert über sich selbst, brach er ab. „Auf jeden Fall, Cassandra …"

„Wie bist du damit fertig geworden?" Sie hatte Anastasia gehabt, Sebastian, ihre Familie – und die Gewissheit dazuzugehören.

Mit einem Schulterzucken nahm er ihr Amulett und betrachtete es. „Man rennt davon. Auf die sichere Art. Man zieht sich zurück in Bücher, in Filme oder einfach nur in die eigene Fantasie. Sobald ich alt genug war, suchte ich mir einen Job als Filmvorführer. So konnte ich alle Filme sehen und wurde sogar noch dafür bezahlt." Als er die traurigen Erinnerungen beiseite schob, klärte sich sein Blick. „Ich liebe Filme, ich kann einfach nicht anders."

Sie lächelte. „Und jetzt wirst du dafür bezahlt, dass du sie dir ausdenkst."

„Die ideale Art, einer Leidenschaft zu frönen. Falls ich denn diese eine Story je zu Ende bringen sollte." Er griff eine Strähne ihres Haars und wickelte sie sich um das Handgelenk. „Was ich brauche, ist Inspiration", murmelte er und zog sie zu sich heran, um sie zu küssen.

„Was du viel dringender brauchst", berichtigte sie ihn, „ist Konzentration."

„Aber ich bin doch konzentriert. Du willst doch nicht dafür verantwortlich sein, dass ein kreatives Genie eingeht, oder?"

„Nein, das nicht." Es war an der Zeit, dass er erfuhr, auf was er sich einließ. Vielleicht würde das seinen Geist auch offener machen für seine Story. „Inspiration also", sagte sie und schlang die Arme um seinen Nacken. „Kommt sofort."

Als sie ihre Lippen auf seinen Mund presste, ließ sie sie beide zwanzig Zentimeter über dem Boden schweben. Er war viel zu vertieft in den Kuss, als dass er es bemerkt hätte. Und während sie sich an ihn schmiegte, verlor Morgana sich in der Hitze des Moments. Als der Kuss schließlich endete, hingen sie auf halber Höhe zur Decke.

„Ich denke, wir sollten besser aufhören."

Er knabberte an ihrem Hals. „Warum denn?"

Sie sah betont nach unten. „Ich habe vergessen, dich zu fragen, ob du Höhenangst hast."

Morgana wünschte, sie hätte sein Gesicht fotografieren können, als er ihrem Blick folgte. Die aufgerissenen Augen, der offen stehende Mund. Die Reihe rauer Flüche, die folgte, war eine andere Sache. Vorsichtig setzte sie sie beide wieder auf den Boden.

Nashs Knie gaben nach, bevor er das Gleichgewicht wiedergefunden hatte. Weiß wie ein Laken, griff er sie hart bei den Schultern. „Wie, zum Teufel, hast du das gemacht?"

„Ein Kindertrick. Nun, sagen wir, der Trick einer ganz bestimmten Art von Kind." Sie streichelte ihm verständnisvoll die Wange. „Erinnerst du dich an die Geschichte mit dem Jungen, der ständig ‚Wolf' schrie? Eines Tages war da wirklich ein Wolf. Du spielst seit Jahren mit dem … sagen wir, Paranormalen. Dieses Mal hast du dir aber eine echte Hexe eingehandelt."

Sehr langsam und sehr überzeugt schüttelte er den Kopf, aber seine Finger auf ihrer Schulter zitterten. „Das ist absoluter Unsinn."

Sie stieß einen herzhaften Seufzer aus. Morgana fand Gefallen daran, Nash ihre Kräfte zu demonstrieren. „Also gut. Lass mich nachdenken ... etwas Einfaches, aber Effektvolles ..." Sie schloss die Augen und hob die Arme.

Für einen Augenblick war sie einfach nur eine Frau. Eine schöne Frau, die mitten in seinem unordentlichen Wohnzimmer stand. Dann veränderte sie sich. Gott, er sah, wie sie sich veränderte. Ihre Schönheit wurde noch intensiver. Ein Trick mit dem Licht, sagte er sich. Die Art, wie sie lächelte, diese vollen, geschwungenen Lippen, die Wimpern, die Schatten auf ihre Wangen warfen, das lange Haar, das bis auf ihre Hüften herabfiel.

Und dann plötzlich begann ihr Haar sich zu bewegen. Sacht zuerst, wie durch eine leichte Brise. Dann wehte es um ihr Gesicht, stärker, und schließlich flatterte es hinter ihrem Kopf, wie von einem starken Sturm zurückgerissen. Ihm fiel sofort der Vergleich mit einer Nixe ein, die als Galionsfigur am Bug eines alten Segelschiffs stand.

Aber da war kein Wind. Und doch fühlte er ihn kühl an seiner Haut. Er hörte das Heulen, hier mitten im Raum. Und er hörte den seltsamen Laut, der sich seiner Kehle entrang.

Sie stand sehr gerade und sehr still. Ein schwaches goldenes Licht hüllte sie ein, als sie einen leisen Singsang anstimmte. Und während die Sonne durch die hohen Fenster fiel, begann es im Raum zu schneien. Weiche Schneeflocken fielen von der Decke, wirbelten um seinen Kopf, schmolzen auf seiner Haut, während er fassungslos nach Luft schnappte, vor Schock erstarrt.

„Schluss damit", sagte er rau und ließ sich auf einen

Sessel fallen. „Hör auf mit dem Zauber, ich weiß nicht, was ich denken soll."

Morgana ließ die Arme sinken und öffnete die Augen. Der Miniatur-Schneesturm hörte auf, als hätte es ihn nie gegeben. Der Wind erstarb.

Wie sie erwartet hatte, sah Nash sie an, als wären ihr plötzlich drei Köpfe gewachsen. „Das war vielleicht ein bisschen übertrieben", gestand sie ein.

„Ich … du …" Er versuchte Kontrolle über seine Zunge zu erlangen. „Was, zum Teufel, hast du getan?"

„Eine sehr einfache Beschwörung der Elemente." Er war nicht mehr so blass, aber seine Augen waren immer noch viel zu groß in dem Gesicht. „Ich wollte dich nicht erschrecken."

„Du erschreckst mich nicht, du verblüffst mich." Er schüttelte sich wie ein nasser Hund und befahl seinem Verstand, wieder zu funktionieren. Wenn er wirklich gesehen hatte, was er glaubte gesehen zu haben, musste es dafür einen Grund geben. Es war völlig unmöglich, dass sie vorher in sein Haus eingedrungen war, um solche Tricks vorzubereiten.

Aber irgendwie musste sie es geschafft haben.

Er stieß sich aus dem Sessel ab und begann das Zimmer abzusuchen. Vielleicht waren seine Bewegungen ein bisschen kantig, vielleicht fehlte seinem Körper die übliche lässige Geschmeidigkeit, aber er bewegte sich. „Na schön, Schätzchen, wie hast du das gemacht? Es war wirklich gut. Beeindruckend. Besser als in jedem meiner Filme, ehrlich.

Ich bin immer für einen Scherz zu haben, aber jetzt würde ich den Trick gerne erklärt bekommen."

„Nash." Ihre Stimme war ruhig und zwingend. „Sieh mich an."

Er drehte sich zu ihr um. Er sah sie an. Und wusste es. Auch wenn es nicht möglich war, wenn es gegen jede Logik ging, er wusste es. Sehr langsam atmete er aus. „Mein Gott, es ist wahr, oder?"

„Ja. Möchtest du dich setzen?"

„Nein." Aber er ließ sich auf dem Couchtisch nieder. „Alle Geschichten, die du mir erzählt hast. Nichts davon ist erfunden."

„Stimmt. Ich wurde als Hexe geboren, wie meine Mutter, wie mein Vater, wie die Mutter meiner Mutter und ihre Mutter. Es geht Generationen zurück." Sie lächelte. „Aber ich reite nicht auf Besenstielen, höchstens zum Spaß. Und ich belege keine schönen jungen Prinzessinnen mit einem Fluch oder reiche ihnen vergiftete Äpfel."

Das war doch alles gar nicht möglich. Oder? „Zeig mir noch etwas anderes."

Der Ausdruck von Ungeduld huschte über ihr Gesicht. „Ich bin kein Zirkuspferd."

„Mach irgendwas", drängte er erneut. „Kannst du verschwinden, oder ..."

„Nash, bitte."

Er stand schon wieder. „Nein, ehrlich, ich versuche dir zu helfen. Vielleicht könntest du ja ..." Ein Buch flog aus dem Bücherregal und ihm an den Kopf. Mit einem leisen

Aufschrei zuckte er zusammen. „Ist ja schon gut, vergiss es." Seine Stimme klang resigniert.

„Nash, das hier ist keine Varieté-Show", sagte sie verstimmt. „Ich habe es nur so deutlich demonstriert, weil du so begriffsstutzig bist. Du weigerst dich, es zu glauben, und da sich anscheinend eine Art Beziehung zwischen uns entwickelt, würde ich es vorziehen, dass du mir glaubst." Sie strich ihr Kleid glatt. „Und nun, da du es tust, können wir uns Zeit nehmen und alles noch einmal genau überdenken, bevor wir weitermachen."

„Weitermachen", wiederholte er. „Vielleicht sollte der nächste Schritt sein, dass wir darüber reden."

„Nicht jetzt." Er hat sich bereits einen Schritt zurückgezogen, ohne dass er es weiß, dachte sie.

„Himmelherrgott nochmal, Morgana. Du kannst mir das nicht so einfach vor die Füße werfen und dann in aller Seelenruhe hier herausstolzieren. Du bist eine Hexe!"

„Genau." Sie warf ihr Haar zurück. „Ich denke, das haben wir jetzt geklärt."

Endlich begann sein Verstand wieder zu arbeiten. „Ich habe mindestens eine Million Fragen."

Sie nahm ihre Handtasche. „Wovon du mir bereits mehrere gestellt hast. Hör dir die Bänder an. Alle Antworten, die ich dir gegeben habe, sind wahr."

„Ich will mir keine Bänder anhören, ich will mit dir reden."

„Im Moment ist nur wichtig, was ich will." Sie holte einen Smaragdanhänger an einer silbernen Kette aus ihrer Tasche hervor. Sie hätte wissen müssen, dass es einen Grund gab, warum sie den Anhänger heute Morgen in ihre Tasche hatte gleiten lassen. „Hier." Sie trat vor und legte ihm die Kette um den Hals.

„Danke, aber ich halte eigentlich nicht sehr viel von Schmuck."

„Sieh es als einen Talisman an." Sie küsste ihn auf beide Wangen.

Misstrauisch sah er darauf herab. „Als was für eine Art von Talisman?"

„Er klärt die Gedanken, fördert die Kreativität und … siehst du den kleinen violetten Stein über dem Smaragd?"

„Ja."

„Amethyst." Ihre Lippen verzogen sich zu einem Lächeln, während sie ihn küsste. „Ein Schutz gegen Hexerei." Die Katze folgte ihr, als sie zur Bogentür ging. „Schlaf ein wenig, Nash. Dein Geist ist müde. Wenn du aufwachst, wirst du arbeiten können. Und wenn die Zeit reif ist, wirst du mich finden." Damit war sie zur Tür hinaus.

Mit gerunzelter Stirn studierte Nash den grünen Stein. Klares Denken. Das konnte er wirklich gut gebrauchen. Im Moment waren seine Gedanken so klar wie dichter Nebel.

Er rieb mit dem Daumen über den kleinen Amethysten. Schutz gegen Hexerei. Er war ziemlich sicher, dass auch das nichts schaden konnte.

6. KAPITEL

W as er jetzt tun musste, war denken, nicht schlafen. Obwohl er sich fragte, wie ein Mensch überhaupt denken sollte, nach dem, was in der letzten Viertelstunde passiert war. Ausnahmslos jeder der Parapsychologen, mit denen er in den letzten Jahren zu tun gehabt hatte, würde sich darum reißen, auch nur einen Teil von dem zu sehen zu bekommen, was Morgana ihm gezeigt hatte.

Aber wäre nicht der erste vernünftige Schritt zu widerlegen, was er gesehen hatte?

Er ging ins Wohnzimmer zurück und starrte an die Decke. Er konnte nicht leugnen, dass er es gesehen hatte, dass er etwas gefühlt hatte. Aber vielleicht konnte er ja eine logische Erklärung finden.

Als Erstes nahm er seine bevorzugte Denkstellung ein – er legte sich aufs Sofa. Hypnose. Der Gedanke, dass er so leicht in Hypnose zu versetzen sein könnte, gefiel ihm nicht, aber es war eine Möglichkeit. Eine Möglichkeit, die sehr viel einfacher zu akzeptieren war.

Falls er aber keine andere logische Begründung finden sollte, musste er die einzige Erklärung in Betracht ziehen, die übrig blieb: dass Morgana genau das war, was sie immer behauptet hatte.

Eine Hexe von Geburt an, in deren Adern Elfenblut floss.

Nash streifte sich die Schuhe von den Füßen und versuchte nachzudenken. Seine Gedanken drehten sich nur um Morgana – wie sie aussah, wie sie schmeckte, wie sie roch, wie sie dagestanden und die Arme emporgehoben hatte, das Licht in ihren Augen …

Das gleiche Licht, wie er sich jetzt erinnerte, das auch in ihre Augen getreten war, als sie den Trick mit der Karaffe gemacht hatte.

Trick, das war das wesentliche Wort. Es war vernünftiger anzunehmen, dass es sich um Tricks handelte. Er müsste nur einen Weg finden, um sie logisch zu erklären. Aber wie schaffte es eine Frau, einen achtzig Kilo schweren Mann in der Luft schweben zu lassen?

Telekinese? Nash war schon immer der Ansicht gewesen, dass das eine durchaus denkbare Möglichkeit war. Durch seine Nachforschungen für „The Dark Gift" war er zu der Meinung gelangt, dass es tatsächlich Menschen gab, die mit Hilfe ihres Willens Gegenstände bewegen konnten. Wissenschaftler hatten ausführliche Studien zu dem Thema betrieben, von Büchern oder Bildern, die durch den Raum flogen. Anscheinend hatten besonders junge Mädchen diese Gabe. Und aus Mädchen wurden Frauen. Morgana war mit Sicherheit eine Frau.

Vielleicht konnte er ja … Er unterbrach seinen Gedankengang, als er feststellte, dass er genauso wie der fiktive Jonathan McGillis in seinem Drehbuch reagierte. War es das, was Morgana wollte?

Hör dir die Bänder an, hatte sie gesagt. Also schön, dann würde er das eben tun.

Morganas rauchige Stimme ertönte aus dem Lautsprecher des kleinen Aufnahmegeräts.

„Es ist nicht unbedingt nötig, einem Bund anzugehören, um eine Hexe zu sein, nicht mehr, als es nötig ist, Mitglied in einem Männerclub zu sein, um ein Mann zu sein. Manche finden die Zugehörigkeit zu einer Gruppe befriedigend, beruhigend, andere wünschen sich einfach den sozialen Aspekt." Seide raschelte, als sie sich bewegte. „Was ist mit dir, Nash? Bist du ein Vereinsmensch?"

„Himmel bewahre. Vereine haben normalerweise Regeln, die irgendein anderer gemacht hat. Und sie lieben es, Aufgaben zu verteilen."

Ihr Lachen klang durch den Raum. „Auch bei uns gibt es jene, die es vorziehen, allein und auf ihre eigene Weise zu arbeiten. Aber die Geschichte der Bünde reicht weit zurück. Meine Urgroßmutter zum Beispiel war die Hohe Priesterin ihres Bundes in Irland, und ihre Tochter nach ihr. Ein Sabbat-Kelch, ein Zeremonienzepter und noch einige andere Dinge wurden mir weitervererbt. Vielleicht ist dir der Zeremonienteller an der Wand in der Diele aufgefallen. Der stammt noch aus der Zeit vor den großen Verbrennungen."

„Verbrennungen?"

„Ja, die Zeit der Hexenverfolgungen. Es begann im vierzehnten Jahrhundert und dauerte dreihundert Jahre. Die Geschichte zeigt, dass die Menschen eigentlich immer ein Feindbild brauchen. Wahrscheinlich war die Reihe damals an uns."

Sie sprach, er stellte Fragen, aber Nash hatte Schwierigkeiten, sich auf die Worte zu konzentrieren. Ihre Stimme allein war zu verführerisch. Es war eine Stimme, gemacht für das Mondlicht, für Geheimnisse, für heiße Versprechen um Mitternacht. Wenn er die Augen schloss, konnte er fast glauben, sie säße neben ihm auf der Couch, die Beine untergeschlagen, ihr Atem warm an seiner Wange.

Und mit einem Lächeln auf den Lippen schlief er ein.

Als er wieder erwachte, waren fast zwei Stunden vergangen. Erschlagen rieb er sich über das Gesicht und die müden Augen. Und fluchte leise, weil sein Hals steif war, als er sich aufsetzte.

Kein Wunder, dass er so fest geschlafen hatte. Seit Tagen hatte er immer wieder nur ein wenig gedöst. Automatisch griff er nach der Flasche mit warmem Mineralwasser, um einen Schluck zu trinken.

Vielleicht war alles ja nur ein Traum gewesen. Aber … Seine Finger schlossen sich um den Anhänger auf seiner Brust. Das hatte sie ihm gegeben, und der schwache Duft ihres Parfums hing immer noch im Raum.

Alles klar, beschloss er. Er würde damit aufhören, ständig an seinem eigenen Verstand zu zweifeln. Sie hatte getan, was sie getan hatte. Und er hatte gesehen, was er gesehen hatte.

Vielleicht war es ja gar nicht so kompliziert. Man musste nur seine Gedanken neu ordnen und das Neue akzeptieren. Vor nicht allzu langer Zeit hatten die Menschen auch geglaubt, dass Weltraumflüge reine Fantasie seien. Andererseits hatte man vor ein paar Jahrhunderten die Hexerei ohne Fragen akzeptiert.

Vielleicht hatte Realität immer etwas mit dem Jahrhundert zu tun, in dem man lebte. Diese Überlegung gab seinem Verstand einen Ruck.

Er nahm noch einen Schluck Wasser und verzog das Gesicht. Er hatte eigentlich gar keinen Durst. Sondern Hunger. Er kam um vor Hunger.

Wichtiger als sein Magen war jedoch sein Geist. Die gesamte Geschichte schien sich auf einmal zu entwickeln. Er konnte alles sehen, klar und deutlich, zum ersten Mal. Eine Welle der Aufregung überkam ihn, wie jedes Mal, wenn eine Story plötzlich vor ihm lag. Er sprang auf und lief in die Küche.

Er würde sich ein Riesensandwich zubereiten, sich den stärksten Kaffee der Welt aufbrühen, und dann würde er sich an die Arbeit machen.

Morgana saß auf Anastasias Terrasse, bewunderte den blühenden Garten ihrer Cousine und trank ein Glas eisgekühlten Julep-Tee. Von dieser Stelle am Pescadaro Point hatte man eine wunderbare Aussicht auf die tiefblaue Carmel Bay und die Boote, die sanft in der leichten Frühlingsbrise auf dem Wasser schaukelten.

Weitab von der üblichen Touristenroute, geschützt durch Bäume und Büsche, war hier nicht ein einziges Auto zu hören, nur die Laute der Vögel und Insekten, das Rauschen des Wassers und des Winds.

Sie konnte gut verstehen, warum Anastasia hier lebte. Hier gab es die Stille und Abgeschiedenheit, nach der ihre Cousine sich so sehnte. Oh, da war schon eine gewisse Dramatik, dort, wo Land und Wasser aufeinander trafen, die alten knorrigen Bäume, die hohen Schreie der Möwen. Aber es lag auch Frieden in den alten Mauern, die das Anwesen umgaben. Efeu rankte sich um das Haus, exotische Blüten und duftende Kräuter wuchsen üppig in den Rabatten, um die Ana sich so liebevoll kümmerte.

Wann immer Morgana hierher kam, fühlte sie sich wohl. Und sie kam immer hierher, wenn ihr Herz Kummer hatte. Dieser Ort, so dachte sie jetzt, ist wie Anastasia, lieblich, sanft, ohne Arg und Tücke.

„Frisch aus dem Ofen", verkündete Ana, als sie mit einem Tablett durch die Flügeltüren trat.

„Oh, Ana, Schokoladenbaisers! Meine Lieblingsplätzchen, köstlich!"

Lachend setzte Ana das Tablett ab. „Heute Morgen verspürte ich irgendwie den Drang zu backen. Jetzt weiß ich, warum."

Genüsslich biss Morgana in ein Baiser. „Ana, du bist ein Schatz."

Ana setzte sich so, dass sie ihren Garten und die Bucht überblicken konnte. „Ich bin überrascht, dich um diese Zeit hier zu sehen."

„Ich gönne mir eine ausgiebige Lunchpause. Mindy hat alles unter Kontrolle."

„Und wie steht es mit dir?"

„Habe ich denn nicht immer alles unter Kontrolle?"

Ana legte eine Hand auf Morganas. Bevor Morgana ihre Trauer abblocken konnte, hatte Ana die kleinen Wellen schon gespürt. „Ich fühle doch, wie aufgewühlt du bist. Dafür stehen wir uns zu nah."

„Natürlich fühlst du es. Genauso wie ich nicht anders konnte, als herzukommen, obwohl mir bewusst war, dass ich dich mit meinen Problemen belasten würde."

„Ich möchte helfen."

„Nun, du bist doch Kräuterspezialistin", sagte Morgana leichthin. „Wie wär's mit ein wenig Helleborus niger?"

Ana lächelte. Helleborus, besser bekannt als Christrose, stand in dem Ruf, Wahnsinn zu heilen. „Fürchtest du um deinen Verstand, Liebes?"

„Das ist das Wenigste." Achselzuckend griff sie nach einem weiteren Keks. „Ich könnte natürlich auch den bequemsten Weg gehen und einen Trank aus Rosen- und Engelwurzessenzen mixen, mit einer Prise Ginseng, und das Ganze großzügig mit Mondstaub bestreuen."

„Ein Liebestrank?" Ana nahm sich ebenfalls ein Gebäckstück. „Für jemanden, den ich kenne?"

„Für Nash natürlich."

„Natürlich. Das heißt also, es läuft nicht so gut?"

Eine dünne Falte erschien zwischen Morganas Augenbrauen. „Ich habe keine Ahnung, wie es läuft. Ich weiß, dass ich mir wünsche, ich wäre nicht so übertrieben ehrlich. Dabei ist es doch eine wirklich simple Angelegenheit, einen Mann an sich zu binden."

„Aber nicht sehr befriedigend."

„Richtig", gab Morgana zu. „Also muss ich wohl den gewöhnlichen Weg gehen." Während sie an ihrem Tee nippte, betrachtete sie die Boote, deren Segel sich im Wind blähten. Frei wie der Wind – so hatte sie sich immer gefühlt. Und jetzt, obwohl sie sich für nichts verpflichtet hatte, fühlte sie sich wie gefesselt.

„Um ehrlich zu sein, Ana, ich habe mir nie viel Gedanken darum gemacht, wie es wohl wäre, wenn ein Mann sich in mich verlieben würde. Das Problem ist nur, dass diesmal mein Herz beteiligt ist."

Bei dieser Art von Schmerz konnte auch Ana nicht viel tun, um ihrer Cousine Trost und Hilfe zu spenden. „Hast du es ihm gesagt?"

Der Stich in ihrem Herzen kam schnell und überraschend. Morgana schloss die Augen. „Ich kann ihm nichts sagen, solange ich selbst nicht weiß, wie es um mich steht. Also warte ich ab."

„Liebe ist wie Luft. Man kann ohne sie nicht leben."

„Aber reicht das auch?" Das war die Frage, die sie in den Tagen, seit sie von Nash weggegangen war, am meisten beschäftigt hatte. „Woher wissen wir, dass das genug ist?"

„Wenn wir glücklich sind."

Ana hatte wahrscheinlich Recht, aber war das überhaupt zu verwirklichen? „Glaubst du, wir sind zu verwöhnt, Ana?"

„Verwöhnt? Wie meinst du das?"

„Nun ... in Bezug auf unsere Erwartungen." Morgana hob hilflos die Hände. „Unsere Eltern, deine, meine, Sebastians. Da ist so viel Liebe, Unterstützung, Verständnis, Respekt. Die Freude zu lieben, und die Großzügigkeit. So ist es nicht für jeden Menschen."

„Ich glaube nicht, dass das Wissen, wie tief und allumfassend Liebe sein kann, etwas mit Verwöhntheit zu tun hat."

„Aber würde es nicht ausreichen, sich mit dem Vergänglichen zu begnügen? Mit Zuneigung und Leidenschaft?" Sie runzelte die Stirn und beobachtete versonnen eine Biene, die eine Akeleiblüte umwarb. „Ich glaube, es könnte genügen."

„Für manche mag das so sein. Du musst dir darüber klar werden, ob es dir reicht."

Morgana erhob sich gereizt. „Es ist so aufreibend und anstrengend. Ich verabscheue es, wenn ich nicht die Zügel in der Hand halte."

Ein Lächeln spielte um Anas Lippen. „Das glaube ich dir gern. Seit ich mich erinnern kann, hast du immer alles bestimmt, allein durch die Kraft deiner Persönlichkeit."

Morgana warf ihr einen scharfen Seitenblick zu. „Aha, du meinst also, ich sei schon immer ein rücksichtsloser Rüpel gewesen."

„Aber nein. Sebastian war der Rüpel." Ana gab sich alle Mühe, die richtigen Worte zu finden. „Sagen wir ... du hattest einen starken Willen."

Weit davon entfernt, besänftigt zu sein, beugte sich

Morgana über eine Pfingstrose, um an ihr zu riechen. „Das sollte ich wohl als Kompliment ansehen. Aber ein starker Wille hilft mir im Moment nicht." Zusammen gingen sie über den schmalen Steinpfad, der durch Blumenbeete und Rankengewächse führte. „Ich habe ihn seit über einer Woche nicht mehr gesehen, Ana." Sie unterbrach sich. „Himmel, ich höre mich an wie ein weinerliches Gör."

Ana musste lachen und drückte Morganas Arm. „Nein, du hörst dich an wie eine ungeduldige Frau."

„Nun … ich bin ungeduldig", gab sie zu. „Dabei war ich darauf vorbereitet, ihm aus dem Weg zu gehen, falls es nötig werden sollte. Aber es war nicht nötig." Sie lächelte Ana zerknirscht an. „Das setzt meinem Stolz zu."

„Hast du ihn angerufen?"

„Nein." Morgana verzog schmollend die Lippen. „Zuerst rief ich nicht an, weil ich es für das Beste hielt, uns beiden ein wenig Zeit zu geben. Und dann …" Sie hatte immer über sich selbst lachen können, und das tat sie jetzt auch. „Dann habe ich nicht angerufen, weil ich so wütend war, dass er nicht einen Versuch gemacht hat, meine Tür einzurennen. Sicher, er hat ein paarmal angerufen, hat Fragen abgefeuert, etwas Unverständliches gemurmelt und dann mit einem Brummen wieder aufgelegt." Sie steckte die Hände in die Taschen ihres Rocks. „Ich kann richtig sehen, wie die Rädchen sich in seinem Kopf drehen."

„Also arbeitet er. Ich kann mir vorstellen, dass ein Autor ziemlich tief in seine Geschichte versinkt, wenn er schreibt. So ist das eben."

„Ana", hielt Morgana ihr geduldig vor, „du solltest dem Verlauf des Programms folgen. Tröste und bemitleide mich gefälligst, anstatt dir Ausreden für ihn einfallen zu lassen."

Pflichtschuldig unterdrückte Ana das Grinsen und sah betreten drein. „Entschuldige, ich weiß nicht, was über mich gekommen ist."

„Dein weiches Herz. Mal wieder." Morgana küsste sie auf die Wangen. „Aber ich vergebe dir."

Ein zitronengelber Schmetterling flatterte vorbei. Ana streckte abwesend die Hand aus, und der Falter setzte sich vorsichtig auf ihre Handfläche. Sie blieb stehen und streichelte die zerbrechlichen Flügel. „Warum erzählst du mir nicht, was du vorhast, nachdem dieser so von sich selbst in Anspruch genommene Autor dich so unendlich wütend macht?"

Mit einem Achselzucken strich Morgana über die herabhängenden Blüten einer Glyzinie. „Ich glaube, ich werde für ein paar Wochen nach Irland fahren."

Ana entließ den Schmetterling mit den besten Wünschen, dann drehte sie sich zu ihrer Cousine. „Gute Reise. Aber ich möchte dich daran erinnern, dass Weglaufen keine Probleme löst, sondern sie nur aufschiebt."

„Genau deshalb habe ich ja auch noch nicht gepackt." Morgana seufzte. „Ana, als ich weggegangen bin, da glaubte er mir endlich, dass ich bin, was ich bin. Ich wollte ihm Zeit lassen, um sich damit anzufreunden."

Das ist also der Knackpunkt, dachte Ana. Sie legte ihren Arm um Morganas Taille. „Es dauert vielleicht länger als ein paar Tage, bis er das verdaut hat", sagte sie vorsichtig. „Vielleicht wird er es nie akzeptieren können."

„Ich weiß." Morgana sah über das Meer zum Horizont. Niemand konnte wissen, was dahinter lag. „Ana, noch vor dem Morgen werden wir uns lieben. Dieses eine weiß ich. Was ich nicht weiß, ist, ob die heutige Nacht mir Glück oder Unglück beschert."

Nash war in Hochstimmung. Nie zuvor hatte er eine Story so schnell, so reibungslos und so klar zu Papier gebracht. Die kurze Abhandlung, die er in einer einzigen Nacht geschrieben hatte, lag bereits bei seinem Agenten auf dem Schreibtisch. Über den Verkauf des Drehbuchs machte er sich überhaupt keine Sorgen – denn sein Agent hatte ihm bereits äußerst zufrieden am Telefon mitgeteilt, dass das mit Sicherheit kein Problem werden würde. Tatsache war, dass Nash zum ersten Mal in seiner Karriere weder an Verkauf, Produktion noch Dreharbeiten dachte.

Er war zu sehr von der Story ausgefüllt.

Er schrieb unablässig. Um drei Uhr morgens sprang er aus dem Bett, um sich an den Computer zu setzen, schlürfte Kaffee, während die Geschichte in seinem Kopf summte wie ein Schwarm wild gewordener Hummeln. Er aß, was ihm gerade in die Finger kam, schlief, wenn seine Augen partout nicht länger offen bleiben wollten, und lebte in seiner eigenen Vorstellungswelt.

Wenn er träumte, dann in surrealistischen Szenen, die

ihm erotische Bilder von Morgana und ihm zeigten, wie sie zusammen in die fiktive Welt eintauchten, die er erschaffen hatte.

Beim Aufwachen sehnte er sich so nach ihr, dass es manchmal fast unerträglich war. Dann fühlte er sich wieder gedrängt, die Aufgabe zu beenden, durch die sie überhaupt erst zueinander gefunden hatten.

Manchmal glaubte er ihre Stimme zu hören.

Die Zeit ist noch nicht reif.

Aber er spürte, dass die Zeit bald kommen würde.

Klingelte das Telefon, ignorierte er es, und nur wenige der Anrufe, die vom Anrufbeantworter gespeichert wurden, erwiderte er. Wenn er das Bedürfnis nach frischer Luft hatte, setzte er sich mit dem Laptop auf die Terrasse. Wäre es möglich gewesen, den Laptop mit unter die Dusche zu nehmen, so hätte er auch das getan.

Und schließlich zog er Blatt für Blatt das vollendete Werk aus seinem Drucker. Ein paar Änderungen hier, ein paar Umformulierungen da, dachte er, als er mit dem Bleistift Anmerkungen an den Rand schrieb. Aber während er las, war er sich sicher. Sicher, dass er nie bessere Arbeit geleistet hatte.

Und nie hatte er ein Projekt in so kurzer Zeit vollendet. Seit er sich hingesetzt und angefangen hatte, waren nur zehn Tage vergangen. Er mochte dreißig oder vierzig Stunden in diesen zehn Tagen geschlafen haben, aber er war kein bisschen erschöpft.

Im Gegenteil, er fühlte sich in Bestform.

Er sammelte die Papiere ein und suchte nach einem Umschlag. Bücher, Notizblätter, gebrauchtes Geschirr fielen scheppernd durcheinander.

Jetzt beherrschte ihn nur noch ein Gedanke: Er musste das Drehbuch zu Morgana bringen. Sie hatte ihn inspiriert, und sie würde die Erste sein, die es zu lesen bekam.

Er förderte einen zerknitterten braunen Umschlag zu Tage, über und über bedeckt mit Kritzeleien und Stichwörtern. Er ließ den Ausdruck hineingleiten und verließ sein Arbeitszimmer.

Glücklicherweise erhaschte er rechtzeitig sein Spiegelbild in der Eingangshalle.

Das Haar stand ihm in alle Richtungen ab, und in seinem Gesicht prangte ein recht ansehnlicher Bart. Was ihn zu der Überlegung veranlasste, während er sich mit einer Hand nachdenklich über den Wildwuchs rieb, ob er sich nicht einen richtigen Vollbart stehen lassen sollte. So stand er also da, einen großen Umschlag in der Hand – und trug nichts anderes als Morganas Talisman und rote Boxershorts.

Wahrscheinlich war es besser, wenn er sich die Zeit nahm und sich wusch und anzog.

Knapp dreißig Minuten später rannte er wieder die Treppe hinunter, diesmal züchtig in Jeans und dunkelblauem Sweatshirt. Selbst er musste zugeben, dass der Anblick seines Heims ihm einen Schock versetzt hatte. Es sah aus, als hätte eine Kompanie besonders wilder Soldaten hier gehaust, bevor sie überstürzt abgezogen waren.

Er konnte von Glück sagen, dass er überhaupt etwas

zum Anziehen gefunden hatte, das nicht getragen, zerknittert oder achtlos unters Bett geschoben worden war. Nicht ein sauberes Handtuch war mehr aufzutreiben gewesen, also hatte er sich mit mehreren Waschlappen abtrocknen müssen. Immerhin hatte er Rasierer, Kamm und ein passendes Paar Schuhe finden können, also war doch alles gar nicht so schlimm.

Allerdings dauerte es noch fünfzehn frustrierende Minuten, bis er schließlich seinen Autoschlüssel gefunden hatte. Der Himmel allein wusste, wie er auf das zweite Regal im Kühlschrank neben einen verfaulten Pfirsich gekommen war, aber da lag er. Als er nach dem Schlüssel griff, fiel Nash auf, dass der Kühlschrank abgesehen von dem traurigen Pfirsich und einer schlecht riechenden, offenen Milchtüte leer war.

Nun, darum würde er sich später kümmern können.

Erst als der Wagen ansprang und mit dem Motor auch die Armaturenbeleuchtung, bemerkte Nash, dass es schon fast Mitternacht war. Er zögerte, überlegte sich, ob er sie nicht vielleicht erst anrufen und mit seinem Besuch bis zum Morgen warten sollte.

Ach, zum Teufel, sagte er sich und schoss pfeilschnell aus der Ausfahrt.

Er wollte sie jetzt.

Nur wenige Meilen entfernt zog Morgana zur gleichen Zeit die Tür hinter sich ins Schloss. Sie trat hinaus in die Nacht, silbrig erleuchtet vom Mondschein. Die weiße Zeremonienrobe, an der Hüfte von einem Kristallgürtel zusammengehalten, flatterte hinter ihr her, als sie sich vom Haus entfernte. An ihrem Arm hing ein Korb, in dem alle Zutaten waren, die sie brauchen würde, um die Frühjahrs-Tagundnachtgleiche zu beobachten.

Es war eine Nacht, um zu feiern, eine Nacht der Freude und des Dankes. Der Frühling brachte Erneuerung. Aber Morganas Augen waren dunkel und blickten besorgt. In dieser Nacht, in der Tag und Nacht sich glichen, würde sich ihr Leben ändern.

Sie wusste es, auch wenn sie die Kugel nicht noch einmal befragt hatte. Warum auch, wenn ihr Herz es ihr bereits gesagt hatte?

Es war so schwer, es zu akzeptieren, dass sie beinah im Haus geblieben wäre. Es wäre eine Herausforderung für das Schicksal. Oder das Verhalten eines Feiglings. Also würde sie mit dem Ritual fortfahren, so wie sie und andere es schon seit ewigen Zeiten taten.

Er würde kommen, wenn es an der Zeit für ihn war. Und sie würde es akzeptieren.

Schatten huschten über den Rasen, als sie den kleinen Hain ansteuerte. Der Frühling lag in der Luft. Die Nachtblumen, die Meeresbrise, der Geruch von Erde, die sie in den Beeten umgegraben hatte.

Der Wind rauschte sanft durch die Bäume, streichelte die Blätter, liebkoste die Äste. Leise Musik erklang, die nur bestimmte Ohren hören konnten. Das Lied der Elfen, das Lied, das älter war als die Menschheit.

Sie war nicht allein hier in dem schattigen Hain, über dem die Sterne funkelten.

Als sie dem magischen Ort näher kam, hob sich ihre Stimmung, und die Wolken, die ihre Augen verhangen hatten, klärten sich. Mit geschlossenen Lidern, die Hände vor sich haltend, blieb sie einen Moment lang stehen, um die Düfte und die Schönheit der Nacht vollkommen in sich aufzunehmen.

Auch mit geschlossenen Augen konnte sie den weißen Mond sehen, das silbrige Licht, das er so großzügig über die Bäume ergoss, und durch die Bäume auf sie. Die Kraft, die in ihr zu erblühen begann, war so klar und so lieblich wie das Mondlicht.

Sie öffnete den Korb und entnahm ihm ein weißes Tuch mit einer silbernen Borte, das schon seit Generationen ihrer Familie gehörte. Einige behaupteten, es sei ein Geschenk an Merlin, von dem jungen König, den er so geliebt hatte. Sie breitete es auf dem Boden aus und kniete sich darauf.

Ein rundes Brot, eine kleine Flasche mit Wein, Kerzen, das Hexenmesser mit dem gewundenen Griff, Zeremonienkelch und -teller, ein Kranz, gewebt aus Gardenienblüten. Andere Blüten – Akelei, Kapuzinerkresse, Zweige von Rosmarin und Thymian. Zusammen mit Rosenblättern streute sie diese auf das Tuch.

Sie erhob sich und beschrieb den Kreis. Sie spürte die Macht in ihren Fingerspitzen pochen, wärmer und drängender jetzt. Als der Kreis sich geschlossen hatte, stellte sie um den Rand Kerzen auf, schneeweiß. Vierzehn im Ganzen, um die Tage des ab- und zunehmenden Mondes zu symbolisieren. Langsam schritt sie die Reihe ab, mit ausgestreckter Hand, und eine nach der anderen flammten die Kerzen auf. Morgana stand in der Mitte des Lichtkreises, löste den Verschluss des Gürtels. Er fiel zu Boden wie ein Flammenseil. Dann zog sie die Arme aus der zarten Robe, die an ihr herabglitt wie schmelzender Schnee.

Das Kerzenlicht warf goldene Schatten auf ihre Haut, als sie mit dem uralten Tanz begann.

Um fünf vor zwölf fuhr Nash vor Morganas Haus vor. Als er bemerkte, dass alles dunkel und still war, fluchte er leise.

Also würde er sie wecken müssen. Wie viel Schlaf brauchte eine Hexe überhaupt? Er grinste in sich hinein. Er würde sie fragen.

Denn sie war auch eine Frau. Und Frauen, das wusste er, hatten die Tendenz, äußerst unangenehm zu reagieren, wenn man mitten in der Nacht vor ihrer Haustür auftauchte und ihren Schlaf störte. Es würde nichts schaden, wenn er etwas hätte, das diese Tür leichter öffnen würde.

Bester Laune klemmte er sich den Umschlag unter den Arm und begann ihr Blumenbeet zu räubern. Er bezweifelte, dass es ihr überhaupt auffallen würde, dass er ein paar Blumen stibitzt hatte. Schließlich wuchsen hier Hunderte. Durch den Duft der Blüten beflügelt, ließ er sich mitreißen, bis sein Arm überquoll von Tulpen, Wicken, Narzissen und Goldlack.

Überaus zufrieden mit sich selbst, schlenderte er zu ihrer Haustür. Pan bellte zweimal, noch bevor Nash klopfen konnte. Aber kein Licht ging an, weder bei der gebellten Begrüßung noch bei Nashs anschließendem lautstarken Hämmern.

Er sah auf die Auffahrt, vergewisserte sich, dass ihr Auto dastand, und hämmerte erneut an die Tür. Wahrscheinlich schläft sie wie ein Stein, sagte er sich und spürte die ersten Anzeichen von Frustration. Irgendetwas ging in ihm vor, da war ein Drängen in ihm, das sich nicht aufschieben ließ. Er musste sie sehen, und zwar heute Nacht.

So leicht ließ er sich aber nicht entmutigen. Er legte den Umschlag auf den Treppenabsatz und fasste an den Türknauf. Pan bellte wieder, aber für Nash hörte sich das eher amüsiert denn verärgert an. Da die Tür verschlossen war, ging Nash zielstrebig um das Haus herum. Er würde schon einen Weg ins Haus finden. Und zu ihr, bevor die Nacht vorüber war.

Mit schnellen Schritten marschierte er voran, doch irgendwo zwischen Vordertür und hinterer Terrasse fühlte er sich veranlasst, zu dem Hain zu blicken.

Dahin musste er gehen. Er wusste es mit Gewissheit.

Obwohl sein Verstand ihm sagte, dass es absolut unsinnig war, im Dunkeln durch den Wald zu stapfen, folgte er seinem Herzen.

Vielleicht waren es die Schatten oder auch das leise

Wimmern des Windes, was ihn dazu veranlasste, sich leise voranzubewegen. Irgendwie schien es ihm plötzlich fast wie Blasphemie, unnötig Lärm zu machen. Irgendetwas lag heute Nacht in der Luft, und es war unerträglich betörend.

Mit jedem seiner Schritte rauschte das Blut lauter in seinen Ohren.

Dann sah er in einiger Entfernung einen weißen Schimmer. Er wollte rufen, doch ein Rascheln über seinem Kopf ließ ihn aufblicken. Dort oben, auf einem Ast der Zypressen, saß eine weiße Eule. Während Nash noch hinaufschaute, stieß der Vogel geräuschlos in die Lüfte und flog tiefer in die Mitte des Hains hinein.

Nashs Puls raste, sein Herz trommelte hart gegen seine Rippen. Er wusste, dass, selbst wenn er sich umdrehte und wegging, er unweigerlich zu dieser Mitte hingezogen werden würde.

Also ging er weiter.

Da war sie. Sie kniete auf einem weißen Tuch. Das Mondlicht ergoss sich über sie wie silberner Wein. Er wollte ihren Namen rufen, doch ihr Anblick inmitten des Kerzenkreises, mit Blumen in ihrem Haar, glitzernden Steinen um ihre Taille, lähmte seine Zunge.

Verborgen im Schatten, sah er zu, wie sie über den Flammen der schneeweißen Kerzen kleine goldene Funken erzeugte. Und dann stand sie in wunderbarer Nacktheit in der Mitte der Flammen. Als sie zu tanzen begann, stockte ihm der Atem.

Er erinnerte sich an seinen Traum, so lebhaft wurden die Bilder, dass Fantasie und Realität zu einem machtvollen Bild verschmolzen, Morgana tanzend in der Mitte. Der Duft der Blumen war so betäubend, dass ihm fast schwindlig wurde. Für einen Moment verschwamm das Bild, er schüttelte den Kopf und versuchte, ganz genau hinzusehen.

Die Szenerie hatte sich verändert. Morgana kniete jetzt und trank aus einem silbernen Kelch, während die Flammen der Kerzen hoch aufflackerten. Er sah den goldenen Schimmer auf ihrer Haut, hörte ihre Stimme, die leise rezitierte, und es schien, als einten sich hundert andere in diesem Gesang.

Einen Augenblick lang war der Hain von einem sanften Strahlen erhellt. Anders als Licht, anders als Schatten. Es pulsierte und funkelte wie das Blitzen einer blanken Schwertscheide in der Sonne. Er konnte die Wärme auf seinem Gesicht fühlen.

Dann wurden die Flammen wieder klein, der Gesang verebbte, bis es ganz still wurde.

Sie stand langsam auf, zog sich nun die weiße Robe über, band den Gürtel um.

Die Eule, der große weiße Vogel, den er über seiner Faszination für die Frau vergessen hatte, stieß zwei Schreie aus und verschwand hoch oben am Himmel hinter einer Wolke.

Morgana drehte sich um, hielt den Atem am. Nash trat aus dem Schatten auf die Lichtung, sein Herz hämmerte in seiner Brust. Er war so überwältigt, von dem was er gesehen hatte, dass er Angst hatte, sich zu verlieren.

Einen Moment lang zögerte sie. Von irgendwoher flüsterte es eine Warnung. Die heutige Nacht würde ihr Freuden bringen. Mehr, als sie je geahnt hätte. Und der Preis dafür würde Schmerz sein. Mehr, als sie sich gewünscht hätte.

Dann lächelte sie und trat aus dem Kreis.

7. KAPITEL

Wie eine Lawine überfielen Nash Tausende von Gedanken. Tausende von Gefühlen überschwemmten sein Herz. Als Morgana auf ihn zukam, die weiße Robe schimmernd wie Mondstaub, verschmolzen all diese Gedanken und Gefühle zu einem Einzigen. Zu ihr.

Er wollte etwas sagen, irgendetwas, das ihr erklären würde, wie er sich im Moment fühlte. Aber seine Kehle war wie zugeschnürt. Er wusste, dies hier war mehr als das bloße Verlangen eines Mannes nach einer Frau. Was immer ihn da durchfuhr, lag so weit außerhalb seiner Erfahrung, dass er es nicht mit Worten fassen konnte.

Er wusste nur, dass es hier, an diesem magischen Platz, in diesem verzauberten Moment, nur diese eine Frau gab. Und eine leise Stimme, die aus seinem Herzen kam, flüsterte ihm zu, dass es immer nur diese eine Frau gegeben und er sein ganzes Leben auf sie gewartet hatte.

Morgana blieb stehen, eine Hand graziös in die Luft gestreckt. Es würde nur einen Schritt brauchen, und sie läge in seinen Armen. Er würde nicht vor ihr zurückweichen. Und sie fürchtete, dass sie längst jenen Punkt hinter sich gelassen hatte, an dem sie noch hätte umkehren können.

Ihr Blick hielt den seinen fest. Er sieht wie betäubt aus, dachte sie, und sie konnte es ihm nicht verübeln. Wenn er auch nur einen Bruchteil des Verlangens und der Ängste spürte, die sie fühlte, hatte er jedes Recht dazu.

Es würde nicht einfach für sie beide werden, das wusste sie. Nach der heutigen Nacht wäre das Band zwischen ihnen unweigerlich gewoben. Und was immer sie auch entscheiden mochten, dieses Band würde bestehen bleiben.

Sie strich mit den Fingern über den Blumenstrauß, den er immer noch im Arm hielt, und fragte sich, ob ihm klar war, dass er ihr mit seiner Wahl der Blumen Liebe, Leidenschaft, Treue und Hoffnung bot.

„Blumen, die im Mondlicht gepflückt werden, tragen den Zauber und die Geheimnisse der Nacht."

Er hatte den Strauß völlig vergessen. Als würde er aus einem Traum aufwachen, sah er auf die Blumen herab. „Ich habe sie aus deinem Garten stibitzt."

Morganas Lippen verzogen sich zu einem wunderschönen Lächeln. Natürlich kannte er die Sprache der Blumen nicht, aber seine Hand war geführt worden. „Das macht ihren Duft nicht weniger lieblich und das Geschenk nicht weniger liebenswert." Sie berührte seine Wange. „Du wusstest, wo du mich finden konntest."

„Ich … ja." Er dachte daran, wie zielsicher er auf den Hain zugestrebt war. „Ja, ich wusste es."

„Warum bist du gekommen?"

„Ich wollte …" Er erinnerte sich an die Hektik, in der er aus dem Haus gestürmt war, seine Ungeduld, sie zu sehen. Aber es war sehr viel einfacher als das. „Ich brauchte dich."

Zum ersten Mal senkte sie den Blick. Sie konnte seine Bedürftigkeit spüren, die Wärme, die er ausstrahlte, verlockte sie. Wenn sie der Versuchung nachgab, würde sie so fest an ihn gebunden, dass kein Zauberspruch sie je wieder befreien könnte.

Ihre Macht war keine absolute Macht. Ihre Wünsche wurden nicht immer erhört. Wenn sie ihn heute Nacht in ihre Arme nahm, hieß das, alles zu riskieren. Sogar ihre Kraft, auf eigenen Füßen zu stehen.

Bis heute Nacht war die Freiheit immer ihr höchstes Gut gewesen.

Sie blickte auf und verzichtete auf dieses Gut.

„Was ich dir heute Nacht gebe, gebe ich dir aus freien Stücken. Was ich von dir nehmen werde, nehme ich ohne Bedauern." Ihre Augen glänzten vor Visionen, die er nicht sehen konnte. „Denke daran. Komm mit mir." Sie nahm ihn bei der Hand und zog ihn in den Lichtkreis.

In dem Augenblick, in dem er durch die Flammen trat, fühlte er die Veränderung. Die Luft hier war reiner, der Duft intensiver, sogar die Sterne schienen näher zu sein. Er konnte die silbernen Streifen des Mondlichts durch die Bäume fallen sehen.

Aber sie war dieselbe, ihre Hand lag fest und warm in seiner.

„Was für ein Ort ist das hier?" Instinktiv flüsterte er, nicht aus Angst, sondern aus Ehrfurcht. Seine Worte hallten leise nach, vermischten sich mit dem Klang der Harfe, der die Luft erfüllte.

„Er braucht keinen Namen." Sie ließ seine Hand los. „Magie hat viele Formen", sagte sie und löste den Gürtel.

„Wir werden hier unsere eigene erschaffen." Sie lächelte. „Auf dass keiner zu Schaden komme."

Sie ließ den Kristallgürtel auf die weiße Robe gleiten und empfing Nash bereitwillig in ihren Armen.

Ihre Lippen waren warm und weich. Er schmeckte den Wein, von dem sie getrunken hatte, und ihren eigenen, viel intensiveren Duft. Er fragte sich, wie ein Mann ohne diesen wunderbaren, trunken machenden Geschmack überleben konnte. Alles in seinem Kopf begann sich zu drehen, als sie ihn anspornte, den Kuss zu vertiefen, von ihren Lippen zu trinken.

Mit einem Aufstöhnen, das aus seinem tiefsten Innern zu kommen schien, presste er sie an sich, zerdrückte die Blumen, die ihren betörenden Duft ausströmten.

Hinter ihren geschlossenen Lidern konnte Morgana die Kerzen flackern sehen, sah den Schatten, den sie und Nash auf den Waldboden warfen. Sie hörte das Rauschen des Windes in den Bäumen, die Nachtmusik, die ihre eigene Magie besaß.

Das, was sie fühlte, war so viel realer. Dieser tiefe Brunnen von Emotionen war gefüllt mit Gefühlen für ihn, wie er nie zuvor gefüllt gewesen war. Und als sie Nash ihr Herz zum zweiten Mal schenkte, quoll dieser Brunnen über, wurde zu einem ruhigen, stetigen Strom. So hatte sie noch nie für einen Mann empfunden.

Einen Moment lang fürchtete sie, sie würde darin ertrinken, die Angst jagte ihr einen Schauer durch den Körper. Murmelnd zog Nash sie fester an sich. Ob es Leidenschaft oder das Verlangen nach Trost war, wusste Morgana nicht, aber sie beruhigte sich wieder. Und akzeptierte.

Er kämpfte gegen das Tier in sich an, das forderte, sie schnell zu nehmen, die unerträgliche Begierde zu befriedigen. Nie, niemals zuvor, hatte er ein solches Verlangen verspürt, für nichts, für niemanden, so wie jetzt für Morgana hier in diesem Lichtkreis. Sein Instinkt sagte ihm, dass sie sein Drängen willkommen heißen würde, auf seine verzehrende Leidenschaft reagieren würde. Aber das wäre nicht richtig. Nicht hier. Nicht jetzt.

Ebenso groß wie seine Begierde war der Wunsch, Morgana Lust zu bereiten.

Er strich mit einer Fingerspitze über ihre Wange, ihre vollen Lippen, ihr Kinn, die schlanke Linie ihres Halses hinunter.

Hexe oder Normalsterbliche, sie war sein, um zu lieben und zu ehren. Es war vorausbestimmt, dass es hier geschehen würde, umgeben von den alten Bäumen, von dem matten, flackernden Licht. Von Magie.

Ihr Blick veränderte sich, wie der einer Frau, die von Leidenschaft erfüllt war. Er beobachtete es, während sein Finger träge zu ihrer Schulter weiterglitt, über ihren Arm, dann wieder zurück. Ihr Atem kam unregelmäßig durch halb geöffnete Lippen.

Genauso zart und leicht strich er über ihre Brüste. Ihr Atem wurde zu einem Stöhnen, doch noch immer machte er keine Anstalten, sie zu besitzen, liebkoste nur weiter die sanften Rundungen, die harten Knospen.

Sie konnte sich nicht bewegen. Wenn die Höllenhunde aus dem Wald hervorgestürzt wären, mit geifernden Mäulern, sie wäre genauso stehen geblieben, wie sie jetzt stand, mit vor Verlangen zitterndem Körper, den Blick hilflos auf sein Gesicht gerichtet. Wusste er es? Wusste er, mit welchem Bann seine exquisite Zärtlichkeit sie belegte?

Es gab nur noch ihn für sie. Sie sah nur noch sein Gesicht, fühlte nur noch seine Hände. Mit jedem Atemzug wurde sie von ihm erfüllt.

Mit den Fingern folgte er der Linie ihres Körpers, an den Seiten hinab zu ihrer Taille, über ihren Rücken, und sie erschauerte. Er wunderte sich, warum er es für nötig gehalten hatte, ihr etwas zu erklären, wenn seine Berührungen doch so viel mehr ausdrückten als jedes Wort.

Ihr Körper war ein Festbankett aus schlanken Kurven, seidiger Haut, festen Muskeln. Aber er verspürte nicht mehr den Drang, einfach nur zu nehmen. Wie viel besser war es doch, zu kosten, zu erfahren, zu verführen. Was brauchte ein Mann mehr, als dass die Haut einer Frau unter seiner Berührung zu glühen begann?

Nash streichelte Morganas Oberschenkel, verharrte kurz bei ihrem Zentrum der Lust und fand sie bereit für ihn.

Als ihre Knie nachgaben, hielt er sie fest und legte sie vorsichtig auf das Tuch, damit seine Lippen den gleichen Weg gehen konnten wie seine Hände.

Süße, völlige Hingabe. Lang andauerndes, ahnungsvolles Entzücken. Nur der Mond sah zu, während sie einander das schönste und wertvollste aller Geschenke machten. Der exotische Duft der Blumen, achtlos zu Boden gefallen, mischte sich in den betörenden Geruch der Nacht.

Selbst als die Leidenschaft beider drängender wurde, sie ineinander verschlungen auf dem seidigen Blumenbett rollten, war da keine Eile. Von irgendwo ertönte wieder der Schrei der Eule, und die Flammen schossen wie Lanzen in die Höhe. Schlossen die Liebenden ein, schlossen die restliche Welt aus.

Ihr Körper wurde von Schauern gepackt, doch diese hatten nichts mehr mit Angst oder Nervosität zu tun. Morgana schlang die Arme um Nash, als er in sie eindrang. Er sah, wie ihre Lider flatterten, sah die Sterne in ihren Augen, die heller strahlten als die Sterne am Himmel. Er senkte seinen Mund auf ihren herab, als sie sich gemeinsam in dem Tanz bewegten, der älter und mächtiger war als jeder andere.

Sie fühlte die Schönheit, die Magie, die stärker war als alles, was sie je hätte heraufbeschwören können. Sie hörte, wie Nash ihren Namen rief, und bog sich ihm entgegen, ließ ihren Körper davonfliegen in dem letzten erlösenden Aufbäumen.

Als Nash erschöpft sein Gesicht in ihrem Haar barg, sah sie über sich eine Sternschnuppe aufblitzen, hell wie ein Flammenschweif am samtenen Firmament.

Sie kann nicht genug von mir bekommen, dachte Nash verträumt. Sie waren ins Haus zurückgegangen und in

Morganas Bett. Während der Nacht hatten sie sich immer wieder geliebt, waren eingeschlafen, hatten sich wieder geliebt, bis der Mond verblasst war. Jetzt stand die Sonne am Himmel, ein helles Licht hinter geschlossenen Lidern, und Morgana knabberte an Nashs Ohr.

Er lächelte vor sich hin, während er langsam aus diesem angenehmen Dämmerzustand auftauchte. Ihr Kopf lag warm auf seiner Brust, und die Art, wie sie an seinem Hals und Ohr knabberte, verriet ihm, dass sie nicht abgeneigt war, das Liebesspiel der Nacht noch einmal zu wiederholen. Nur zu gern wollte er ihr zu Gefallen sein. Er hob seine Hand, um ihr über das Haar zu streichen, hielt dann aber mitten in der Luft an.

Wie war es möglich, dass er ihre Zunge an seinem Ohr spürte, während ihr Kopf auf seiner Brust lag? Aus anatomischer Sicht war das nicht machbar. Allerdings … er hatte sie Dinge tun sehen, die mit den einfachen Gesetzen der realen Welt auch nicht viel gemein hatten. Obwohl noch im Halbschlaf, begann seine lebhafte Vorstellungskraft Blüten zu treiben.

Wenn er jetzt die Augen öffnete, würde er dann etwas sehen, das ihn schreiend hinaus in die Nacht rennen ließ?

Tag, erinnerte er sich selbst, es ist Tag. Aber darum ging es hier eigentlich nicht.

Langsam, ganz langsam ließ er seine Hand sinken, bis er ihr Haar an seinen Fingern fühlte. Weich, seiden … aber, Himmel, die Kopfform hatte sich verändert. Sie … sie hatte sich in etwas anderes verwandelt, in eine …

Er stieß einen unterdrückten Schrei aus, sein Herz schlug einen rasenden Trommelwirbel. Er riss die Augen auf.

Die Katze lag auf seiner Brust und starrte ihn aus bernsteinfarbenen Augen selbstgefällig an. Pan stand mit den Vorderläufen auf dem Bett, und bevor Nash noch etwas sagen konnte, leckte er ihn noch einmal am Ohr.

„Ach du meine Güte!" Nash wartete darauf, dass sein Verstand sich klärte und sein Puls sich beruhigte. Luna erhob sich, streckte sich genüsslich und blickte ihm direkt in die Augen. Ihr Schnurren hörte sich fast an wie ein vergnügtes Kichern.

„Na schön, es ist euch gelungen." Er kraulte beiden Tieren den Kopf.

Pan betrachtete das offensichtlich als Aufforderung und sprang mit einem Satz aufs Bett – leider direkt auf Nashs empfindlichstes Körperteil. Mit einem „Uff" schnellte er hoch und warf dabei die Katze von seiner Brust auf Pan.

Für einen Moment war die Situation mehr als gespannt, mit Gefauche und Geknurre, aber Nash kümmerte es im Moment nicht, ob gleich Fellfetzen fliegen würden, er rang nach Atem.

„Na, spielst du mit den Tieren?"

Morgana stand in der Tür, mit einem dampfenden Becher in der Hand. Sobald sie sie sahen, beruhigten sich die Tiere. Luna ließ sich auf dem Kissen nieder und begann sich zu putzen, Pan setzte sich mit wedelndem Schwanz auf Nashs Beine.

„Meine Hausgenossen scheinen dich zu mögen."

„Oh ja, wir sind eine große, glückliche Familie."

Mit dem Kaffeebecher in der Hand kam Morgana zum Bett. Sie war bereits angezogen, trug ein rotes Kleid mit Perlenstickerei am Ausschnitt. Zusammengehalten wurde dieses knappe sexy Ding durch Häkchen, die über die gesamte Vorderseite vom Ausschnitt bis zum Saum verliefen. Nash fragte sich, wie lange es wohl dauern mochte, bis er jeden einzelnen Haken geöffnet hatte, oder ob er es mit einem einzigen Ruck versuchen sollte.

„Ist das etwa Kaffee?"

Morgana setzte sich auf den Bettrand und schnüffelte an der Tasse. „Riecht ganz danach."

Grinsend spielte er mit einer Strähne ihres Haars. „Das ist wirklich unglaublich lieb von dir."

Sie riss erstaunt die Augen auf. „Was meinst du? Oh, du bildest dir ein, dass ich aufgestanden bin und frischen Kaffee gebrüht habe und ihn dir auch noch ans Bett bringe, weil du so unwiderstehlich bist?"

Zurechtgestutzt warf er einen sehnsüchtigen Blick auf die Tasse. „Nun, ich …"

„In diesem Fall", unterbrach sie ihn, „hast du sogar Recht."

„Danke." Er nahm den Becher entgegen und sah sie an, während er trank. Was Kaffee betraf, so war er wahrlich kein Feinschmecker, konnte es sich gar nicht erlauben, wählerisch zu sein, bei der schwarzen Brühe, die er sich selbst zubereitete, aber dieser Kaffee hier musste der beste der Welt sein. „Morgana, sag mal … wie unwiderstehlich bin ich denn nun eigentlich?"

Sie lachte und schob seine Hand mit der Tasse ein wenig beiseite, damit sie ihn küssen konnte. „Es wird genügen, Nash." Viel mehr als das, dachte sie und küsste ihn noch mal, dann zog sie sich widerstrebend zurück. „Ich muss zur Arbeit."

„Heute?" Er legte eine Hand an ihren Nacken und zog sie wieder näher zu sich heran. „Heute ist ein Feiertag, wusstest du das nicht?"

„Heute?"

„Sicher." Sie duftet wie die Nacht, dachte er. Wie Blumen, die nur im Mondlicht erblühen. „Heute ist der nationale ‚Love-In'-Tag. Ein Tribut an die Sechzigerjahre. Dieser Tag wird gefeiert, indem man …"

„Ich kann's mir vorstellen. Sehr einfallsreich." Sie biss ihn leicht in die Unterlippe. „Aber ich habe einen Laden zu führen."

„Wie unpatriotisch, Morgana. Ich bin entsetzt, dass du an diesem wichtigen Tag arbeiten willst."

„Trink deinen Kaffee." Sie stand auf, bevor er sie dazu brachte, ihre Meinung zu ändern. „In der Küche ist etwas zu essen, falls du Lust auf Frühstück hast."

„Du hättest mich aufwecken sollen." Er hielt ihre Hand fest.

„Ich dachte mir, du könntest Schlaf gebrauchen, und außerdem wollte ich dir keine Gelegenheit geben, mich noch mehr abzulenken."

Er knabberte an ihren Fingerspitzen, ohne sie aus den Augen zu lassen. „Ich würde aber gern sehr viel Zeit darauf verwenden, dich abzulenken."

Ihre Knie wurden weich. „Ich werde dir später Gelegenheit dazu geben."

„Wir könnten zusammen essen."

„Könnten wir, ja." Ihr Blut begann schneller zu pulsieren, doch sie brachte es nicht über sich, die Hand zurückzuziehen.

„Warum hole ich uns nicht etwas und komme heute Abend vorbei?" Er küsste die Innenfläche ihrer Hand. „Halb acht?"

„Ja, in Ordnung. Lässt du Pan bitte raus, wenn du gehst?"

„Sicher." Jetzt biss er sie zärtlich ins Handgelenk und trieb ihren Herzschlag damit in schwindelnde Höhen. „Ach, Morgana … eines noch."

Ihr Körper verlangte so sehr nach ihm. „Nash, ich kann wirklich nicht …"

„Keine Sorge, ich werde deine Frisur nicht durcheinander bringen." Doch er bemerkte ihre Unruhe, und es gefiel ihm ungemein. „Es wird mir in den nächsten Stunden viel mehr Spaß machen, mir auszumalen, was ich später alles tun werde. Letzte Nacht habe ich etwas auf deiner Türschwelle liegen lassen. Ich hatte gehofft, du wirst die Zeit finden, es zu lesen."

„Etwa dein Drehbuch? Du bist fertig?"

„Ja, so weit schon … denke ich. Nur noch ein paar

177

Feinarbeiten. Ich würde gern deine Meinung hören. Die Meinung einer Expertin."

„Dann werde ich zusehen, dass ich eine parat habe." Sie beugte sich zu ihm und küsste ihn noch einmal. „Bye."

„Bis heute Abend." Den Kaffeebecher in der Hand, lehnte er sich zurück. Plötzlich fluchte er. „Mein Wagen parkt direkt hinter deinem. Lass mich eben eine Hose überziehen, dann …"

Sie stand schon an der Tür und lachte. „Nash, also wirklich." Und damit war sie verschwunden.

„Ja, wirklich", sagte Nash zu dem dösenden Pan. „Ich nehme an, sie wird selbst damit fertig."

So hatte er also Zeit und Muße, seinen Kaffee zu schlürfen und sich im Zimmer umzusehen. Erst jetzt hatte er Gelegenheit zu studieren, mit welchen Dingen Morgana sich in dem privatesten ihrer Räume umgab.

Ein dramatischer Raum, so wie seine Besitzerin. Hier zeigte es sich in den leuchtenden Farben, die sie gewählt hatte. Türkis für die Wände, Smaragdgrün für die Bettdecke, die irgendwann in der Nacht zu Boden geglitten war. Darauf abgestimmt waren die langen Vorhänge an den Fenstern, die beide Farben widerspiegelten. Eine Chaiselongue unter dem Fenster in leuchtendem Saphirblau, mit Kissen in Granatrot, Amethystviolett und Bernsteingelb, darüber eine Messinglampe, geformt wie die Blüte einer Prunkwinde. Das Bett selbst war ein Traum, ein See aus zerwühlten Laken, eingefasst von geschnitztem Kopf- und Fußteil.

Fasziniert versuchte Nash aufzustehen. Pan lag noch immer auf seinen Beinen, aber nach ein paar freundlichen Stupsern rollte der Hund sich gehorsam zur Seite, um dann in der Mitte des Bettes selig weiterzuschlafen. Nackt, in einer Hand den Kaffee, begann Nash im Zimmer umherzugehen.

Da gab es auch eine zierliche Spiegelkommode mit einem gepolsterten Hocker davor, etwas, das Nash immer als ausgesprochen weiblich empfunden hatte. Er konnte sich lebhaft vorstellen, wie Morgana hier saß und die silberne Bürste durch ihr Haar zog. Oder Creme und Lotion aus einem der vielen Flakons und Tiegel, die im Sonnenlicht schimmerten, auf Gesicht und Haut auftrug.

Unfähig, seiner Neugier zu widerstehen, nahm er einen Kristallflakon auf, zog den Stöpsel heraus und schnupperte vorsichtig daran. Im gleichen Moment schien es ihm, als sei Morgana im Raum. Das also war die Magie und der Zauber einer Frau.

Zögernd verschloss er das Fläschchen wieder und stellte es ab. Verdammt, er wollte nicht den ganzen Tag auf sie warten müssen. Er wollte nicht einmal eine Stunde warten.

Langsam, Kirkland, ermahnte er sich. Sie war nicht einmal fünf Minuten weg. Er benahm sich ja wie ein Mann, der von einer Frau besessen war. Oder verzaubert.

Dieser Gedanke ließ einen nagenden Zweifel aufkeimen. Er runzelte die Stirn, dann schob er den Gedanken beiseite. Nein, er stand unter keinem Bann. Er wusste ganz genau, was er tat, und hatte volle Verantwortung für jeden seiner Schritte. Es war nur, weil der Raum so viel von ihren persönlichen Dingen enthielt, deshalb spürte er das Verlangen.

Er rührte mit einem Finger in einer Schale mit kleinen bunten Kristallen. Wenn er sich wie ein Besessener vorkam, dann deshalb, weil sie nicht war wie andere Frauen. Und da er sich mit dem Übernatürlichen beschäftigte, war es nur normal, dass er mehr an sie dachte, als je an eine andere zuvor. Morgana war der lebende Beweis, dass das Außergewöhnliche inmitten einer gewöhnlichen Welt existierte.

Sie war eine unglaubliche Liebhaberin. Großzügig, offen, ungemein empfindsam. Sie hatte Witz und Humor und Verstand und einen wunderbaren Körper. Diese Kombination allein würde einen Mann in die Knie zwingen. Wenn man noch ihre besondere Gabe hinzuzählte, war sie einfach unwiderstehlich.

Und sie hatte ihm bei seiner Story geholfen. Je länger Nash darüber nachdachte, desto sicherer war er sich, dass es die beste Arbeit war, die er je abgeliefert hatte.

Aber was, wenn es ihr nicht gefiel? Wenn sie es hasste? Der Gedanke hüpfte durch seinen Kopf wie eine hässliche Kröte und ließ ihn nachdenklich vor sich hin starren. Nur weil sie das Bett miteinander geteilt hatten und noch etwas anderes, für das ihm keine Bezeichnung einfiel, hieß das noch lange nicht, dass Morgana seine Arbeit verstand und zu würdigen wusste.

180

Wie, zum Teufel, war er bloß darauf verfallen, ihr sein Drehbuch zum Lesen zu geben, bevor er daran gefeilt hatte?

Na bravo, dachte er angewidert von sich selbst und riss seine Jeans vom Stuhl. Jetzt konnte er sich die nächsten Stunden Sorgen darüber machen. Und während er ins Bad ging, um zu duschen, fragte er sich, wie er sich so tief mit einer Frau hatte einlassen können, die ihn in so vielen Dingen zum Wahnsinn trieb.

8. KAPITEL

*E*rst vier Stunden später hatte Morgana Zeit für eine Tasse Tee und ein paar Minuten für sich allein. Kunden, Anrufe und neue Lieferungen hatten sie in Atem gehalten, sodass sie bisher nur einen Blick auf die ersten beiden Seiten von Nashs Drehbuch hatte werfen können.

Allerdings – was sie bisher gelesen hatte, ließ sie auf jede neue Störung ziemlich unwirsch reagieren. Jetzt jedoch setzte sie den Kessel auf und knabberte an grünen Trauben. Mindy war im Laden und bediente zwei junge Studenten. Da es sich um männliche Studenten handelte, war Morgana zuversichtlich, dass Mindy allein zurechtkam.

Mit einem leisen Seufzer brühte sie sich eine Tasse Tee, nahm das Drehbuch zur Hand und ließ sich auf einem Stuhl nieder.

Eine Stunde später war der Tee kalt geworden, sie hatte ihn völlig vergessen. Begeistert blätterte sie zu Seite eins zurück und begann noch einmal von vorn zu lesen. Brillant, dachte sie voller Stolz auf den Mann, den sie liebte. Er hatte etwas unglaublich Tiefes, Komplexes, Mitreißendes geschaffen.

Talent. Sie hatte gewusst, dass er talentiert war. Seine Filme hatten sie immer fasziniert, aber sie hatte nie zuvor ein Drehbuch gelesen. Sie hatte eigentlich erwartet, dass es nur eine Art Gerüst sein würde, das der Regisseur, die

Schauspieler, die Techniker dann mit Leben füllten. Aber das hier war so lebendig, fast konnte man vergessen, dass es sich um Worte auf dem Papier handelte. Sie konnte es sehen, es hören und fühlen.

Es würde der Film des Jahrzehnts werden.

Es verwunderte sie, dass der Mann, dessen jungenhaften Charme sie kennen gelernt hatte, der manchmal recht flegelhaft auftrat und übertrieben von sich eingenommen war, so etwas in sich trug. Aber hatte sie nicht gestern Nacht auch erstaunt die nie versiegende Quelle der Zärtlichkeit in ihm erkannt?

Sie legte das Drehbuch ab und lehnte sich in den Stuhl zurück. Und da hatte sie sich immer für so clever gehalten. Welche Überraschungen hielt Nash Kirkland noch für sie bereit?

Die Inspiration war über Nash gekommen, und er hatte noch nie eine gute Idee so einfach ungenutzt vorüberziehen lassen.

Das schlechte Gewissen hatte sich gemeldet, als er am Morgen die Hintertür von Morganas Haus nicht verschlossen hatte, aber er beruhigte sich damit, dass mit ihrem Ruf und dem großen Wolfshund, der auf dem Anwesen patrouillierte, es niemand wagen würde einzubrechen. Außerdem hatte sie wahrscheinlich sowieso irgendeinen schützenden Bann über das Haus verhängt.

Es wird perfekt werden, sagte er sich, als er einen großen Strauß Blumen – diesmal gekauft – in die Vase stellte.

Irgendwie schienen diese Blumen ein Eigenleben zu haben, sie wollten sich einfach nicht hübsch arrangieren lassen. Das Bouquet wirkte, als hätte ein Zehnjähriger es achtlos in ein zu kleines Glas gestopft. Also holte er drei Vasen und teilte den Strauß auf. Als er endlich fertig war, war er sehr froh, sich nie für eine Karriere als Bühnendekorateur entschieden zu haben.

Auf jeden Fall rochen die Blumen gut.

Ein Blick auf seine Uhr sagte ihm, dass die Zeit knapp wurde. Er kniete sich vor den Kamin und entfachte ein Feuer. Natürlich brauchte er ein wenig mehr Zeit dazu als Morgana, und obwohl die Temperaturen keine zusätzliche Wärme nötig machten, so ging es ihm doch vor allem um den Effekt.

Als die Flammen fröhlich an den Scheiten leckten, richtete er sich zufrieden auf und überblickte die kleine Szenerie, die er mit viel Sorgfalt geschaffen hatte. Der Tisch war für zwei gedeckt, mit einem weißen Tischtuch, das er in der Kommode in Morganas Esszimmer gefunden hatte. Obwohl das Esszimmer mit der hohen Decke und dem riesigen Kamin Potenzial hatte, hatte er sich für das Zeichenzimmer entschieden. Die Atmosphäre war hier intimer.

Das Geschirr war natürlich auch von Morgana, ebenso wie das Silberbesteck und die kristallenen Champagnerflöten. Er hatte sogar die lachsfarbenen Damastservietten zu akkuraten Dreiecken gefaltet.

Perfekt, entschied er. Und fluchte gleich darauf.

Musik. Wie hatte er nur die Musik vergessen können! Und Kerzen! Er spurtete zur Stereoanlage und sah hektisch die CD-Sammlung durch. Im Moment war ihm eigentlich mehr nach den Rolling Stones, er entschied sich aber für Chopin. Das war sicherlich passender. Schnell die CD eingelegt, dann machte er sich auf die Suche nach Kerzen.

Zehn Minuten später flackerten über ein Dutzend im Raum, dufteten nach Vanille, Jasmin und Sandelholz.

Nash hatte gerade noch Zeit, sich still für seine Anstrengungen zu gratulieren, als er Morganas Wagen vorfahren hörte. Er kam sogar noch vor Pan an der Haustür an.

Draußen zog Morgana erstaunt eine Augenbraue in die Höhe, als sie Nashs Auto erblickte. Dass er über eine halbe Stunde zu früh war, störte sie nicht. Nicht im Geringsten. Sie lächelte, als sie auf die Haustür zuging, das Drehbuch unter einem Arm, eine Flasche Champagner unter dem anderen.

Er riss die Tür auf und zog sie in seine Arme zu einem langen, genießerischen Kuss. Pan wollte ebenfalls gebührend begrüßt werden und versuchte, sich zwischen die beiden zu drängen.

„Hi", sagte Nash schließlich, als er Morganas Mund freigab.

„Hallo." Sie reichte Nash Umschlag und Flasche, damit sie sich ausgiebig Pan widmen konnte, bevor sie die Tür schloss. „Du bist zu früh hier."

„Ich weiß." Er las das Etikett der Flasche. „Feiern wir?"

„Ich denke, das sollten wir. Eigentlich ist es ein kleines Geschenk für dich, um dir zu gratulieren. Aber ich hatte gehofft, du würdest es mit mir teilen."

„Aber gern. Wofür wird mir denn gratuliert?"

Sie deutete mit dem Kopf auf den Umschlag in seiner Hand. „Dafür. Deine Story."

Der Knoten, den er den ganzen Tag über im Magen verspürte hatte, löste sich endlich auf. „Es hat dir also gefallen."

„Nein. Ich liebe es. Wenn ich erst meine Schuhe ausgezogen und mich gesetzt habe, werde ich dir auch erklären, warum."

„Komm mit hier hinein." Er klemmte Flasche und Umschlag unter einen Arm und legte den anderen um ihre Schulter. „Wie war dein Tag?"

„So weit ganz gut. Ich denke darüber nach, wie ich Mindy dazu bringen kann, an zwei Tagen länger zu arbeiten. Wir sind nämlich …" Ihre Stimme erstarb, als sie in das Zeichenzimmer trat.

Das Kerzenlicht schimmerte mystisch und romantisch, brach sich in Silber und Kristall, warf alle Farben des Spektrums zurück. Der Raum war erfüllt vom Duft der Kerzen und der Blumen und den klagenden Tönen einer Violine. Das Feuer warf warme Schatten.

Es geschah nicht oft, dass Morgana aus der Fassung geriet. Jetzt brannten Tränen in ihren Augen, Tränen, die von einem Gefühl herrührten, so klar und rein, dass sie es kaum ertragen konnte. In ihrem ganzen Leben hatte sie noch nie so tief empfunden.

Sie sah ihn an, und das flackernde Licht warf tausend Sterne auf ihre Augen. „Das hast du für mich getan?"

Nun selbst ein wenig verlegen, strich Nash ihr mit den Fingerknöcheln leicht über die Wange. „Das müssen wohl Wichtel gewesen sein."

Mit einem Lächeln auf den Lippen hauchte sie einen Kuss auf seinen Mund. „Ich mag Wichtel sehr, sehr gerne."

Er drehte sich zu ihr und zog sie an sich. „Und was hältst du von Drehbuchautoren?"

Sie schlang die Arme um seine Hüften. „Ich beginne sie zu mögen."

„Das ist gut." Ihm fiel auf, dass er die Hände zu voll hatte, um ihr einen richtigen Kuss geben zu können. „Warum lege ich dieses Zeug nicht erst einmal ab und öffne den Champagner?"

„Eine großartige Idee. Lass uns anstoßen." Mit einem Seufzer streifte sie die Schuhe von den Füßen, während Nash rasch zum Eiskübel ging und die Flasche, die dort schon bereitstand, herauszog. Er drehte beide Flaschen zu Morgana, um ihr zu zeigen, dass sie tatsächlich die gleiche Marke gewählt hatten.

„Telepathie?"

Lächelnd kam sie auf ihn zu. „Alles ist möglich."

Er warf den Umschlag beiseite, zog die eisgekühlte Flasche heraus und steckte die andere hinein, um dann den Champagner zu entkorken und zwei Gläser zu füllen.

Ein helles Klingen ertönte, als er mit ihr anstieß. „Auf die Magie."

„Immer", stimmte sie zu und nippte. Sie nahm ihn bei der Hand und führte ihn zur Couch, wo sie sich aneinander kuscheln und das Feuer betrachten konnten. „Also, was hast du denn den ganzen Tag gemacht? Außer Wichtel bestellen."

„Ich wollte dir meine galante Seite zeigen."

Lachend küsste sie ihn leicht. „Ich mag alle Seiten an dir."

Mit sich und der Welt zufrieden, legte Nash die Füße auf den Couchtisch. „Also, zuerst habe ich sehr viel Zeit darauf verwandt, diese Blumen so hinzukriegen, dass sie wie in den Filmen aussehen."

Sie sah zu den Vasen. „Es sei dir zugestanden, dass deine Talente sich nicht unbedingt auf das Arrangieren von Blumen beziehen. Ich liebe sie."

Er spielte mit ihrem Ohrring. „Außerdem habe ich noch ein paar Kleinigkeiten am Drehbuch geändert. Dann habe ich an dich gedacht. Ach ja, mein sehr aufgeregter Agent hat angerufen. Und dann habe ich wieder an dich gedacht."

Sie lachte und lehnte ihren Kopf an seine Schulter. „Hört sich an, als hättest du einen äußerst produktiven Tag hinter dir. Weshalb war dein Agent so aufgeregt?"

„Sieht aus, als hätte er bereits einen sehr interessierten Produzenten an der Hand."

Begeisterung schimmerte in Morganas Augen, als sie

sich wieder aufsetzte. Sie war sehr glücklich über Nashs Erfolg. „Dein Drehbuch."

„Genau." Es war schon komisch … nein, es war wunderbar, dass jemand anders sich für ihn und mit ihm freute. „Ich hatte ihm nur die Abhandlung geschickt, aber ich scheine wohl eine Glückssträhne zu haben. Sieht aus, als sei der Deal bereits perfekt. Ich werde das Drehbuch noch überarbeiten und es ihm dann zuschicken."

„Das ist keine Glückssträhne." Sie prostete ihm zu. „Das ist Magie. Sie ist hier." Sie legte einen Finger an seine Schläfe. „Und da." Jetzt lag ihre Hand auf seinem Herzen. „Oder woher auch immer Fantasie kommen mag."

Zum ersten Mal in seinem Erwachsenenleben hatte Nash das Gefühl, gleich rot zu werden. Also küsste er sie lieber. „Danke. Ohne dich hätte ich das nie geschafft."

„Ich widerspreche dir ungern, daher werde ich es auch nicht tun."

Er spielte mit ihrem Zopf. Es war ein wunderbares Gefühl, am Ende eines Tages einfach mit jemandem, der einem etwas bedeutete, zusammenzusitzen und zu reden. „Warum gönnst du meinem Ego nicht ein paar Streicheleinheiten und sagst mir, was dir besonders gut an der Story gefallen hat?"

„Dein Ego ist auch so schon groß genug, aber ich werde es dir trotzdem erzählen … Alle deine Filme haben eine klare Struktur. Selbst wenn das Blut spritzt und etwas Unheimliches am Fenster kratzt, dann ist da trotzdem eine Qualität, die weit über das Gruselige, den Schrecken hinausgeht. Und hier – obwohl sicher einige Herzrasen bekommen werden bei der Friedhofsszene und dieser Szene auf dem Speicher – gehst du noch einen Schritt weiter." Sie sah ihn direkt an. „Es ist nicht nur einfach eine Geschichte über Hexen und Hexerei, über Gut und Böse, sondern über das Menschsein an sich. Darüber, dass man den Glauben an Wunder behält und seinem Herzen folgen muss. Es ist irgendwie … ein Fest, ein Zelebrieren des Andersseins, selbst wenn es schwer ist. Und am Schluss, auch wenn es Schrecken und Schmerzen und Herzeleid gibt, so bleibt da immer die Liebe. Und das ist es doch, was wir alle wollen."

„Es macht dir nichts aus, dass ich Cassandra Friedhofserde für ihre Zaubersprüche benutzen lasse? Oder dass sie murmelnd in ihrem Kessel rührt?"

„Künstlerische Freiheit", erwiderte sie mit einer hochgezogenen Augenbraue. „Ich habe beschlossen, mich nicht an deiner Kreativität aufzureiben. Selbst als sie ihre Seele an den Teufel verkauft, um Jonathan zu retten."

Mit einem Achselzucken trank er den letzten Rest aus seinem Glas. „Wenn Cassandra die gute Macht verkörpert, wäre es schlecht für die Geschichte, wenn sie nicht wenigstens ein anständiges Match mit den Kräften des Bösen hätte. Es gibt auch in Horrorfilmen einige grundlegende Regeln, an die man sich halten sollte."

„Der Kampf des ultimativen Guten gegen das ultimative Böse?"

„Das ist eine Regel. Der Unschuldige muss leiden",

fügte er hinzu. „Dann kommt der Übergang, der Unschuldige muss Blut vergießen."

„Das muss etwas mit der Männlichkeit als solcher zu tun haben", kommentierte sie trocken und sah ihn mit einem spöttischen Blick an.

„Oder mit der Weiblichkeit. Ich bin kein Chauvinist. Und zu guter Letzt muss das Gute, wenn auch nach vielen Opfern, triumphieren. Ach ja, und noch etwas. Meine Lieblingsregel, übrigens." Er strich mit einem Finger über ihren Hals. „Das Publikum muss sich am Schluss fragen, ob das Böse nun wirklich besiegt ist oder nicht."

Sie schürzte die Lippen. „Wir wissen doch alle, dass das Böse immer einen Weg findet."

„Genau." Er grinste. „So wie wir uns auch alle hin und wieder fragen, ob sich da nicht vielleicht doch etwas nachts im Schrank versteckt, das darauf aus ist, uns anzufallen. Wenn das Licht gelöscht ist, in der Dunkelheit." Er knabberte an ihrem Ohrläppchen. „Oder was wirklich da draußen vor dem Kellerfenster die Sträucher bewegt, ob es vielleicht nur darauf wartet, uns nachzuschleichen, uns anzuspringen, sobald wir …"

Als die Türklingel anschlug, zuckte Morgana zusammen. Nash lachte auf, und sie fluchte.

„Ich gehe und mache auf", bot er an.

„Ja, tu das."

Sie schüttelte sich leicht und sah ihm nach. Er war gut, wirklich gut. Er hatte sie doch glatt gehabt, sie, die es eigentlich besser wissen müsste. Sie wusste immer noch nicht, ob sie ihm vergeben sollte oder nicht, als er mit einem großen, dünnen Mann zurück ins Zimmer kam. Der Mann trug ein weißes Jackett, auf dessen Brusttasche in roten Buchstaben „Chez Maurice" aufgestickt war.

„Stellen Sie alles hier auf den Tisch, Maurice."

„Der Name ist George, Sir", berichtigte der Mann mit abgeklärter Stimme.

„Auch gut." Nash blinzelte Morgana zu. „Tragen Sie es einfach auf."

„Ich fürchte, es wird einige Minuten dauern."

„Wir haben keine Eile."

„Die Mousse sollte kühl gestellt werden, Sir", merkte George an. Nash fiel auf, dass der Mann sprach, als hätte er eine permanente Entschuldigung auf den Lippen.

„Ich bringe sie in die Küche." Morgana nahm die Kühlbox und verschwand in der Küche. Unterwegs hörte sie noch, wie George sich befangen dafür entschuldigte, dass der Radicchio ausgegangen sei und man deshalb mit Endivien habe vorlieb nehmen müssen.

„Er lebt für das gute Essen", erklärte Nash, als Morgana wenig später zurückkam. „Es treibt ihm die Tränen in die Augen, wenn er sieht, wie achtlos manche der jungen Lieferanten mit den gefüllten Champignons umgehen. Sie drücken ihnen die Köpfe ein."

„Du meine Güte, wie entsetzlich!"

„Genau das habe ich ihm auch gesagt. Woraufhin seine Laune sich erheblich gebessert hat. Aber vielleicht lag es ja auch am Trinkgeld."

„Also, was hat George uns denn aufgetischt?" Sie ging zum Tisch. „Endiviensalat."

„Der Radicchio …"

„Ich weiß, war aus. Hm, Hummerschwänze."

„À la Maurice."

„Selbstverständlich." Sie lächelte Nash über die Schulter zu. „Gibt es überhaupt einen Maurice?"

„George teilte mir mit höchstem Bedauern mit, dass der arme Maurice vor drei Jahren verschied. Aber sein Geist lebt weiter."

Sie lachte, setzte sich und begann das Essen zu genießen. „Das ist eine sehr eigenwillige Art, einen Imbiss zu besorgen."

„Ich hatte zuerst an gegrillte Hähnchen gedacht, aber hiermit standen die Chancen besser, dich bleibend zu beeindrucken."

„Allerdings." Sie tunkte ein Stück Hummer in die zerlassene Butter und genoss den Bissen. „Du hast eine wunderbare Kulisse geschaffen", sagte sie. „Danke, Nash, für diesen schönen Abend."

„Jederzeit." Um genau zu sein, er hoffte, dass es noch viele solcher Gelegenheiten geben würde, viele solcher Kulissen. Und nur sie beide als Protagonisten …

Er schob den Gedanken schnell beiseite und schalt sich dafür, dass er mit solch ernsthaften Dingen spielte, solch dauerhaften Dingen. Um die Stimmung aufzuheitern, goss er Champagner nach.

„Morgana?"

„Ja?"

„Ich wollte dich etwas fragen." Er führte ihre Hand an seine Lippen und fand ihre Haut sehr viel verlockender als das Essen. „Wird Mrs. Littletons Nichte auf den Abschlussball gehen?"

Erst blinzelte sie verdutzt, dann lachte sie hell auf. „Nash, du bist ja ein Romantiker!"

„Nur neugierig." Ihr zweifelnder Blick ließ ihn grinsen. „Okay, ich geb's zu, auch ich liebe Happy Ends, wie jeder andere. Also, hat sie ihren Schwarm bekommen?"

Morgana biss ein Stück vom Hummer ab. „Zumindest sieht es so aus, als hätte sie genügend Mut gefunden, um Matthew zu fragen, ob er mit ihr hingehen will."

„Sehr gut. Und?"

„Ich habe das nur von Mrs. Littleton aus zweiter Hand, es muss also nicht unbedingt alles stimmen. Laut Aussage von Mrs. Littleton ist er rot geworden, hat rumgestottert, sich die Nickelbrille höher auf die Nase geschoben und ‚warum nicht' geantwortet."

Ernst hob Nash sein Glas. „Auf Jessie und Matthew."

Morgana stieß mit ihm an. „Auf die erste Liebe. Sie ist immer die schönste."

Er war da nicht sicher, hatte er diese Erfahrung doch bisher erfolgreich vermieden. „Was ist eigentlich aus deiner High-School-Liebe geworden?"

„Wieso nimmst du an, ich hätte eine gehabt?"

„Hat das nicht jeder?"

Sie hob nur fragend eine Augenbraue. „Um ehrlich zu

sein, ja, da war dieser Junge. Er hieß Joe und war in der Basketballmannschaft."

„Ah, ein Athlet also."

„Ich fürchte, Joe war nur Ersatzspieler. Aber er war groß, und das war damals sehr wichtig für mich, weil ich alle Jungs aus meiner Klasse überragte. Wir sind im letzten Jahr zusammen gewesen." Sie nippte an ihrem Champagner. „Und haben fürchterlich oft in seinem Auto geknutscht."

„Solche Sachen stelle ich mir gern bildlich vor." Er grinste. „Erzähl ruhig weiter, ich sehe es vor mir. Außen. Nacht. Der Wagen steht mit abgestelltem Motor auf einer einsamen Straße. Die beiden Teenager umarmen und küssen sich leidenschaftlich. Aus dem Radio erklingt …"

„Ich glaube, es war ‚Hotel California'", erinnerte sie sich.

„Sehr schön. Also. Die letzten Gitarrenriffs verklingen, und … Was dann?"

„Ich fürchte, das war es dann auch. Er fing im Herbst in Berkeley an, und ich ging nach Radcliffe. Körpergröße und ein hübscher Mund waren leider nicht genug, um mein Herz über eine Distanz von dreitausend Meilen bei der Stange zu halten."

Nash stieß einen tiefen Seufzer für alle Männer dieser Welt aus. „Flatterhaft, wie eben nur Frauen sein können …"

„Ich denke, Joe hat sich erstaunlich gut erholt. Er hat eine Diplomandin in Wirtschaft geheiratet und ist nach St.

Louis gezogen. Soviel ich gehört habe, sollen sie mittlerweile drei Fünftel eines eigenen Basketballteams produziert haben."

„Der gute alte Joe."

Diesmal war es Morgana, die die Gläser nachfüllte. „Und bei dir?"

„Ich habe nie Basketball gespielt."

„Ich meinte die Teenagerliebe."

„Ach so." Er lehnte sich entspannt zurück und genoss den Moment. Das Feuer knisterte in seinem Rücken, die Frau lächelte ihn durch das Kerzenlicht an, der Champagner war ihm angenehm zu Kopf gestiegen. „Sie hieß Vicki – mit i – und war Cheerleader."

„Und weiter?"

„Ich habe sie zwei Monate lang angehimmelt, bevor ich meinen ganzen Mut zusammengenommen und sie eingeladen habe, mit mir auszugehen. Ich war nämlich sehr schüchtern."

„Erzähl mir etwas, das ich auch glauben kann."

„Nein, wirklich. Ich bin mitten im Jahr auf eine andere Schule gekommen. Die Gruppen und Cliquen bestanden längst, und es gab kaum eine Möglichkeit, da aufgenommen zu werden. Und da du der Außenseiter bist, hast du Zeit, zu beobachten und dir Dinge auszumalen."

Sie spürte Mitleid in sich aufkeimen, aber sie war nicht sicher, ob er es wollte. „Also hast du deine Zeit damit angefüllt, Vicki mit i zu beobachten."

„Oh ja, und ich hatte sehr viel Zeit. Als ich sie zum ersten Mal diesen Luftsprung machen sah, war es um mich geschehen. Ich war verliebt." Er musterte Morgana fragend. „Du warst nicht zufällig Cheerleader?"

„Nein, tut mir Leid."

„Schade aber auch. Ich kriege nämlich heute noch weiche Knie, wenn ich einen Luftsprung sehe. Nun, auf jeden Fall … irgendwann habe ich mich überwunden und sie ins Kino eingeladen. ‚Freitag, der 13.'. Der Film, nicht der Tag. Und während sich auf der Leinwand das Gemetzel abspielte, habe ich die ersten vorsichtigen Annäherungsversuche bei ihr gemacht. Vicki war keineswegs abgeneigt. Danach traten wir für den Rest des Schuljahrs als Pärchen auf. Allerdings hat sie mich dann für diesen Motorradkerl mit einer schweren Maschine und einem Tattoo sitzen lassen."

„Gemeines Luder."

Mit einem Achselzucken steckte er sich ein Stück Hummer in den Mund. „Sie ist mit ihm durchgebrannt. Ich habe gehört, sie sollen damals in einem Wohnwagen in der Nähe von El Paso gelebt haben. Geschieht ihr recht. So, wie sie mir mein Herz gebrochen hat."

Morgana neigte den Kopf zur Seite und musterte ihn aus halb geschlossenen Augen. „Ich habe den Eindruck, es ist längst wieder geheilt."

„Nur teilweise." Er sprach nicht gern über seine Vergangenheit, mit niemandem. Um abzulenken, stand er auf und legte andere Musik auf. Etwas Langsames. Gershwin. Er kam an den Tisch zurück und zog sie bei der Hand hoch. „Ich möchte dich halten", sagte er einfach.

Morgana schmiegte sich in seine Arme und ließ sich von ihm führen. Zuerst standen sie nur da und wiegten sich langsam zur Musik, seine Arme um ihre Hüfte, ihre Arme um seinen Nacken, ihre Blicke miteinander verschmolzen. Dann schob er sie sanft vor, und ihre Körper bewegten sich wie eine Einheit im Takt der Musik.

Er fragte sich, ob er immer so an sie denken würde – im Kerzenlicht. Die helle irische Haut schimmerte durchsichtig wie das feine Porzellan, die Haare, schwarz wie die Nacht vor den Fenstern, schienen wie übersät mit Tausenden von Sternen. Auch in Morganas Augen standen Sterne, wie leuchtende Punkte in dem dunklen Blau.

Der erste Kuss war sanft, ein stilles Treffen der Lippen, mit dem Versprechen, dass mehr kommen würde. Ein Versprechen, das alles verhieß, was man sich wünschen konnte. Nash fühlte den leichten Rausch des Champagners, als er den Kopf senkte und von Morganas Lippen trank, wie von den Blütenblättern einer Rose.

Ihre Finger streichelten seinen Nacken, reizten, neckten, liebkosten. Ein Stöhnen entrang sich ihrer Kehle, sie schmiegte sich an ihn, als er den Kuss vertiefte. Sie hielt die Augen offen, um jede kleinste Bewegung sehen zu können.

Er strich ihr über den Rücken, erfreut und erregt über ihre sofortige Reaktion. Er öffnete ihr Haar, kämmte mit den Fingern den geflochtenen Zopf auseinander, um die prachtvolle Mähne fühlen zu können. Er hörte, wie sie nach Luft schnappte, als er ihren Kopf zurückbeugte und hungrig ihren Mund suchte.

Sie schmeckte die Gefahr, die freudige Ekstase und die verzweifelte Sehnsucht. Die Kombination raubte ihr den Verstand, machte sie trunken wie schwerer Wein. Sie fühlte seine Muskeln unter ihren Fingern, hart vor Anspannung, und erschauerte aus Angst und Vorfreude bei dem Gedanken, was passieren mochte, wenn diese gezügelte Kraft freigelassen würde.

Verlangen zeigte sich in vielen Formen. Heute Nacht, das wusste sie, würde die Leidenschaft nichts von der geduldigen, ehrfürchtigen Anbetung haben wie beim letzten Mal. Heute Nacht würden Flammen auflodern und alles verzehren.

Irgendetwas brach. Er konnte das Reißen der Ketten hören, die seine Beherrschung bisher zusammengehalten hatten. Sein Körper schmerzte vor Verlangen und Begierde. Noch während er Morgana küsste, hob er sie hoch.

Sie hätte nie geglaubt, dass sie sich so mitreißen lassen würde. Bisher hatte sie noch in keiner Situation die Beherrschung verloren. Doch diesmal hatte sie sich geirrt. Als Nash mit ihr auf dem Arm den Raum verließ und die Treppe hinaufstieg, folgte sie ihm willig mit Geist und Körper. Fiebrig glitt sie mit ihren Lippen über sein Gesicht, seinen Hals und wieder zurück zu dem festen Mund.

Nash hielt keinen Moment inne, bemerkte nicht einmal, dass Morgana die Kerzen und die Musik mit nach oben gebracht hatte. Das Bett strahlte verlockend, und er ließ sich mit ihr darauf fallen.

Ungeduldige Hände, hungrige Münder, Worte, geflüstert in fiebriger Sehnsucht. Nash konnte nicht genug bekommen. Nichts konnte dieses drängende Verlangen schnell genug befriedigen. Er wusste, Morgana folgte ihm, aber er wollte sie weiter treiben, schneller und höher, bis es nichts mehr gab außer sengender Hitze und wütendem Sturm.

Sie konnte nicht mehr atmen. Die Luft war zu dick und zu heiß. So heiß, dass sie sich wunderte, warum sie nicht längst in Flammen aufgegangen war. Sie griff nach ihm, wollte ihn bitten, einen Moment innezuhalten, damit sie wieder zu Verstand kommen konnte. Doch da lag sein Mund wieder auf ihrem, und der Wunsch nach Vernunft schwand.

Mit irrsinniger Gier riss Nash die Verschlüsse ihres Kleides auf. Die Haken sprangen durch die Luft, der Stoff fiel zur Seite und gab feine schwarze Spitze frei. Mit einem Stoßseufzer riss er auch das zarte Gewebe fort, die letzte Barriere für seine Hände, bevor er Morganas Brüste umschließen konnte.

Sie schrie auf, nicht aus Angst oder Schmerz, sondern vor Entzücken, als sein gieriger Mund über ihre Haut fuhr.

Er war hemmungslos, skrupellos und zügellos. Wie ein Messer schnitt die Begierde in seinen Körper und durchtrennte jegliche Fesseln der Zivilisation. Und Morgana ergab sich nicht, sondern forderte, ebenso hemmungslos wie er. Sie nahm und drängte, sie lockte und reizte.

Sie wälzten sich auf dem Bett, versunken in ihr leidenschaftliches Ringen. Zitternde Hände rissen an Stoff, suchten nach heißem, schweißfeuchtem Fleisch. Namen, geflüstert wie andächtige Gebete, die in lustvolles Stöhnen übergingen.

Nash presste sie in die Matratze, verschränkte seine Finger mit den ihren. Er wusste, er würde sterben, wenn er sie jetzt nicht nahm, morgen nahm, an Tausenden von Morgen nahm. Schwer atmend hielt er sie fest, lang genug, dass ihre Blicke sich begegneten. War das eine Herausforderung, die er in ihren Augen sah? Oder Triumph?

Dann drang er in sie ein, und ihr Körper bog sich ihm entgegen, um ihn zu empfangen.

Tempo. Kraft. Grandiosität. Gemeinsam rasten sie schwindelnden Höhen entgegen, mit einer Energie, die aus dem Begehren gespeist wurde. Er presste den Mund fordernd auf ihre Lippen, sie schlang die Arme um ihn, kratzte mit den Nägeln über seinen Rücken.

Er fühlte, wie ihr Körper sich unter ihm aufbäumte, hörte ihren Lustschrei, und dann sah und hörte er nichts mehr, als er ihr auf den Gipfel folgte.

Es dauerte lange, bis Nash den Weg zurück in die Wirklichkeit fand. Er rollte auf die Seite, damit Morgana besser atmen konnte. Sie lag auf dem Bauch, wie hingegossen auf dem Bett. Immer noch nach Atem ringend, starrte er in die Dunkelheit und ging in Gedanken das durch, was gerade zwischen ihnen passiert war. Er wusste nicht, ob er abgestoßen oder überglücklich sein sollte.

Er hatte ... nun, er hatte sie überfallen, das war wohl der passende Ausdruck. Auf jeden Fall hatte er sich nicht einen Deut um Behutsamkeit gekümmert. Wie viel Spaß auch immer es ihm bisher gemacht hatte, mit einer Frau zu schlafen, noch nie war er derart rasend vor Leidenschaft gewesen. Es hatte seine Reize. Aber er hatte keine Ahnung, wie Morgana darüber dachte, die Kleider vom Leib gerissen zu bekommen.

Nash legte vorsichtig eine Hand auf ihre Schulter. Sie zuckte zusammen. Erschrocken zog er sofort die Hand zurück. „Morgana, ist alles in Ordnung mit dir?"

Sie gab einen Laut von sich, ein Ton irgendwo zwischen einem Wimmern und einem Stöhnen. Angst durchfuhr ihn, sie könnte weinen. Wirklich gut gemacht, Kirkland, dachte er wütend auf sich selbst. Dann versuchte er es noch einmal. „Liebling, Morgana, es tut mir Leid ..."

Er brach ab, wusste nicht, was er sagen sollte. Langsam drehte sie den Kopf, hob kraftlos eine Hand, um sich das Haar aus dem Gesicht zu streichen.

„Sagtest du etwas?"

„Ich wollte nur ... Bist du in Ordnung?"

Sie seufzte, ein lang gezogenes Brummen, das ihn nur noch unsicherer machte. „In Ordnung?" Sie sprach die Worte aus, als müsse sie sie neu überdenken. „Nein, ich glaube nicht. Frage mich noch mal, wenn ich wieder genügend Energie habe, um mich zu bewegen." Sie ließ die Hand über die zerwühlten Laken gleiten, bis sie bei seiner ankam. „Du denn?"

„Was?"

„Bist du in Ordnung?"

„Ich war schließlich nicht derjenige von uns, der überfallen wurde."

Ein träges Lächeln erschien langsam auf ihrem Gesicht. „So? Ich dachte, ich hätte eigentlich ziemlich gute Arbeit geleistet." Sie streckte sich und stellte erfreut fest, dass ihr Körper schon fast wieder funktionierte. „Gib mir ein Weilchen, dann versuch ich's noch mal."

Langsam setzte die Erleichterung ein. „Du bist also nicht böse?"

„Sehe ich etwa aus, als sei ich böse?"

Er dachte ernsthaft darüber nach. Sie sah aus wie eine Katze, die ein ganzes Fass Sahne leer geschleckt hatte. Er merkte nicht einmal, dass er zu grinsen begonnen hatte. „Nein, eigentlich nicht."

„Du bist wohl sehr stolz auf dich, was?"

„Vielleicht." Er griff nach ihr, um sie näher zu sich heranzuziehen, aber seine Finger verfingen sich in dem, was von ihrem BH noch übrig war. „Und du? Bist du stolz auf dich?"

Sie wunderte sich, wieso dieses breite Grinsen sein Gesicht nicht längst zerrissen hatte. Er betrachtete sie, und man sah ihm an, dass er am liebsten eine fröhliche Melodie gepfiffen hätte, während er die zerfetzte Spitze um seinen Finger kreisen ließ. Morgana setzte sich auf ihre Knie.

„Weißt du was, Nash?"

„Nein. Was?"

„Ich werde dir dieses dumme Grinsen aus dem Gesicht wischen."

„Tatsächlich? Wie denn?"

Sie warf ihr Haar zurück und setzte sich rittlings auf ihn. „Sieh mich an."

9. KAPITEL

Was Nash anging, so war das Leben eigentlich ziemlich angenehm. Tagsüber verbrachte er seine Zeit mit einer Arbeit, die er liebte, und er wurde auch noch sehr gut dafür bezahlt. Er war gesund, hatte ein neues Haus, alles lief gut. Am besten jedoch war diese unglaubliche Affäre mit dieser faszinierenden Frau. Eine Frau, zu der er – wie er in den letzten Wochen festgestellt hatte – sich nicht nur stark hingezogen fühlte, sondern die er auch als echte Freundin betrachtete.

Nash hatte erfahren müssen, dass eine Geliebte, mit der man außerhalb des Betts keinen Spaß haben konnte, nicht sehr erfüllend war, weil der Geist sich immer noch nach etwas sehnte. In Morgana hatte er eine Frau gefunden, mit der man lachen, reden, streiten und vor allem schlafen konnte, und das alles mit einem Gefühl der Vertrautheit, das er so noch nie erfahren hatte.

Eine Vertrautheit, von der er gar nicht gewusst hatte, wie sehr er sie sich wünschte. Manchmal vergaß er sogar, dass Morgana mehr als eine einfache Frau war.

Nachdem er jetzt sein morgendliches Pensum an Liegestützen erledigt hatte, dachte er über die letzten Tage nach, die sie gemeinsam verbracht hatten.

Sie waren nach Big Sur hinausgefahren, um von einem Aussichtspunkt die überwältigende Szenerie von Hügel, Meer und rauen Klippen zu betrachten. Der Wind hatte an ihren Haaren gezerrt, und wie Touristen hatten sie Fotos mit ihrer Kamera gemacht und mit seiner Videokamera gefilmt.

Obwohl Nash sich ziemlich dumm vorgekommen war, hatte er – als sie nicht hinsah – ein paar Kiesel aufgehoben und sie in seiner Tasche verschwinden lassen. Als Andenken an diesen Tag.

Er war hinter ihr hergestiefelt, als sie sämtliche Geschäfte in Carmel durchwühlt hatte, und hatte mit gutmütiger Resignation die Pakete geschleppt, die sie ihm in den Arm drückte.

Lunch auf der Terrasse eines hübschen Bistros, umgeben von Blumen. Picknicks bei Sonnenuntergang, einen Arm um sie gelegt, ihren Kopf an seiner Schulter, während der große rote Feuerball in den blauen Fluten versank. Sanfte Küsse in der Abenddämmerung. Unbeschwertes Gelächter. Viel sagende Blicke an überfüllten Plätzen.

Es war fast so, als würde er um sie werben.

Mit einem Stöhnen rollte Nash sich auf den Rücken und lockerte seine verspannten Arme. Werben? Nein, damit hatte das überhaupt nichts zu tun. Ganz bestimmt nicht. Es war einfach nur so, dass sie gerne zusammen waren. Sehr gerne. Aber das war keine Werbung. Werbung hatte den unguten Beigeschmack, dass es zu einer Hochzeit führen würde.

Und die Ehe, so hatte Nash schon vor langem entschieden, war eine Erfahrung, auf die er gänzlich verzichten wollte.

Ein leiser Zweifel beschlich ihn, als er aufstand. Hatte er sich vielleicht so verhalten, dass er Morgana Grund zu der Annahme gegeben hatte, das, was sie zusammen hatten, könnte eventuell zu etwas … nun, Endgültigem führen? Bei DeeDee hatte er von Anfang an gesagt, was Sache war, und trotzdem hatte sie sich eingebildet, sie könne seine Meinung ändern.

Aber bei Morgana hatte er überhaupt nichts gesagt. Er war zu beschäftigt damit gewesen, sich nach ihr zu sehnen, als dass er noch vernünftig gedacht hätte.

Er wollte sie nicht verletzen. Sie war ihm zu wichtig, sie bedeutete ihm zu viel. Sie …

Immer schön langsam, Kirkland, warnte er sich alarmiert. Sicher, sie war ihm wichtig, er mochte sie sehr. Aber das hieß nicht, dass er jetzt anfangen würde, über Liebe zu fantasieren. Auch Liebe stand in dem unerfreulichen Ruf, zu einer Hochzeit zu führen.

Mit gerunzelter Stirn stand er regungslos in dem Raum, den er mit Hanteln und Geräten zu einem Trainingsraum eingerichtet hatte. Ohne es zu merken, rann ihm ein Schweißtropfen die Schläfe herab. Na schön, er machte sich was aus ihr. Wahrscheinlich mehr, als er sich je aus einem Menschen gemacht hatte. Aber bis zu einer Hochzeitskutsche und Flitterwochen war es noch ein langer Weg.

Er rieb sich mit der Hand über die linke Brustseite, da, wo sein Herz saß. Warum musste er so oft an sie denken? Bisher hatte es keine Frau gegeben, die sich wie Morgana in seinen Alltag geschlichen hatte. Manchmal, wenn er etwas tat, hielt er mitten in der Bewegung inne und überlegte, was sie jetzt gerade wohl tun mochte. Es war mittlerweile so schlimm geworden, dass er nicht richtig schlafen konnte, wenn sie nicht neben ihm lag. Und wenn er dann morgens erwachte, begann er den Tag mit einem nagenden Gefühl von Enttäuschung.

Ein schlechtes Zeichen, dachte er und griff nach dem Handtuch, um sich das Gesicht abzutrocknen. Das Zeichen dafür, dass er längst einen Schlussstrich hätte ziehen müssen. Warum waren keine Alarmsirenen losgegangen? Keine kleine Stimme in seinem Hinterkopf, die warnende Worte gemurmelt hatte?

Anstatt sich vorsichtig zurückzuziehen, war er mit voller Wucht vorgeprescht.

Aber noch war er glücklicherweise nicht über die Klippe gestürzt. Nein, nicht Nash Kirkland. Er holte tief Luft und warf das Handtuch beiseite. Es war einfach nur das Neue, das ihn reizte. Sicher würden die Gefühle, die Morgana in ihm erweckte, bald vergehen.

Als er sich unter die Dusche stellte, versicherte er sich – wie jeder Abhängige –, dass er alles unter Kontrolle hatte. Er konnte jederzeit aufhören.

Trotzdem konnte sein Verstand es nicht lassen, weiter über dieses Problem nachzudenken. Vielleicht hatte er alles unter Kontrolle, aber was war mit Morgana? Steckte sie schon zu tief drin? Wenn sie ebensolche Gefühle hatte wie er, könnte sie vielleicht ja schon an … ja, an was denken? Ein Heim am Stadtrand? Handtücher mit Monogramm? Einen Traktorrasenmäher?

Während das kühle Wasser auf sein Gesicht prasselte, musste er grinsen. Und da behauptete er von sich, kein Chauvinist zu sein. Er sorgte sich, weil Morgana vielleicht Hoffnungen auf Ehe und Familie hegte, nur weil sie eine Frau war. Lächerlich. Sie war genauso wenig daran interessiert wie er, den tödlichen Sprung von der Klippe zu machen.

Seine Fantasie begann zu arbeiten.

Innen. Tag. Überall im Zimmer ist Spielzeug verteilt, der Wäschekorb quillt über, schmutzige Kleidung liegt verstreut herum. In einem Laufstall schreit ein kleines Kind. Der Held tritt auf, eine dicke Aktentasche in seiner Hand. Er trägt einen dunklen Anzug und eine überkorrekte Krawatte, sorgenvolle Linien auf seinem Gesicht. Ein Mann, der sich den ganzen Tag mit den Problemen anderer hat beschäftigen müssen und jetzt nach Hause kommt.

„Schatz", ruft er, „ich bin zu Hause."

Das Baby schreit weiter und rüttelt an den Gitterstäben. Resigniert stellt der Held die Tasche ab und nimmt das Kind auf den Arm. Die Windel ist so nass und schwer, dass sie durchhängt.

„Schon wieder zu spät." Die Ehefrau schlurft herein. Ihr Haar steht wirr um ihr Gesicht, das ärgerlich verzogen ist, die Lippen sind nur ein schmaler Strich. Sie trägt einen Bademantel, der bessere Tage gesehen hat, an den

Füßen abgetragene Hausschuhe. Während der Held das Baby mit der nassen Windel auf dem Arm hält, beginnt die Ehefrau mit ihrer Litanei über sein Versagen, die defekte Waschmaschine, das verstopfte Waschbecken und endet schließlich mit dem Paukenschlag, dass sie schwanger ist. Schon wieder.

Gerade als die Szene, die er sich da vorstellte, sein schlechtes Gewissen zu beruhigen begann, drängte sich ein anderes Bild auf.

Nach Hause kommen. Geruch nach Blumen und Meer liegt in der Luft. Der Held lächelt, weil er fast da ist, wo er sein will. An dem Platz, nach dem er sich sehnt. Einen Strauß Tulpen in der Hand, geht er auf die Haustür zu. Sie wird geöffnet, bevor er sie erreicht.

Da steht sie. Das Haar zu einem langen Pferdeschwanz gebunden, lächelt sie ihn an. Ein hübsches dunkelhaariges Baby sitzt auf ihrem Arm, lacht glücklich und streckt die pummeligen Ärmchen aus. Er nimmt das Kind, reibt die Nase an der weichen Wange, nimmt den Duft von Babypuder und das dezente Parfüm seiner Frau wahr.

„Du hast uns gefehlt", sagt sie und hebt ihr Gesicht, damit er sie küssen kann.

Nash blinzelte. Viel energischer als nötig, drehte er das Wasser ab.

Es stand wirklich schlimm um ihn. Aber da er wusste, dass diese zweite Szene mehr dem Reich der Fantasie entstammte als alles andere, was er je zu Papier gebracht hatte, hatte er immer noch alles unter Kontrolle.

Als er aus der Dusche stieg, fragte er sich, wie lange es wohl noch dauern würde, bis Morgana endlich hier war.

Morgana drückte das Gaspedal herunter und legte sich in die Kurve. Es war ein gutes Gefühl – nein, ein großartiges Gefühl, so auf der von Bäumen beschatteten Allee dahinzubrausen und die Meeresbrise in den Haaren zu spüren. Das Großartige daran war, dass sie auf dem Weg zu jemandem war, der ihr Leben verändert hatte.

Sie war auch ohne Nash zufrieden gewesen. Und sie wäre es auch weiterhin gewesen, wenn sie ihn nicht getroffen hätte. Aber sie hatte ihn getroffen, und nichts würde mehr so sein wie zuvor.

Sie fragte sich, ob er wusste, was es ihr bedeutete, dass er sie so akzeptierte, wie sie war. Sie bezweifelte das. Sie selbst hatte es ja nicht gewusst, bis es geschehen war. Nash hatte die Angewohnheit, die Dinge von einem ziemlich verschrobenen Winkel her zu betrachten und das Amüsante darin zu sehen. Wahrscheinlich betrachtete er auch ihre Gabe als eine Art Streich, der der Wissenschaft gespielt wurde. Vielleicht war es ja sogar so.

Wichtig war nur, dass er es wusste und es akzeptierte. Er sah sie ja auch nicht so an, als würde er erwarten, dass ihr jederzeit ein zweiter Kopf auf der Schulter wachsen würde. Im Gegenteil, er sah sie an, wie ein Mann eine Frau ansah.

Es war so einfach, in ihn verliebt zu sein. Obwohl sie sich nie als Romantikerin betrachtet hatte, hatte sie die

Bücher, die Lieder, die Liebesgedichte plötzlich zu schätzen gelernt. Es war wahr, was man sagte: Die Luft roch frischer, die Blumen süßer, wenn man verliebt war.

Sie strich über die Rose, die neben ihr auf dem Beifahrersitz lag, und roch an den samtenen Blütenblättern. So sah auch ihre Welt aus – eine Knospe, die dabei war, sich zu voller Schönheit zu entfalten.

Sie fühlte sich wie berauscht, wenn sie darüber nachdachte. Aber ihre Gedanken gehörten ihr, ihr allein. Bis sie entschied, sie mit jemandem zu teilen. Früher oder später würde sie sie mit Nash teilen müssen.

Sie wusste nicht, wie lange es dauerte, bis es kompliziert wurde. Aber im Moment wollte sie einfach nicht anderes tun, als ihr Glück jeden einzelnen Moment voll auszukosten.

Sie lächelte, als sie vor seinem Haus vorfuhr. Sie hatte ein paar Überraschungen für Nash, nicht zuletzt ihr Plan, was sie an diesem lauen Samstagabend zusammen machen würden. Sie griff nach der Tasche auf dem Rücksitz, und Pan legte ihr seinen Kopf auf die Schulter.

„Ihr beide benehmt euch, verstanden?" sagte sie zu Pan und Luna. „Wenn nicht, bringe ich euch wieder nach Hause, dann könnt ihr bis Montag allein bleiben."

Als sie ausstieg, fühlte Morgana ein seltsames Flattern, wie ein Vorhang, der sich über ihren Geist legte. Sie stand da, eine Hand an der Tür, horchte auf den Wind. Die Luft wurde schwerer, düsterer. Ihr war, als wäre sie aus dem Sonnenlicht in den Schatten getreten. Schatten, in denen

Geheimnisse auf sie warteten, die gelöst werden mussten. Sie strengte sich an, um durch diesen Nebel sehen zu können, doch der Dunst war zu trüb, ließ nur hier und da eine Andeutung aufblitzen.

Obwohl sie weder Sebastians Gabe des Sehens besaß noch Anastasias Gabe des Empfindens, verstand sie.

Veränderungen kündigten sich an. Schon bald. Und Morgana verstand auch, dass das nicht die Veränderungen waren, die sie sich wünschte.

Sie schüttelte die düstere Stimmung ab und ging weiter. Das Morgen kann immer geändert werden, erinnerte sie sich. Vor allem, wenn man sich auf das Jetzt konzentrierte. Und „Jetzt" bedeutete erst einmal Nash, daher war sie bereit, dafür zu kämpfen.

Er öffnete die Tür, bevor sie angekommen war, und strahlte sie an. „Hi, Baby."

„Hi." Da sie die Tasche in der einen Hand trug, schlang sie nur einen Arm um seinen Nacken und schmiegte sich an ihn, um ihn zu küssen. „Weißt du eigentlich, wie ich mich fühle?"

„Klar." Er ließ seine Hände über ihren Rücken gleiten. „Du fühlst dich großartig."

Sie lachte und schob alle Zweifel beiseite. „Da hast du völlig Recht." Spontan gab sie ihm die Rose.

„Für mich?" Er war nicht sicher, wie ein Mann zu reagieren hatte, wenn eine Frau ihm eine Rose überreichte.

„Nur für dich." Sie küsste ihn noch einmal, während Luna besitzergreifend ins Haus stolzierte. „Hättest du vielleicht Lust darauf", ihr Mund wanderte verführerisch zu seinem Ohr, ihre Finger lagen auf seiner Brust, „einen richtig dekadenten Abend zu verbringen?"

Sein Blut pumpte schneller durch seine Adern, und in seinen Ohren begann es zu rauschen. „Wann fangen wir an?"

„Nun", sie rieb sich aufreizend an ihm, „warum unnütz Zeit verschwenden?"

„Himmel, ich liebe provozierende Frauen."

„Das ist gut. Ich habe nämlich große Pläne mit dir … Baby." Sie knabberte an seiner Unterlippe. „Es wird sicher Stunden dauern."

Er bezweifelte ernsthaft, je wieder Luft holen zu können. „Sollen wir hier anfangen und uns langsam nach drinnen vorarbeiten?"

„Mhm." Sie griff an seinen Hosenbund und zog ihn mit sich ins Haus. Pan trottete hinter ihnen her, wohl wissend, dass er von keinem der beiden Aufmerksamkeit erwarten konnte. Also machte er sich auf, das Haus zu erkunden. „Was ich mit dir vorhabe, können wir nicht hier draußen tun. Komm mit." Morgana warf Nash einen verführerischen Blick über die Schulter zu und begann die Treppe hinaufzusteigen.

„Das musst du mir nicht zweimal sagen."

Oben angekommen, versuchte er sie zu fangen. Sie zierte sich ein bisschen, aber nur ein ganz kleines bisschen, und ließ sich von ihm in die Arme ziehen. Glitt mit einem wohligen Seufzer in den Kuss hinein, wie man in eine warme Badewanne sank. Heiß und prickelnd. Doch als er sich an ihrem Reißverschluss zu schaffen machte, zog sie sich zurück.

„Morgana …"

Sie schüttelte nur den Kopf und schlenderte zum Schlafzimmer.

„Ich habe etwas für dich mitgebracht, Nash." Sie ging zu ihrer Tasche und zog einen schwarzen Spitzenhauch hervor. Achtlos warf sie das Negligee aufs Bett. Nash sah darauf, sah zu ihr, wieder auf diesen Traum von Spitze. Er konnte sich genau vorstellen, wie sie darin aussehen würde.

Er konnte sich außerdem ganz genau vorstellen, wie er es ihr ausziehen würde.

Seine Fingerspitzen begannen zu kribbeln.

„Ich habe auf dem Weg hierher angehalten und ein paar … Dinge abgeholt."

Ohne den Blick von ihr zu wenden, legte er die Rose auf die Kommode. „Bis jetzt gefällt es mir."

„Oh, es wird noch besser." Sie zog etwas aus der Tasche und reichte es Nash.

Mit gerunzelter Stirn blickte er auf die Videokassette. „Filme für Erwachsene?"

„Lies den Titel."

Amüsiert drehte er die Box um. Und stieß einen Freudenschrei aus. „Wow! ‚The Crawling Eye'!" Ein breites Grinsen erschien auf seinem Gesicht.

„Einverstanden?"

„Mehr als das – das ist großartig. Ein Klassiker. Den habe ich schon seit Jahren nicht mehr gesehen."

„Da ist noch mehr." Sie nahm die Tasche und kippte sie aus. Neben Wäsche und Kosmetiktasche fielen drei weitere Videobänder aufs Bett. Nash schnappte sie sich aufgeregt wie ein Kind unter dem Weihnachtsbaum.

„,Ein Werwolf in London', ,Nightmare on Elm Street', ,Dracula'. Wunderbar." Lachend hob er sie hoch. „Was für eine Frau! Das heißt also, du willst den ganzen Abend Horrorfilme anschauen?"

„Nun, mit längeren Pausen dazwischen."

Diesmal ließ er sich nicht mehr davon abhalten, ihren Reißverschluss mit einem Ruck blitzschnell herunterzuziehen. „Ich sag dir was … warum fangen wir nicht mit einer Eröffnungsszene an?"

Sie lachte, als sie sich zusammen auf das Bett fallen ließen. „Ich liebe gute Einführungen."

Nash konnte sich kein perfekteres Wochenende vorstellen. Bis in den frühen Morgen sahen sie sich die Filme an – unter anderem. Sie schliefen bis zum Mittag und gönnten sich Frühstück im Bett.

Er konnte sich auch keine perfektere Frau vorstellen. Morgana war nicht nur schön, intelligent und sexy, sie wusste auch die Feinheiten eines Filmes wie „The Crawling Eye" zu würdigen.

Es machte ihm gar nichts aus, dass sie ihn Sonntagnachmittag zur Arbeit antrieb. Sie werkelten zusammen im Garten, und Rasenmähen, Unkrautrupfen und Pflanzen bekam plötzlich eine völlig neue Bedeutung für ihn, als er sie da im Gras sitzen sah, mit einem seiner T-Shirts und einer alten Jeans, die sie – weil sie ihr viel zu weit war – mit einer einfachen Kordel festgezurrt hatte.

Was ihn unwillkürlich auf den Gedanken brachte, wie es wohl sein mochte, wenn sie immer hier wäre. In seiner Reichweite.

Das Unkrautjäten, das ihm aufgetragen worden war, vergaß er darüber völlig. Er kraulte Pans Kopf und betrachtete Morgana gedankenversunken.

Sie summte. Er kannte die Melodie nicht, sie hörte sich fremdartig an. Wahrscheinlich irgendein altes Hexenlied, von Generation zu Generation weitergegeben. Morgana war wirklich zauberhaft. Auch ohne ihre Gabe wäre sie sicher zauberhaft gewesen.

Ihr Haar steckte unter einer zerschlissenen Baseballkappe. Sie war ungeschminkt. Seine Jeans waren so weit, dass sie an den Hüften ausbeulten. Und doch sah Morgana verführerisch und erotisch aus. Ob in schwarzer Spitze oder in ausgewaschenen Jeans, sie strahlte Sinnlichkeit aus wie die Sonne das Licht.

Und was wichtiger war – ihr Gesicht zeugte von einer Reinheit, einem Selbstbewusstsein, das er absolut unwiderstehlich fand.

Er konnte sich sie gut vorstellen, wie sie dort kniete, auf diesem Platz, in einem Jahr, in zehn Jahren. Und immer noch sein Blut in Wallung brachte.

Du lieber Himmel! Seine Hand glitt schlaff vom Kopf des Hundes herab. Er hatte sich in sie verliebt. So richtig. Mit voller Wucht. Er war völlig gefangen von dem erschreckenden, unheimlichen Wort mit L.

Was, zum Teufel, sollte er jetzt tun?

Alles unter Kontrolle, ja? dachte er verächtlich. Er konnte sich jederzeit zurückziehen, ja? So ein Quatsch!

Er erhob sich mit wackeligen Beinen. Das Stahlband, das seinen Magen zusammenschnürte, war reine Angst. Um sie beide.

Morgana sah zu ihm herüber, zog den Schirm der Kappe herunter, damit die Sonne sie nicht blendete. „Ist etwas?"

„Nein. Nein, ich ... ich gehe nur schnell rein und hole uns etwas Kaltes zu trinken."

Fast rannte er ins rettende Haus und ließ Morgana verwundert zurück.

Feigling. Trottel. Schwächling. Auf dem Weg in die Küche verfluchte er sich selbst. Er füllte ein Glas mit Wasser und stürzte es hinunter. Vielleicht lag es nur an der Sonne. Oder an zu wenig Schlaf. Oder einer überaktiven Libido.

Langsam setzte er das Glas ab. Ja, sicher, klar doch. Es war Liebe.

Hereinspaziert, Herrschaften, treten Sie näher. Kommen Sie heran, sehen Sie zu, wie ein normaler, vernünftiger Mann sich durch die Liebe zu einer Frau in ein zitterndes, wimmerndes Nervenbündel verwandelt.

Er beugte sich über das Waschbecken und spritzte sich Wasser ins Gesicht. Er hatte keine Ahnung, wie es passiert war, aber er würde damit fertig werden müssen. So wie er das sah, gab es keinen Fluchtweg. Aber schließlich war er ein erwachsener Mann. Also würde er Reife zeigen und sich dem stellen.

Vielleicht sollte er es ihr einfach sagen. Geradeheraus.

Morgana, ich bin verrückt nach dir.

Er stieß den Atem aus und spritzte mehr Wasser. Zu schwach, zu nichts sagend.

Morgana, mir ist bewusst geworden, dass das, was ich für dich fühle, mehr ist als nur Anziehungskraft. Ja, mehr als Zuneigung.

Noch mehr Wasser. Viel zu pompös. Hörte sich einfach blöd an.

Morgana, ich liebe dich.

Simpel. Direkt. Und so verdammt Angst einflößend.

Nun, er war doch auf Angsteinflößen spezialisiert, oder? Er müsste eigentlich in der Lage sein, das durch-zuziehen. Er reckte die Schultern, wappnete sich und schickte sich an, die Küche zu verlassen, als das Telefon klingelte.

Das Schrillen ließ ihn fast aus der Haut fahren.

„Ganz ruhig", murmelte er.

„Nash?" Morgana stand im Eingang, ihre Augen drückten Neugier und Sorge aus. „Bist du in Ordnung?"

„Wer? Ich? Ja, sicher, alles bestens." Er fuhr sich nervös durchs Haar. „Und du? Alles in Ordnung mit dir?"

„Ja, natürlich", sagte sie gedehnt. „Willst du nicht ans Telefon gehen?"

„Telefon?" Mit leerem Blick starrte er auf den Apparat an der Wand, während seine Gedanken in tausend verschiedene Richtungen gingen. „Ja … klar."

„Ich kümmere mich in der Zwischenzeit um die Limonade, während du telefonierst." Mit gerunzelter Stirn ging sie zum Kühlschrank.

Nash hatte gar nicht gemerkt, wie feucht seine Handflächen geworden waren, bis er den Hörer abnahm. Mit einem entschuldigenden Lächeln wischte er sich die freie Hand an der Jeans ab.

„Hallo."

Das Lächeln verschwand von einem Moment auf den anderen. Mit der Limonadenflasche in der Hand, blieb Morgana erstaunt beim Kühlschrank stehen.

So hatte sie ihn noch nie gesehen. Kalt. Eiskalt. Seine Augen wirkten starr, gefrorener Raureif auf Samt. Selbst als er sich jetzt gegen den Tresen lehnte, war jeder einzelne seiner Muskeln gespannt.

Morgana fühlte, wie ihr ein Schauer über den Rücken rann. Sie hatte gewusst, dass er gefährlich sein konnte, und der Mann da vor ihr zeigte nicht mehr nur die Andeutung von jungenhaftem Charme und gutmütigem Humor. Wie eine von Nashs Fantasiefiguren, war dieser Mann hier hart und skrupellos.

Wer immer da am anderen Ende des Telefons war, musste dankbar sein für die räumliche Entfernung.

„Leeanne." Er sprach den Namen frostig und völlig tonlos aus. Die Stimme, die da so unbeschwert an sein Ohr drang, ließ ihn mit den Zähnen knirschen. Alte Erinnerungen, alte Verletzungen kamen an die Oberfläche. Er ließ die Frau reden, bis er sicher war, sich unter Kontrolle zu haben. „Hör mit dem Geschwätz auf, Leeanne. Wie viel?"

Er hörte sich das Schmeicheln, das Klagen, sogar die Vorwürfe an. Er trug schließlich die Verantwortung für alles, so wurde er erinnert. Seine Verpflichtungen. Seine Familie.

„Nein, es kümmert mich überhaupt nicht. Es ist nicht meine Schuld, dass du dich wieder an einen Versager gehängt hast." Seine Lippen verzogen sich zu einem sarkastischen Lächeln. „Ja, sicher, war eben Pech. Also, wie viel?" wiederholte er seine Frage. Als er die Summe vernahm, zuckte er mit keiner Wimper. „Wohin soll ich es schicken?" Er zog eine Schublade auf und kramte nach Papier und Bleistift. „Ja, habe ich. Morgen." Er schob Block und Stift angewidert fort. „Ich sagte doch, dass ich es mache. Also hör endlich auf. Ich habe schließlich einige Dinge zu erledigen. Ja, sicher."

Er hängte ein und wollte gerade die endlose Reihe Flüche loswerden, die er auf der Zunge liegen hatte, als er Morgana erblickte. Er hatte sie völlig vergessen. Als sie etwas sagen wollte, schüttelte er den Kopf.

„Ich gehe spazieren", knurrte er und schlug die Tür hinter sich zu.

Vorsichtig setzte Morgana endlich die Flasche ab. Wer immer da angerufen hatte, hatte mehr getan, als ihn nur zu verärgern. Da war mehr in seinen Augen gewesen als Wut. Sie hatte die Traurigkeit gesehen, den Schmerz. Deshalb widerstand sie ihrem ersten Impuls, ihm nachzugehen. Es war besser, ihn ein paar Minuten allein zu lassen.

Mit langen Schritten marschierte Nash über das frisch gemähte Gras, ohne die Blumen zu bemerken, die, befreit vom Unkraut, ihre Blüten der Sonne entgegenreckten. Automatisch ging er auf die Felsen zu, die sein Grundstück von der Bucht abgrenzten.

Das war ein weiterer Grund gewesen, warum er dieses Fleckchen ausgesucht hatte. Die Kombination von Wildheit und Ruhe.

Es passte zu ihm. Gedankenversunken stopfte er die Hände in die Hosentaschen. Oberflächlich betrachtet machte er den Eindruck eines ungezwungenen, lockeren Mannes. Diese Eigenschaften hatte er durchaus auch. Aber manchmal, vielleicht sogar oft, flammte eine gewisse Härte und Skrupellosigkeit in ihm auf.

Er ließ sich auf einem Felsblock nieder und starrte hinaus aufs Wasser. Er würde die Möwen, die Wellen und die Boote beobachten. Und er würde warten, bis er sich genug beruhigt hatte, um wieder der ungezwungene Mann zu sein.

Dem Himmel sei Dank, dachte er, als er tief die Luft einzog. Dass er Morgana nichts von seinen Gefühlen gesagt hatte. Nur ein Anruf aus seiner Vergangenheit war nötig gewesen, um ihn daran zu erinnern, dass in seinem Leben kein Platz für Liebe war.

Er hätte es ihr wirklich gesagt. Er hätte sich von seinem Impuls hinreißen lassen und ihr gesagt, dass er sie liebte. Vielleicht – sehr wahrscheinlich sogar – hätte er von gemeinsamen Plänen zu sprechen begonnen.

Und dann hätte er es ruiniert. Unweigerlich. Beziehungen kaputtzumachen war ihm vererbt worden.

Leeanne. Er lachte bitter auf. Nun, er würde ihr das Geld schicken, und sie würde wieder aus seinem Leben verschwinden. Bis zum nächsten Mal. Bis das Geld wieder knapp wurde.

So würde es immer wieder sein. Für den Rest seines Lebens.

„Es ist wunderschön hier", sagte Morgana leise hinter ihm.

Er zuckte nicht zusammen, er seufzte nur. Er hätte damit rechnen müssen, dass sie ihm folgen würde. Wahrscheinlich erwartete sie auch eine Erklärung.

Wie kreativ sollte er sein? Sollte er ihr sagen, Leeanne sei eine alte Flamme, jemand, der sich aber nicht so einfach beiseite schieben ließ? Vielleicht könnte er ja auch eine amüsante Geschichte von der Ehefrau eines Mafia-Bosses erfinden, mit der er angeblich eine kurze, hitzige Affäre gehabt hätte. Das war doch ganz spannend.

Oder er könnte die Geschichte einer Witwe erfinden, die Frau seines besten Freundes, die ihn ab und zu um eine Finanzspritze bat.

Zum Teufel, er konnte ihr alles Mögliche erzählen. Nur nicht die bittere Wahrheit.

Sie setzte sich neben ihn auf den Felsen. Und verlangte nichts. Sagte nichts. Fragte nichts. Sie sah nur über die Bucht hinaus, so wie er. Wartete.

Er hatte das schier unerträgliche Bedürfnis, seinen Kopf an ihre Brust zu betten. Sie einfach zu halten, bis seine hilflose Wut sich aufgelöst hatte.

Er wusste auch, dass sie, wie viel Einfallsreichtum er auch beweisen mochte, ihm nichts anderes glauben würde als die Wahrheit.

„Es gefällt mir hier", sagte er, als das Schweigen sich endlos dehnte. „In L. A. sah ich von meiner Eigentumswohnung aus auf eine andere Eigentumswohnung. Mir war gar nicht klar, wie eingezwängt ich war, bis ich hierher zog."

„Jeder fühlt sich manchmal eingezwängt." Sie legte eine Hand auf seinen Oberschenkel. „Wenn ich dieses Gefühl habe, gehe ich nach Irland. Laufe über einsame Strände. Dabei denke ich an all die Menschen, die vor mir schon dort gelaufen sind und die nach mir dort laufen werden. Dann wird mir wieder bewusst, dass nichts ewig währt. Ganz gleich, wie schlimm oder wie gut es ist, alles geht vorbei und erreicht eine andere Ebene."

„Alles ändert sich, aber nichts vergeht", murmelte er.

Sie lächelte leise. „Ja, das fasst es perfekt zusammen." Sie nahm sein Gesicht in beide Hände, ihre Augen waren sanft und klar, und in ihrer Stimme lag Trost. „Rede mit mir, Nash. Vielleicht kann ich nicht helfen, aber ich kann zuhören."

„Es gibt nichts zu sagen."

Etwas flackerte in ihren Augen auf, Nash verfluchte sich augenblicklich, als er erkannte, dass es Verletztheit war. „Im Bett bin ich dir also willkommen, aber nicht in deinen Gedanken."

„Verdammt, das eine hat mit dem anderen überhaupt nichts zu tun." Er ließ sich von niemandem drängen, über seine Vergangenheit zu reden, eine Vergangenheit, die er so tief wie möglich begraben hatte.

„Ich verstehe." Morgana ließ die Hände sinken. Für einen Moment war sie versucht, ihm mit einem einfachen Zauberspruch zu helfen, der ihm Ruhe und Frieden bringen würde. Aber das wäre nicht richtig. Magie zu benutzen, um Gefühle zu ändern, würde nur sie beide verletzen. „Also gut. Ich werde die restlichen Stiefmütterchen einpflanzen."

Sie stand auf. Kein Vorwurf, keine hitzigen Worte. Er hätte das dieser kühlen Akzeptanz vorgezogen. Als sie den ersten Schritt machte, griff er nach ihrer Hand. Sie sah den Kampf, den er mit sich focht, auf seinem Gesicht, aber sie schwieg.

„Leeanne ist meine Mutter."

10. KAPITEL

Seine Mutter. Da Morgana den Schmerz in Nashs Augen sah, verbarg sie ihr Erschrecken vor ihm. Sie dachte daran, wie kalt seine Stimme geworden war, als er mit Leeanne gesprochen hatte, wie hart seine Miene gewesen war. Und doch war die Frau am anderen Ende seine Mutter gewesen.

Wie konnte ein nur Mann solche Abneigung und Feindseligkeit gegenüber der Frau empfinden, die ihm das Leben geschenkt hatte?

Aber der Mann war Nash. Morgana dachte an die tiefe Liebe, die sie für ihre Familie empfand, während sie ihn musterte.

Verletzt. Ja, in seinem Gesicht und seiner Stimme war nicht nur Wut gewesen, sondern auch Verletztheit. War jetzt immer noch da, nachdem all die Schichten von Selbstbewusstsein und Lässigkeit verschwunden waren. Ihr Herz tat ihr weh, aber sie wusste, das würde Nashs Schmerz nicht lindern. Sie wünschte, sie hätte Anastasias Gabe und könnte etwas von diesem Schmerz für ihn ertragen.

Nein, sie war keine Empathin, aber sie konnte ihm Unterstützung bieten. Und Liebe. „Erzähl mir."

Wo sollte er beginnen? Wie sollte er ihr erklären, was er sich selbst nicht erklären konnte? Er sah auf Morganas und seine Hand, ihre ineinander verschränkten Finger. Morgana bot ihm Hilfe und Verständnis, wo er doch immer geglaubt hatte, er würde es nie brauchen.

All die Gefühle, die er nie hatte äußern wollen, strömten aus ihm heraus.

„Wahrscheinlich muss man bei meiner Großmutter anfangen. Sie war …“, er suchte nach einer taktvollen Beschreibung, „… nun, sie wich nie vom Pfad ab. Und erwartete von jedem anderen Menschen, ebenso zu sein wie sie und auf diesem engen Pfad zu bleiben. Müsste ich ein Adjektiv finden, so würde ich ‚intolerant‘ wählen. Ihr Mann starb, da war Leeanne ungefähr zehn. Mein Großvater hatte eine eigene Versicherungsgesellschaft, also stand meine Großmutter finanziell recht gut da. Trotzdem kratzte sie jeden Penny zusammen. Sie gehörte zu den Menschen, die es einfach nicht in sich tragen, das Leben zu genießen.“

Er verfiel in Schweigen, sah den Möwen nach, die über das Wasser glitten. Morgana blieb still und wartete.

„Vielleicht klingt das nach einer traurigen Geschichte. Die Witwe, die plötzlich mit zwei kleinen Mädchen allein ist. Bis man erfährt, dass meine Großmutter es genoss, das Kommando zu haben. Als Witwe Kirkland hatte sie bei niemandem mehr Rechenschaft abzulegen. Ich kann mir bestens vorstellen, wie streng sie mit den Mädchen war. Sie hat Frömmigkeit und Sex über ihren Häuptern geschwungen wie ein Schwert. Bei Leeanne hat es nichts genützt. Sie wurde schwanger, mit siebzehn, und hatte nicht die leiseste Ahnung, wer der Vater sein könnte.“

Er sagte es unbeteiligt, mit einem Achselzucken, aber Morgana sah hinter die Fassade. „Hältst du ihr das vor?“

„Nein. Ich mache ihr keinen Vorwurf, nicht für das. Die alte Dame muss ihr neun Monate lang das Leben zur Hölle gemacht haben. Je nachdem, von wem man die Geschichte hört, ist es entweder das arme junge Mädchen, das für einen einzigen Fehltritt endlos bestraft wird, oder es ist die Heilige, die ihre sündige Tochter aufnimmt und dafür endlos leiden muss. Ich habe da meine eigene Meinung. Wir haben hier zwei egoistische Frauen, die sich einen Dreck um andere kümmerten."

„Sie war gerade mal siebzehn, Nash", warf Morgana leise ein.

Wut zeichnete harte, unnachgiebige Linien um seinen Mund. „Ach, deshalb ist es in Ordnung? Es ist also okay, dass sie mit siebzehn durch so viele Betten gehüpft ist, dass sie nicht einmal weiß, wer als Vater in Frage kommt? Weil sie siebzehn ist, ist es in Ordnung, dass sie zwei Tage nach der Niederkunft verschwindet, mich bei dieser verbitterten alten Frau zurücklässt und sich geschlagene sechsundzwanzig Jahre nicht meldet? Dass sie sich nie um mich gekümmert hat, nie für mich interessiert hat?"

Die Qual, die in seiner Stimme mitschwang, zerriss ihr das Herz. Sie wollte ihn an sich ziehen, ihn halten, bis das Schlimmste vorbei wäre. Doch als sie die Arme nach ihm ausstreckte, wich er zurück.

„Ich muss mich bewegen."

Sie traf ihre Entscheidung schnell. Entweder konnte sie ihn allein gehen und versuchen lassen, den Schmerz zu verarbeiten. Oder sie konnte die Pein mit ihm teilen. Bevor er noch drei Schritte gemacht hatte, war sie an seiner Seite und nahm seine Hand.

„Es tut mir so Leid, Nash."

Er schüttelte heftig den Kopf. Die Luft war süß und mild, aber sie brannte in seiner Kehle wie Schwefel. „Nein, mir tut es Leid. Es gibt keinen Grund, die Vergangenheit an dir auszulassen."

Sie berührte seine Wange. „Ich kann schon damit umgehen."

Aber er wusste nicht, ob er es konnte. Er hatte noch nie mit jemandem darüber gesprochen. Nie. Es laut auszusprechen hinterließ einen bitteren, ekeligen Geschmack in seinem Mund. Er fürchtete, er würde ihn nie wieder loswerden.

Er atmete tief durch und setzte erneut an. „Ich blieb bei meiner Großmutter, bis ich fünf war. Meine Tante Carolyn hatte geheiratet. Er war in der Armee, Berufssoldat. Während der nächsten Jahre zog ich mit ihnen herum, von Stützpunkt zu Stützpunkt. Er war ein sturer Mistkerl, einer, der mich nur tolerierte, weil Carolyn weinte und hysterische Szenen machte, wenn er, mal wieder betrunken, drohte, mich wegzuschicken."

Morgana konnte es sich nur zu gut vorstellen: der kleine Junge, von jedem beherrscht, aber von niemandem gewollt. „Du hast es gehasst."

„Ja. Ich glaube, das trifft es ziemlich genau. Damals wusste ich zwar nicht, warum, aber ich hasste es. Wenn ich heute darüber nachdenke, ist mir klar, dass Carolyn auf ihre Art genauso labil war wie Leeanne. In der einen Minute benahm sie sich wie eine Glucke, in der anderen ignorierte sie mich völlig. Bei ihr klappte es mit dem Schwangerwerden nicht. Dann, als ich ungefähr acht oder neun war, erwartete sie endlich ein Kind. Also wurde ich zu meiner Großmutter zurückgeschickt. Carolyn brauchte ja kein Ersatzkind mehr, sie hatte jetzt ihr eigenes."

Morgana spürte, wie ihr Tränen der Wut in die Augen traten, als sie sich das unschuldige, hilflose Kind vorstellte, hin- und hergeschoben zwischen Menschen, die nichts von der Liebe wussten.

„Sie hat mich nie als Mensch, als Person angesehen. Ich war nur ein Fehler. Das war das Schlimmste daran", sagte er mehr zu sich selbst. „Sie hat es immer wieder betont, damit es auch ganz bestimmt hängen bleibt. Jeder Atemzug, den ich tat, jeder einzelne Herzschlag war nur deshalb möglich, weil ein ehrloses, unmoralisches, dummes Mädchen einen Fehler gemacht hatte."

„Nein", sagte Morgana entsetzt. „Sie hatte Unrecht."

„Ja, vielleicht. Aber solche Sachen bleiben einem für den Rest des Lebens. Ich musste mir viel über den Sündenfall anhören, über die heimtückischen Gelüste des schwachen Fleisches. Ich war faul, widerspenstig und böse – ihr bevorzugter Ausdruck." Er lächelte Morgana grimmig an. „Aber mehr erwartete sie auch nicht, so, wie ich empfangen wurde."

„Sie war eine schreckliche Frau", sagte Morgana mit

Inbrunst. Namenlose Wut stieg in ihr auf, fast verlor sie die Beherrschung. „Sie hatte dich nicht verdient."

„Oh, bei Letzterem würde sie auf jeden Fall mit dir übereinstimmen. Sie hat mir sehr deutlich gemacht, dass ich dankbar sein müsse, weil sie mir Essen und ein Dach über dem Kopf bot. Aber Dankbarkeit war das Letzte, was ich verspürte. Ich rannte weg. Oft. Mit zwölf holte mich dann das System ein. Ich kam zu Pflegeeltern."

Er bewegte unruhig die Schultern, ein Zeichen für den inneren Tumult, der in ihm tobte. Er lief hin und her, seine Schritte wurden ausholender, je mehr ihn die Erinnerung plagte.

„Manche waren ganz okay. Die, die dich wirklich wollten. Andere warteten nur auf den Scheck, den du ihnen jeden Monat einbrachtest. Aber manchmal konnte man Glück haben und in einem richtigen Zuhause landen. Ein Weihnachten habe ich bei einer richtigen Familie verbracht, den Hendersons." Seine Stimme veränderte sich, wurde weicher, voller Staunen. „Sie waren großartig, behandelten mich genauso wie ihre eigenen Kinder Immer lag der Duft von gebackenen Keksen in der Luft. Sie hatten einen Weihnachtsbaum, mit Geschenken darunter, schön verpackt mit Schleifen und allem. Am Kamin hingen die Socken für den Weihnachtsmann. Es hat mich umgehauen, als ich einen entdeckte, auf dem mein Name stand. Sie haben mir ein Fahrrad geschenkt", sagte er leise. „Mr. Henderson hatte es gebraucht gekauft und im Keller repariert. Er hat es rot angestrichen, knallrot, wie ein Feuerwehrauto, und hat die Chromteile poliert, bis sie wieder blitzten und blinkten. Er hat viel Zeit darauf verwendet, dieses Fahrrad zu etwas Besonderem zu machen. Und er hat mir gezeigt, wie man Baseballkarten in die Speichen klemmt.«

Er sah Morgana zerknirscht an, sodass sie den Kopf zur Seite neigte. »Ja, und?«

»Nun, es war ein wirklich tolles Fahrrad, aber ... ich konnte nicht fahren. Ich hatte nie ein Rad besessen. Da stand ich nun, zwölf Jahre alt, und dieses Fahrrad hätte genauso gut ein Wildschwein sein können.«

Morgana kam sofort zu seiner Verteidigung. »Aber deshalb muss man sich doch nicht schämen.«

Nash warf ihr einen vernichtenden Blick zu. »Du warst auch nie ein zwölf Jahre alter Junge. Es ist ziemlich schwierig, den Übergang vom Kind zum Manne zu schaffen, wenn du nicht einmal ein Zweirad lenken kannst. Also habe ich es nur angehimmelt und erfand Ausreden, um mich nicht draufsetzen zu müssen. Da waren Hausaufgaben, die ich zu machen hatte. Ich hatte mir den Knöchel verstaucht. Oder es sah nach Regen aus. Ich bildete mir ein, ziemlich clever zu sein, aber Mrs. Henderson durchschaute mich. Eines Morgens stand sie in aller Herrgottsfrühe auf, bevor die anderen wach waren, und ging mit mir nach draußen. Sie hat es mir beigebracht. Hat den Rücksitz mit einer Hand gehalten, rannte nebenher. Brachte mich zum Lachen, wenn ich auf die Nase fiel. Und als ich die erste wackelige Fahrt allein über den Bürgersteig machte, hat sie gejubelt und ist auf und ab gehüpft vor Freude."

Tränen brannten in ihrer Kehle. „Es müssen wunderbare Menschen gewesen sein."

„Ja, das waren sie. Ich hatte sechs Monate bei ihnen. Wahrscheinlich die besten sechs Monate meines Lebens." Er schüttelte die Erinnerungen ab und erzählte weiter. „Aber jedesmal, wenn ich mich zu wohl fühlte, ruckte meine Großmutter mit der Kette und holte mich zurück. Ich begann die Tage bis zu meinem achtzehnten Geburtstag zu zählen, wenn niemand mir mehr würde sagen können, wo und wie ich zu leben hatte. Wenn ich erst einmal frei war, würde ich es auch für immer bleiben. Keinen Tag länger wollte ich wie ein Gefangener leben."

„Was hast du dann getan?"

„Nun, ich musste was zu essen haben, also habe ich es mit einem festen Job versucht." Er sah sie an, und diesmal stand eine Andeutung von Humor in seinen Augen. „Eine Weile habe ich Versicherungen verkauft."

Zum ersten Mal, seit Nash mit seiner Geschichte begonnen hatte, lächelte Morgana. „Das kann ich mir beim besten Willen nicht vorstellen."

„Ich auch nicht, daher dauerte es nicht lange. Wahrscheinlich muss ich der alten Dame sogar dankbar sein, sie hat mich auf die Karriere als Schriftsteller gebracht. Sie hat mich jedes Mal den Kochlöffel spüren lassen, wenn sie mich beim Schreiben erwischt hat."

„Wie bitte?" Morgana war nicht sicher, ob sie richtig

verstanden hatte. „Sie hat dich geschlagen, weil du geschrieben hast?"

„Nun, sie hatte anscheinend Schwierigkeiten damit, die moralische Gesinnung in Vampirjägern zu erkennen", sagte er trocken. „Da es also offensichtlich das war, was sie am meisten ärgerte, machte ich natürlich weiter. Ich zog nach L. A., ergatterte einen Hilfsjob bei einer Firma für Spezialeffekte. Ich traf die richtigen Leute und schließlich gelang es mir, ‚Shape Shifter' zu verkaufen. Meine Großmutter starb, während der Film in Produktion ging. Ich war nicht auf ihrer Beerdigung."

„Wenn du von mir einen Vorwurf erwartest, muss ich dich leider enttäuschen."

„Ich weiß nicht, was ich erwarte." Nash blieb unter einer Zypresse stehen und drehte sich zu Morgana. „Ich war sechsundzwanzig, als der Film veröffentlicht wurde. Es war … nun, wir sind mit der Einstellung rangegangen: Wenn es ein Flop wird, dann ist eben ein weiterer Flop produziert worden. Aber es war ein Riesenerfolg. Plötzlich war ich ganz oben. Mein nächstes Drehbuch wurde mir fast aus den Händen gerissen, ich wurde für den Golden Globe nominiert. Und dann kamen die Anrufe. Erst meine Tante. Sie musste ein paar Rechnungen bezahlen. Ihr Mann hatte es nie weiter als bis zum Sergeant gebracht. Und dann waren da ja ihre drei Kinder, die aufs College sollten. Dann kam Leeanne."

„Sie rief dich also an."

Er rieb sich mit beiden Händen übers Gesicht, wünschte

sich, er könnte damit auch die Qual, die Feindseligkeit wegwischen. „Nein. Sie tauchte eines Tages auf meiner Türschwelle auf. Wenn es nicht so krank gewesen wäre, hätte ich fast darüber lachen können. Diese Fremde, aufgetakelt wie eine Barbiepuppe, stand also vor meiner Tür und erzählte mir, sie sei meine Mutter. Das Schlimmste daran war, dass ich mich in ihr wiedererkannte. Sie rasselte die traurige Geschichte ihres Lebens herunter, und am liebsten hätte ich ihr die Tür vor der Nase zugeschlagen. Verriegelt. Ich musste mir anhören, ich sei ihr etwas schuldig, weil ich ihr Leben ruiniert hätte. Sie war zum zweiten Mal geschieden und völlig mittellos. Also stellte ich ihr einen Scheck aus."

Erschöpft ließ er sich an dem Stamm der Zypresse herabgleiten, bis er auf dem weichen Grasboden saß. Die Sonne ging langsam unter, die Schatten wurden länger. Morgana kniete sich neben ihn.

„Warum hast du ihr Geld gegeben, Nash?"

„Das war es doch, was sie wollte. Ich hatte auch nichts anderes für sie. Die erste Summe reichte immerhin fast ein Jahr. Dazwischen bekam ich Anrufe von meiner Tante, meinen Cousins." Er schlug sich mit der geballten Faust auf den Oberschenkel. „Monate vergehen, du bildest dir ein, du hast eigentlich ein ganz bequemes Leben. Aber sie lassen dich nicht vergessen, woher du kommst. Wenn der Preis dafür ab und zu ein paar tausend Dollar beträgt, ist das doch gar kein so schlechter Deal."

Morganas Augen blitzten. „Sie haben kein Recht, nicht

das geringste, Stücke aus dir herauszureißen. Sie haben keinen Skrupel, dich für ihre Zwecke zu benutzen."

„Ich hab doch genug Geld."

„Ich rede nicht von Geld, ich rede von dir."

Sein Blick wurde starr. „Sie erinnern mich daran, wer und was ich bin."

„Sie kennen dich nicht einmal", erwiderte sie wütend.

„Das stimmt, und ich kenne sie nicht. Aber das bedeutet nichts. Du weißt doch, wie das mit Vermächtnissen ist, Morgana. Was mit dem Blut weitervererbt wird. Dein Erbe ist die Magie, meines die Selbstsucht."

Sie schüttelte den Kopf. „Was immer wir auch vererbt bekommen, wir haben die Wahl, ob wir es benutzen oder nicht. Du bist nicht wie die Leute, von denen du zufällig abstammst."

Er griff sie hart bei den Schultern. „Du ahnst ja nicht, wie sehr ich wie sie bin. Ich habe meine Wahl getroffen. Ich habe mit dem Wegrennen aufgehört, weil mir bewusst wurde, dass man damit nicht weit kommt. Aber ich weiß, wer ich bin. Und dieser Mensch kommt am besten allein zurecht. In meiner Zukunft gibt es keine Familie wie die Hendersons, Morgana. Weil ich sie nicht will. Ab und zu stelle ich einen Scheck aus, damit habe ich dann wieder Ruhe, ich selbst und allein zu sein. So will ich es haben. Keine Verpflichtungen, keine Bindungen, keine festen Zusagen."

Sie würde ihm nicht widersprechen, nicht jetzt, wenn die Qual so deutlich zu spüren war. Später würde sie ihm beweisen, wie sehr er sich irrte. Der Mann, der sie da hielt, war zärtlich, großzügig, gütig – Erfahrungen, die ihm nie zuteil geworden waren. Eigenschaften, die er in sich selbst gefunden hatte.

Aber sie konnte ihm etwas geben. Wenn auch nur für kurze Zeit. „Du brauchst mir nicht zu sagen, wer du bist, Nash." Sanft strich sie ihm das Haar aus dem Gesicht. „Ich weiß es bereits. Ich werde um nichts bitten, was du mir nicht geben kannst. Und es gibt nichts, was du geben willst und ich nicht annehmen würde." Sie nahm ihr Amulett, schloss seine Hand darum und legte ihre darüber. Ihre Augen blickten tief in die seinen. „Das ist ein Schwur."

Er fühlte das Metall in seiner Hand warm werden. Verdutzt starrte er darauf herab, sah das Licht, das zu pulsieren begann. „Ich …"

„Ein Schwur", wiederholte sie. „Einer, den ich nicht brechen kann. Es gibt etwas, von dem ich unbedingt möchte, dass du es annimmst, etwas, das ich dir geben kann. Wirst du mir vertrauen?"

Etwas kam über ihn. Wie eine Wolke, die sich über die sengende Sonne schob und die grelle Hitze linderte. Seine Muskeln entspannten sich, seine Augen wurden angenehm schwer. Wie aus weiter Ferne hörte er sich ihren Namen murmeln, dann versank er in tiefen Schlaf.

Als er erwachte, schien die Sonne warm und hell. Vögel sangen, er hörte Wasser über Steine murmeln. Verwirrt setzte er sich auf.

Er lag auf einer großen Wiese, inmitten von wilden Blumen und tanzenden Schmetterlingen. Nur wenige Meter entfernt hielt ein Reh auf seinem Gang durch die Wiese an und betrachtete ihn mit großen braunen Augen. Bienen summten, und der Wind raschelte durch das hohe Gras.

Mit einem erstaunten Lachen rieb er über das Kinn, erwartete dort einen Bart zu finden wie den von Rip van Winkle. Aber es gab keinen Bart, und er fühlte sich auch nicht wie ein alter Mann. Im Gegenteil, er fühlte sich unglaublich gut. Er stand auf und schaute sich sprachlos um. Endlose Weite, Blumen überall und Gras, das sich im Wind wiegte. Über ihm hing ein tiefblauer Himmel, wolkenlos.

Irgendetwas rührte sich in ihm, so sanft, wie der Wind das Gras bewegte. Stille Heiterkeit. Er hatte Frieden mit sich und der Welt geschlossen.

Er hörte die Musik. Die herzzerreißend schönen Klänge einer Harfe. Ein Lächeln spielte um seine Lippen, als er durch das hohe Gras watete und der Musik langsam folgte.

Er fand Morgana am Ufer des Baches. Die Sonne spiegelte sich im Wasser, das über glatte bunte Kiesel, wie Edelsteine, dahinfloss. Ihr weißes Kleid lag ausgebreitet um ihre Knie im Gras, ihr Gesicht wurde von einem Sonnenhut beschattet, der keck auf eine Seite gezogen war. Auf ihrem Schoß hielt sie eine kleine goldene Laute. Ihre Finger glitten über die Saiten, entlockten ihnen die wunderbaren Klänge, die durch die Luft schwebten. Er fühlt sich von der Schönheit des Moments magisch angezogen.

Morgana drehte den Kopf, um Nash anzulächeln, und spielte weiter.

„Was machst du?" fragte er sie.

„Ich warte auf dich. Hast du gut geruht?"

Er ging neben ihr in die Hocke, dann legte er zögernd eine Hand auf ihre Schulter. Sie war real, er konnte die Wärme ihrer Haut durch die Seide spüren. „Morgana?"

Sie lachte ihn mit den Augen an. „Nash?"

„Wo sind wir?"

Sie strich die Laute, Musik brandete auf, breitete die Schwingen aus wie ein Vogel und flog davon. „In Träumen", sagte sie. „In deinen und meinen Träumen." Sie legte das Instrument beiseite und nahm Nashs Hand. „Wenn du hier sein möchtest, können wir noch eine Weile bleiben. Wenn du woanders sein möchtest, dann gehen wir dorthin."

Bei ihr hörte sich das so einfach an. „Warum?"

„Weil du es brauchst." Sie führte seine Hand an ihre Lippen. „Und weil ich dich liebe."

Er spürte keine Panik aufkommen. Ihre Worte fanden ganz leicht den Weg in sein Herz, ließen ihn lächeln. „Ist das hier real?"

Sie rieb seine Hand an ihrer Wange, dann küsste sie seine Fingerspitzen. „Wenn du es möchtest." Ihre Zähne knabberten behutsam an seiner Haut, weckten das Verlangen. „Wenn du mich möchtest."

Er nahm ihr den Hut ab, warf ihn zu Boden, und ihr Haar ergoss sich über ihre Schultern und ihren Rücken. „Bin ich verhext, Morgana?"

„Nicht mehr als ich." Sie nahm sein Gesicht in ihre Hände, zog seinen Kopf zu sich heran. „Ich will nur dich", murmelte sie an seinen Lippen. „Liebe mich hier, Nash, als wäre es das erste Mal, das letzte Mal, das einzige Mal."

Wie hätte er widerstehen können? Wenn es ein Traum war … so sei es. Wichtig war nur, dass ihre Arme ihn willkommen hießen, ihre Lippen ihn lockten.

Sie war alles, was ein Mann sich wünschen konnte. Süß und seidig schmiegte sie sich an ihn. Ihr Körper war weich und nachgiebig, als er sie sanft ins Gras drückte.

Hier gab es keine Zeit, und er hatte Muße, die kleinen Dinge zu genießen. Wie samten ihr Haar sich in seinen Händen anfühlte. Wie süß ihre Lippen schmeckten. Der Duft ihrer Haut. Sie bog sich ihm entgegen, eine Fantasie aus Seide und Düften und Verlockung. Ihr stiller Seufzer versüßte die Luft.

Er kann nicht wissen, wie einfach es gewesen ist, dachte Morgana, als seine Lippen von den ihren tranken. So verschieden sie auch waren, ihre Träume waren die gleichen. Für diese eine Stunde, oder auch zwei, waren sie nur füreinander da, konnten den Frieden teilen, in den sie sie beide eingehüllt hatte.

Als er den Kopf hob, lächelte sie zu ihm auf. Seine Augen wurden dunkel, und er zog mit einem Finger die Konturen ihres Antlitzes nach. „Ich will, dass es real ist", sagte er.

„Das kann es sein. Wenn du es wirklich willst. Was immer du von hier mitnimmst, was immer du dir für uns wünschst, ist möglich."

Wieder küsste er sie. Und dieser Kuss war echt, so wie auch das Gefühl, das ihn durchflutete, als sich ihre Lippen willig für ihn öffneten.

Als er eine Hand auf ihr Herz legte, spürte er den festen, schnellen Schlag.

Langsam, weil er den Moment verlängern wollte, knöpfte er die kleinen runden Knöpfe auf, die das Oberteil ihres Kleides zusammenhielten. Darunter war nur warme, weiche Haut. Fasziniert erkundete er sie, und Morganas Atem beschleunigte sich.

Satin und Seide. Die Farbe von Sahne.

Nashs Blick glitt zu ihrem Gesicht, während seine Finger weiter forschten. Leicht strich er mit den Lippen über die sanften Rundungen ihrer Brüste.

Honig und Rosenblätter.

Mit trägen Küssen liebkoste und reizte er sie, führte sie bis an den Punkt, wo Schmerz und Entzücken sich treffen. Er zog sie mit sich, trieb sie beide still und geduldig bis an den Rand des Wahnsinns. Ihre Finger verkrallten sich in seinem Haar. Und dann fühlte er, wie ihr Körper sich anspannte und aufbäumte, um danach zu erschlaffen. Als er den Kopf hob, sah sie ihn mit verklärten Augen an, schockiert und glücklich zugleich.

„Wie …?" Sie erschauerte erneut, bewegt von diesem heftigen, unerwarteten Gipfelsturm.

„Magie." Er bedeckte ihren Körper mit heißen Küssen. „Komm, ich zeige es dir."

Nash führte Morgana an Orte, wo sie noch nie gewesen war. Ihrer beider Seufzer vermischten sich, ihre Körper verschmolzen miteinander. Jedes Mal, wenn ihre Münder sich fanden, wurde das Band zwischen ihnen stärker. Besitzergreifend, fordernd glitt feuchte Haut über feuchte Haut, Hände, die suchten und fanden, Lippen, die erforschten und neckten. Als Nash in Morgana eindrang, empfing sie ihn freudig, kam ihm entgegen. Mit verschränkten Fingern ließen sie sich von dem Taumel jenseits der Grenzen der Vernunft mitreißen.

Als sie den Schauer in seinem Körper fühlte, als seine Muskeln schlaff wurden, legte er den Kopf auf ihre Brust. Er lauschte ihrem Herzschlag und schloss die Augen. Die Welt jenseits von Morgana begann wieder in sein Bewusstsein zu dringen. Die warme Sonne auf seinem Rücken, der Gesang der Vögel, der Duft der wilden Blumen am Ufer des murmelnden Baches.

Unter ihm seufzte sie und strich mit einer Hand über sein Haar. Sie hatte ihm Frieden gegeben und Freude empfunden. Aber sie hatte ihre eigene Regel gebrochen, weil sie seine Gefühle beeinflusst hatte, weil sie auf seine Innenwelt eingewirkt hatte.

Vielleicht war das ein Fehler gewesen, aber sie bereute es keine einzige Sekunde.

„Morgana ..."

Das raue Flüstern brachte ein Lächeln auf ihre Lippen. „Schlaf jetzt", sagte sie nur.

Im Dunkeln griff Nash nach Morgana, doch der Platz an seiner Seite war leer. Schlaftrunken öffnete er die Augen. Er lag im Bett, seinem eigenen Bett, und die Morgendämmerung kroch langsam ins Haus.

„Morgana?" Er wusste nicht, warum er ihren Namen aussprach, wenn sie ja doch nicht hier war.

Ein Traum? Er schob die Bettdecke beiseite und schwang die Beine aus dem Bett. Hatte er geträumt? Wenn es wirklich nur ein Traum gewesen war, so gab es nichts auf der Welt, das realer, lebendiger, wichtiger war.

Um einen klaren Kopf zu bekommen, ging er zum Fenster und atmete die kühle Luft ein.

Sie hatten sich geliebt – unglaublich geliebt –, auf einer Wiese neben einem Bach.

Nein, das war unmöglich. Er lehnte sich auf die Fensterbank und sog die Luft ein. Das Letzte, an das er eine klare Erinnerung hatte, war, wie sie im Gras unter der Zypresse gesessen und geredet hatten. Über ...

Er zuckte zurück. Er hatte ihr alles gesagt. Die ganze abstoßende Geschichte seiner Familie war aus ihm herausgesprudelt. Warum, zum Teufel, hatte er das getan? Nervös begann er im Zimmer auf und ab zu laufen.

Dieser verfluchte Anruf. Aber dann erinnerte er sich auch wieder, dass gerade dieser Anruf ihn davon abgehalten hatte, einen noch größeren Fehler zu begehen und ihr seine Liebe zu gestehen. Im letzten Moment hatte er diesen fatalen Gefühlsausbruch noch verhindern können.

Es wäre schlimmer gewesen, hätte er Morgana gesagt, dass er sie liebte – viel schlimmer, als die Vergangenheit vor ihr aufzudecken. So würde sie sich zumindest keinen falschen Hoffnungen hingeben, was ihre Beziehung zueinander betraf.

Nun, wie auch immer, es war geschehen und konnte nicht mehr rückgängig gemacht werden. Er würde mit der Tatsache leben müssen, auch wenn es ihm unsäglich peinlich war.

Aber danach … nachdem sie im Garten gesessen hatten. War er eingeschlafen?

Der Traum. War es denn wirklich ein Traum gewesen? Die Bilder waren so klar. Fast konnte er den Duft der Blumen riechen. Und ganz bestimmt konnte er sich daran erinnern, dass ihr Körper wie Wachs unter seinen Händen geschmolzen war. Ebenso wie der Gedanke ganz klar war, dass alles, was er bisher in seinem Leben getan hatte, unweigerlich zu diesem Moment geführt hatte. Der Moment, in dem er mit der Frau, die er liebte, im Gras lag und Frieden in sich fühlte, weil er zu einem anderen Menschen gehörte.

Einbildung. Alles nur Einbildung, versicherte er sich, als Panik einzusetzen begann. Er war einfach unter dem Baum eingeschlafen. Das war alles. Aber wie, zum Teufel, war er in sein Bett gekommen? Mitten in der Nacht, allein?

Morgana hatte es getan. Da seine Knie unsicher wurden, setzte er sich auf das Bett. Alles hatte sie getan. Und dann war sie gegangen.

Das würde er ihr nicht so einfach durchgehen lassen. Er wollte sich erheben, ließ sich wieder fallen.

Er erinnerte sich an das Gefühl des Friedens, der Ruhe, das ihn erfüllt hatte. Daran, wie die Sonne ihm ins Gesicht geschienen hatte. Wie er durchs hohe Gras gegangen war und sie erblickt hatte, lächelnd die Laute spielend.

Und als er sie nach dem Warum gefragt hatte, hatte sie geantwortet, weil …

Weil sie ihn liebte.

Alles in seinem Kopf begann sich zu drehen, Nash stützte ihn mit beiden Händen. Vielleicht hatte er sich das wirklich nur alles eingebildet. Alles. Einschließlich Morgana. Vielleicht war er ja auch in L. A., in seiner Wohnung, und war gerade vom Traum des Jahrhunderts aufgewacht.

Schließlich glaubte er nicht an Hexen und Zauberei. Mit zitternden Fingern griff er sich an die Brust. Da war er, der Anhänger, den sie ihm gegeben hatte.

Morgana war echt, und sie liebte ihn. Das Schlimmste daran war, dass er sie genauso liebte.

Aber das wollte er nicht. Es war verrückt. Aber er liebte sie. So sehr, dass nicht eine Stunde verging, in der er nicht an sie dachte. In der er sich nicht nach ihr sehnte. In der er nicht hoffte, dass es vielleicht, nur vielleicht, doch funktionieren könnte.

Und das war der unvernünftigste Gedanke in dieser

ganzen unvernünftigen Angelegenheit. Langsam, aber sicher wuchs ihm die Sache über den Kopf.

Er musste alles noch einmal ganz genau überdenken, Schritt für Schritt. Müde und ausgelaugt legte er sich zurück und starrte in die Dunkelheit.

Vernarrt. Das war es, was er war. Und von Vernarrtheit bis zu Liebe war noch ein weiter Weg. Ein weiter, sicherer Weg. Sie war schließlich eine sehr beeindruckende Frau. Ein Mann konnte sein ganzes Leben sehr glücklich mit einer beeindruckenden Frau verbringen. Er würde jeden Morgen mit einem Lächeln auf den Lippen aufwachen, in dem Bewusstsein, dass sie ihm gehörte.

Nash begann seine Fantasie weiterzuspinnen. Und unterbrach sich sofort wieder.

Was, zum Teufel, machte er sich da für Gedanken?

Vielleicht wäre es das Beste, wenn er sich einen kleinen Urlaub gönnte. Einen Kurztrip, um Abstand von Morgana zu gewinnen.

Wenn er das überhaupt konnte.

Er verspürte nagenden Zweifel.

Wieso wusste er, bevor er überhaupt noch den Versuch unternommen hatte, dass es ihm nicht gelingen würde? Warum fühlte er sich plötzlich gebunden?

Weil es nichts mit Vernarrtheit zu tun hatte, gestand er sich ein. Das kam noch nicht einmal in die Nähe von dem, was er fühlte. Es war das große Wort mit „L" am Anfang. Und „Lust" war es nicht. Er war von der Klippe gesprungen. Er hatte sich verliebt.

Morgana hatte ihn dazu gebracht, dass er sich in sie verliebt hatte.

Bei diesem Gedanken schoss er hoch. Sie hatte ihn dazu gebracht. Sie war eine Hexe. Warum war ihm das nicht schon vorher aufgefallen? Sie brauchte nur mit den Fingern zu schnippen, irgendeinen Spruch zu murmeln, und schon würde er den Boden zu ihren Füßen küssen.

Ein Teil von ihm verurteilte diese Vorstellung als völlig absurd. Aber ein anderer Teil, der Teil, der aus Angst und Selbstzweifeln erwachsen war, hielt an dieser Idee fest. Und je länger er überlegte, desto düsterer wurden seine Gedanken.

Am Morgen, so sagte er sich, würde er einiges mit der Hexe klarstellen. Und danach würde er hier zusammenpacken. Nash Kirkland würde haargenau das tun, was er wollte: die Kontrolle bewahren.

11. KAPITEL

*E*s war schon ein etwas seltsames Gefühl, am Montagmorgen den Laden nicht aufzuschließen. Aber nicht nur Morganas erschöpfter Körper brauchte Erholung, sondern auch ihr Geist. Ein Anruf bei Mindy verscheuchte ihr schlechtes Gewissen. Mindy würde einspringen und den Laden am Mittag aufmachen.

Der freie Tag an sich war nicht das Schlimme, aber Morgana hätte sich lieber etwas Zeit genommen, wenn sie sich besser fühlte. Jetzt ging sie nach unten, in einen Bademantel eingewickelt. Ihr war schwindlig und auch ein wenig übel. Die Nacht ohne Schlaf machte ihr zu schaffen.

Die Würfel waren gefallen. Die Dinge waren ihr aus der Hand genommen worden.

Mit einem schweren Seufzer ging Morgana in die Küche, um sich einen Tee zuzubereiten. Eigentlich hatten sie nie wirklich in ihrer Hand gelegen. Wenn man die Macht besaß und so gewöhnt daran war, mit ihr umzugehen, vergaß man leicht, dass es Dinge gab, die einen viel größeren, viel mächtigeren Einfluss besaßen.

Eine Hand auf ihren Magen gepresst, ging sie zum Fenster. Lag da wirklich ein Gewitter in der Luft, oder waren es nur ihre eigenen, unausgegorenen Gedanken? Luna tappte herein und rieb sich an Morganas Beinen. Doch als sie die seltsame Stimmung ihrer Herrin spürte, stolzierte sie wieder davon.

Morgana hatte sich nicht verlieben wollen. Und ganz

bestimmt hatte sie nicht gewollt, dass diese Gefühlslawine auf sie herabstürzte und sie mitriss. Sie hatte nicht gewollt, dass sich ihr Leben so veränderte. Aber es war passiert.

Selbstverständlich gab es immer eine Wahl. Sie hatte ihre getroffen.

Es würde nicht einfach werden. Die wichtigen Dinge im Leben waren nie einfach.

Mit schweren Gliedern ging sie zum Herd zurück, auf dem das Wasser im Kessel kochte. Sie hatte kaum eine Tasse voll gegossen, als sie die Haustür gehen hörte.

„Morgana!"

Resigniert schüttete sie zwei weitere Tassen auf, als Cousin und Cousine auch schon in die Küche kamen.

„Da, siehst du, ich habe es dir doch gesagt." Anastasia warf Sebastian einen Blick zu und eilte zu Morgana. „Sie fühlt sich nicht wohl."

Morgana begrüßte sie mit einem Kuss auf die Wange. „Ich bin in Ordnung."

„Da hörst du's. Ich habe gesagt, dass sie in Ordnung ist." Sebastian fischte sich einen Keks aus der Dose. „Nur äußerst schlecht gelaunt. Deine Signale sind so laut und deutlich, dass sie mich sogar unsanft aus dem Bett geworfen haben."

„Tut mir Leid." Sie reichte ihm die Tasse. „Wahrscheinlich wollte ich einfach nicht allein sein."

„Dir geht es nicht gut", wiederholte Ana entschlossen, aber bevor sie weiter nachforschen konnte, trat Morgana von ihr zurück.

„Ich hatte eine schlaflose Nacht, und jetzt zahle ich eben den Preis dafür."

Sebastian nippte an seinem Tee. Morganas bleiche Wangen und die trüben Augen waren ihm nicht entgangen. Außerdem hatte er etwas wahrgenommen, ein kurzes Flackern von etwas, das Morgana unbedingt verheimlichen wollte. Geduldig und immer bereit, es mit Morgana auf ein Messen der Willenskraft ankommen zu lassen, lehnte er sich in den Stuhl zurück. „Es gibt also Ärger im Paradies, was?"

Seine Bemerkung war Anstoß genug, dass ihre Augen aufblitzten. „Ich kann mich selbst um meine Probleme kümmern, vielen Dank."

„Reize sie nicht noch, Sebastian." Ana legte eine Hand auf seine Schulter. „Hast du dich mit Nash gestritten, Morgana?"

„Nein." Sie setzte sich, einfach, weil sie nicht mehr die Kraft hatte zu stehen. „Das nicht. Aber es ist Nash, der mir Sorgen macht. Ich habe gestern ein paar Dinge über ihn erfahren. Über seine Familie."

Und da sie ihnen so sehr vertraute, wie sie sie liebte, berichtete Morgana ihnen alles, angefangen von Leeannes Anruf bis zu dem Moment unter dem Baum. Was danach passiert war, behielt sie für sich. Das ging nur sie und Nash etwas an.

„Der arme Junge", murmelte Anastasia. „Es muss schrecklich sein, sich ungewollt und ungeliebt zu fühlen."

„Und unfähig zu lieben", fügte Morgana an. „Wer

könnte es ihm verübeln, dass er Angst hat, seinen Gefühlen zu vertrauen?"

„Du tust das."

Ihr Blick schoss hoch, in Richtung Sebastian. Es hatte keinen Sinn, ihn dafür zu verfluchen, dass er hellsichtig war. „Nein, nicht wirklich verübeln. Es tut weh, und es macht mich traurig, aber ich nehme es ihm nicht übel. Ich weiß nur nicht, wie man einen Menschen lieben soll, der nicht zurücklieben kann oder will."

„Er braucht Zeit", sagte Ana.

„Ich weiß. Ich versuche herauszufinden, wie viel Zeit er braucht. Ich habe einen Schwur geleistet – nicht mehr zu verlangen, als er bereit ist zu geben." Ihre Stimme klang belegt. „Ich werde diesen Schwur nicht brechen."

Sie ließ ihr Schutzschild ein wenig sinken. Schnell wie der Blitz packte Sebastian ihre Hand. Er sah, und was er sah, ließ seine Finger schlaff werden. „Mein Gott, Morgana, du bist schwanger."

Wütend über seine Einmischung und darüber, dass sie es zugelassen hatte, sprang sie auf. Doch noch bevor sie mit ihrer Tirade loslegen konnte, sah sie die Sorge und das Mitgefühl in seinen Augen. „Verdammt, Sebastian. Frauen legen Wert darauf, diese Ankündigung selbst zu machen."

„Setz dich", ordnete er an. Wenn Ana nicht abgewinkt hätte, hätte er Morgana zum Stuhl getragen.

„Seit wann?" wollte Ana wissen.

„Seit der Tagundnachtgleiche." Morgana seufzte. „Aber

ich weiß es erst seit ein paar Tagen." Ich bin selbst noch ganz verwirrt von all dem Neuen.

„Wie fühlst du dich?" Bevor Morgana antworten konnte, hatte Ana eine Hand auf ihren Bauch gelegt. „Darf ich?" Den Blick fest auf Morganas Augen gerichtet, spürte Ana das Leben im Leib ihrer Cousine. „Dir geht es prächtig. Euch beiden."

„Einfach nur ein bisschen schlapp heute Morgen." Morgana legte ihre Hand auf Anas. „Ich möchte nicht, dass du dir Sorgen machst."

„Ich finde trotzdem, du solltest dich setzen. Oder besser hinlegen, bis du wieder Farbe im Gesicht hast." Sebastian sah beide mit vorwurfsvoll gerunzelter Stirn an. Die Vorstellung, dass seine Lieblingscousine, sein bevorzugter Sparringspartner, so schwach und dazu schwanger war, beunruhigte ihn.

Mit einem kleinen Lachen beugte Morgana sich zu ihm und küsste ihn auf die Wange. „Willst du jetzt wie eine Glucke über mich wachen, Cousin?" Sie küsste ihn noch einmal. „Das hoffe ich doch."

„Natürlich. Wenn der Rest der Familie in Irland ist, bleiben ja nur Ana und ich, um auf dich aufzupassen. Außerdem bin ich der Älteste von uns. Deshalb will ich wissen, wie es um Kirklands Absichten bestellt ist."

Ana grinste ihn über den Rand ihrer Tasse an. „Himmel, Sebastian, was für eine vorsintflutliche Einstellung! Hast du vor, ihn einem Verhör zu unterziehen? Was willst du ihm denn sagen?"

„Ich finde diese Situation keineswegs so erheiternd wie du. Also, lasst uns ein paar Dinge klarstellen, ja? Morgana, willst du schwanger sein?"

„Ich bin schwanger."

Mit sanftem Druck nahm er ihre Hand, bis sie ihn anblickte. „Du weißt, was ich meine."

Natürlich wusste sie das. „Ich hatte ja selbst erst ein paar Tage, um darüber nachzudenken. Aber mir ist bewusst geworden, dass ich nicht ändern kann, was geschehen ist. Ich habe Vorkehrungen gegen eine Schwangerschaft getroffen, aber das Schicksal hat diese Tatsache ignoriert. Ich habe in mein Herz hineingehört, und ich glaube, dass es mir vorbestimmt war, das Kind zu empfangen. Dieses Kind, mit diesem Mann und zu diesem Zeitpunkt. Ganz gleich, was ich auch fühle, wie nervös und besorgt ich auch bin, an diesem Glauben lässt sich nicht rütteln. Also, ja. Ja, ich will diese Schwangerschaft."

Sebastian nickte befriedigt. „Und Nash? Wie denkt er darüber?" Er wartete gar nicht ab, bis sie antwortete. Er brauchte nur einen Sekundenbruchteil, und er hatte gesehen. „Was, in Finns Namen, soll das heißen?" donnerte er los. „Du hast es ihm noch gar nicht gesagt?"

Mit ihrem Blick hätte sie zehn Männer in die Knie zwingen können. „Bleib aus meinem Kopf raus, Cousin, oder ich verwandle dich in eine schleimige Schnecke."

Sebastian zeigte sich wenig beeindruckt. „Beantworte einfach meine Frage."

„Ich bin doch selbst gerade erst zu einer Entscheidung

gekommen." Morgana warf ihr Haar zurück und stand auf. „Und nach gestern konnte ich ihn nicht mit dieser Nachricht überrumpeln."

„Er hat ein Recht darauf, es zu erfahren", mischte Ana sich leise ein.

„Also gut." Morganas Temperament wollte mit ihr durchgehen, sie ballte die Fäuste, um es zu zügeln. „Ich werde es Nash sagen. Aber dann, wenn ich es für richtig halte. Glaubt ihr etwa, ich will ihn auf diese Weise an mich binden?" Entsetzt stellte sie fest, dass ihr eine Träne über die Wange lief. Unwirsch wischte sie sie fort.

„Das ist eine Entscheidung, die er allein treffen muss." Allerdings hatte Sebastian bereits beschlossen, dass, sollte Nash die falsche Wahl treffen, es ihm unglaubliches Vergnügen bereiten würde, dem Mann sämtliche Knochen im Leib zu brechen – auf die konventionelle Art.

„Sebastian hat Recht, Morgana." Mitfühlend, aber entschlossen, nahm Ana Morgana in die Arme. „Diese Entscheidung steht ihm zu, so wie es dir zustand, deine zu treffen. Aber er kann sie nicht fällen, wenn er nicht einmal weiß, dass er eine Wahl zu treffen hat."

„Ich weiß." Trost suchend legte Morgana den Kopf an Anas Schulter. „Ich werde noch heute zu ihm gehen und es ihm sagen."

Sebastian stellte sich dazu und streichelte Morgana übers Haar. „Wir werden in der Nähe sein."

Immerhin raffte sie genügend Energie zusammen zu lächeln. „Aber bitte nicht zu nah."

Nash wälzte sich im Bett und stöhnte ins Kissen. Träume. So viele Bilder. Sie blitzten in seinem Kopf auf wie bunte Filmszenen.

Morgana. Immer wieder Morgana. Lächelnd, verlockend, wie sie ihm das Unglaubliche versprach, das Wundervolle. Wie sie ihn sich stark und eins mit sich und voller Hoffnung fühlen ließ.

Seine Großmutter, die Augen blitzend vor Wut, wie sie ihm eins mit dem Kochlöffel überzog. Wie sie ihm immer wieder sagte, wie nutzlos und minderwertig er war und dass sie ihn nicht wollte.

Er auf einem leuchtend roten Fahrrad, wie er durch den Vorort fuhr, den Wind in den Haaren. Das Geräusch, das die Baseballkarten in den Speichen machten, wenn die Räder sich drehten.

Leeanne, die vor ihm stand, mit ausgestreckter Hand, und ihn daran erinnerte, dass er ihr etwas schuldig war. Schuldig war, schuldig war …

Morgana, wild kichernd, während sie auf einem Besenstiel über die dunklen Wasser der Bucht flog.

Er selbst, in einem Kessel, seine Großmutter, die mit ihrem verdammten Kochlöffel wild rührte. Und Morganas Stimme – oder war es die Stimme seiner Mutter? –, das irrsinnige Kichern …

Er setzte sich mit einem Ruck auf. Sein Atem ging unruhig. Er blinzelte gegen das einfallende Sonnenlicht und rieb sich mit zitternden Händen über das Gesicht.

Na bravo. Das war wirklich gut. Jetzt verlor er auch

noch seinen Verstand, zusätzlich zu all dem, was er schon verloren hatte.

Hatte Morgana das mit ihm gemacht? Hatte sie sich irgendwie in seinen Kopf geschlichen, damit er dachte, was sie wollte? Nun, sie würde herausfinden, dass sie damit nicht durchkam.

Nash rappelte sich auf und stolperte in Richtung Bad. Er würde jetzt erst einmal duschen, und sobald er sich wieder zusammengerissen hatte, würde er mit dieser umwerfend attraktiven Hexe ein ernstes Wörtchen reden.

Während Nash unter der Dusche stand, fuhr Morgana vor seinem Haus vor. Sie hatte Luna zu Hause gelassen, was die Katze mit einem beleidigten Schwanzzucken und einem verächtlichen Miauen bedacht hatte. Mit einem Seufzer nahm Morgana sich vor, nachher zum Fisherman's Wharf zu fahren und ein kleines Mahl aus Meeresfrüchten zu besorgen, um sich wieder in Lunas Herz einzuschmeicheln.

Im Moment jedoch musste sie sich vor allem um ihr eigenes Herz kümmern.

Sie bog den Rückspiegel zu sich und betrachtete forschend ihr Gesicht. Mit einem angewiderten Laut lehnte sie sich zurück. Wie hatte sie sich nur einbilden können, Sorgenfalten ließen sich mit simplen Kosmetika ausradieren wie Bleistiftstriche?

Sie presste die Lippen zusammen und sah zu Nashs Haus auf. So sollte er sie nicht sehen. Sie würde ihm diese Neuigkeit nicht mitteilen, wenn sie so verletzlich und demütig aussah.

Er hatte schon genug Leute, die an ihm zerrten.

Sie erinnerte sich daran, wie sie anfangs geglaubt hatte, er sei ein Mann, der keine Sorgen kannte. Vielleicht war er das auch während gewisser Phasen. Zumindest schien er sich selbst davon überzeugt zu haben. Aber wenn Nash ein Anrecht auf seine Maske hatte, dann stand ihr dieses Recht ebenso zu wie ihm.

Sie atmete tief durch, um sich zu beruhigen. Dann begann sie einen leisen Singsang. Die Schatten unter ihren Augen verschwanden, Farbe trat wieder in ihre Wangen. Als sie aus dem Wagen ausstieg, waren alle Anzeichen der schlaflosen Naht verschwunden. Falls ihr Herz zu schnell schlagen sollte, würde sie damit umgehen, wenn es so weit war. Aber sie würde Nash nicht sehen lassen, dass sie unglücklich verliebt und voller Angst war.

Als sie an seine Tür klopfte, lag ein unbeschwertes Lächeln auf ihren Lippen. Trotzdem spürte sie den Knoten im Magen.

Fluchend und auf einem Bein balancierend, zog Nash seine Jeans an. „Moment, ich komme ja schon." Barfuß und mit bloßem Oberkörper stapfte er die Treppe hinunter. Dass es ein Besucher wagte, ihn vor der ersten Tasse Kaffee zu stören, hellte seine Laune nicht gerade auf. Dieser Tag verlief definitiv nicht nach seinem Geschmack. „Was ist?" verlangte er unfreundlich zu wissen, als er die Tür aufriss. Im gleichen Augenblick erstarrte er.

Morgana sah frisch und schön aus wie der Morgen. Sexy und verführerisch wie die Nacht. Nash wunderte sich, dass seine vom Duschen noch feuchte Haut nicht anfing zu dampfen.

„Hi." Sie beugte sich vor und streifte seine Lippen mit ihren. „Habe ich dich aus der Dusche geholt?"

„Ja, so ungefähr. Wieso bist du nicht im Laden? Was machst du hier?"

„Ich nehme mir heute einen Tag frei." Sie schlenderte ins Haus, zwang sich dazu, ihre Stimme natürlich und ihre Muskeln locker zu halten. „Hast du gut geschlafen?"

„Das solltest du doch am besten wissen." Weil sie ihn so überrascht ansah, wurde er noch ärgerlicher. „Was hast du mit mir gemacht, Morgana?"

„Mit dir gemacht? Ich habe überhaupt nichts mit dir gemacht." Sie bemühte sich, das Lächeln aufrechtzuerhalten. „Du siehst aus, als könntest du dringend Kaffee gebrauchen. Ich werde dir einen aufbrühen."

Er griff sie beim Arm, bevor sie in die Küche gehen konnte. „Das mache ich selbst."

Sie sah die Wut in seinen Augen und nickte langsam. „Wie du möchtest. Soll ich vielleicht in einer Stunde noch mal wiederkommen?"

„Nein. Wir werden das jetzt klären." Als er vor ihr durch den Korridor schritt, sah sie mit der unguten Vorahnung einer herannahenden Katastrophe auf seinen Rücken. Klären. Warum hörte sich das so nach „beenden" an?

Sie wollte ihm in die Küche folgen, doch ihr Mut verließ sie. Sie bog ins Wohnzimmer ein und setzte sich auf den

Rand eines Stuhls. Nash brauchte seinen Kaffee, und sie brauchte einen ruhigen Moment, um sich zu sammeln.

Sie hatte nicht damit gerechnet, ihn so kühl und distanziert anzutreffen. So wütend. So hatte er gestern ausgesehen, bei seinem Gespräch mit Leeanne. Auch hatte sie nicht geahnt, dass es so wehtun würde.

Sie erhob sich und wanderte unruhig durch den Raum, eine Hand auf ihren Leib gelegt, wo ein neues Leben zu wachsen begonnen hatte. Sie würde dieses Leben beschützen. Unter allen Umständen.

Als Nash ins Wohnzimmer zurückkam, eine dampfende Tasse in der Hand, stand Morgana am Fenster. Sie schaute gedankenverloren und … ja, traurig hinaus. Wenn er es nicht besser wüsste, würde er sagen, sie sah verletzt aus, sogar verletzlich.

Aber er wusste es ja besser. Eine Hexe konnte man wohl kaum verletzen.

„Deine Pflanzen brauchen Wasser", sagte sie zu ihm. „Es reicht nicht, sie nur in die Erde zu setzen." Wieder die Hand auf ihrem Bauch. „Sie brauchen Liebe und Pflege."

Er trank vom Kaffee und verbrannte sich die Zunge. Der Schmerz verdrängte das plötzliche Bedürfnis, zu ihr zu gehen und sie in die Arme zu nehmen, um die Trauer aus ihrer Stimme zu verscheuchen. „Ich bin nicht in der Stimmung, um über Pflanzen zu reden."

„Nein." Sie wandte sich um, und die Zeichen von Trauer waren verschwunden. „Das sehe ich. Und worüber möchtest du reden, Nash?"

„Ich will die Wahrheit hören. Alles."

Sie bedachte ihn mit einem kleinen amüsierten Lächeln. „Wo soll ich anfangen?"

„Spiel keine Spielchen mit mir, Morgana. Ich habe die Nase voll davon." Angespannt marschierte er im Raum auf und ab. Sein Kopf schoss hoch. Wäre Morgana weniger mutig gewesen, hätte sein Blick gereicht, um sie den Rückzug antreten zu lassen. „Diese ganze Angelegenheit war ein Riesenspaß für dich, nicht wahr? Von dem Moment an, als ich deinen Laden betreten habe, hast du dir gedacht, dass ich genau der richtige Kandidat bin." Gott, es tat weh. Wenn er daran dachte, was er gefühlt hatte, was er sich gewünscht hatte ... „Meine Einstellung gegenüber deinen ... Talenten hat dich irritiert. Deshalb hast du beschlossen, es mir heimzuzahlen."

Ihr Herz schlug schneller, aber ihre Stimme blieb fest. „Warum sagst du mir nicht, was genau du eigentlich meinst? Wenn du behaupten willst, dass ich dir gezeigt habe, was ich bin, so kann ich das nicht abstreiten. Aber ich werde mich deswegen nicht schuldig fühlen."

Er stellte den Becher so hart auf den Tisch, dass der Kaffee über den Rand schwappte. Das Gefühl, betrogen worden zu sein, war so übermächtig, dass es alles andere erstickte. Verflucht, er liebte sie. Sie hatte ihn dazu gebracht. Und jetzt, da er von ihr eine Erklärung verlangte, stand sie einfach da, schön und anmutig.

„Ich will wissen, was du mir angetan hast. Und dann will ich, dass du es wieder zurücknimmst."

„Ich sagte dir doch schon, ich habe nichts …"

„Sieh mir in die Augen, Morgana." Fast wie in Panik griff er sie bei den Armen. „Sieh mir in die Augen und sage mir, dass du nicht irgendeinen Spruch oder einen Bann über mich gelegt hast, um so zu fühlen."

„Was heißt ‚so'?"

„Verdammt, ich habe mich in dich verliebt. Nicht eine Stunde vergeht, in der ich dich nicht will. Ich kann kein Jahr mehr vorausplanen, zehn Jahre, ohne dich nicht an meiner Seite zu sehen."

Ihr Herz floss über. „Nash …"

Er wich zurück, als sie die Hand hob, um sie an seine Wange zu legen. Perplex ließ sie sie wieder sinken. „Wie hast du es gemacht?" verlangte er zu wissen. „Wie hast du dich in meinen Kopf geschlichen, um mir solche Gedanken einzuflößen? Gedanken an Heirat und Familie. Was soll das? Macht es dir Spaß, mit einem Normalsterblichen herumzuspielen, bis du seiner müde wirst?"

„Auch ich bin sterblich, genau wie du", erwiderte sie fest. „Ich esse und schlafe, ich blute, wenn ich mich schneide. Ich werde älter. Und ich fühle."

„Du bist nicht wie ich." Er spie die Worte aus.

Morgana merkte, wie ihr Zauberspruch sich langsam auflöste und ihre Wangen alle Farbe verloren. „Du hast Recht, ich bin anders, und es gibt keinen Weg, das zu ändern. Wenn das für dich zu schwierig zu akzeptieren ist, dann sollte ich besser gehen."

„Du wirst nicht so einfach zu diesem Haus hinausspazieren und mich hier zurücklassen. Bring das in Ordnung." Er schüttelte sie unsanft. „Löse den Bann."

Jetzt lagen auch wieder die Schatten unter ihren Augen. „Welchen Bann?"

„Den, mit dem du mich belegt hast. Du hast mich dazu gebracht, dir Dinge zu erzählen, die ich noch niemandem erzählt habe. Du hast mich völlig bloßgestellt. Kannst du dir nicht denken, dass ich dir nie von meiner Familie erzählt hätte, wenn ich bei klarem Verstand gewesen wäre?" Er ließ sie los und wandte sich ab, bevor er etwas Drastischeres tun würde. „Du hast das ganz bestimmt mit irgendeinem Trick aus mir herausgelockt, so wie du für alles andere Tricks benutzt hast. Du hast meine Gefühle schamlos ausgenutzt."

„Ich habe deine Gefühle nie benutzt", setzte sie wütend an, dann brach sie ab und wurde noch blasser.

Seine Lippen wurden dünn, als er ihre Miene sah. „Ach, tatsächlich?"

„Zugegeben, gestern habe ich sie benutzt. Nach dem Anruf deiner Mutter, nachdem du mir alles erzählt hattest, wollte ich dir ein wenig Seelenfrieden geben."

„Also war es ein Zauberspruch."

Obwohl Morgana herausfordernd ihr Kinn hob, schwankte Nash. Sie sah so verdammt zerbrechlich aus. Wie Glas, das bei der kleinsten Berührung zersplittern würde.

„Ich habe meinen Verstand von meinen Gefühlen leiten lassen. Falls das falsch gewesen sein sollte, und so sieht es ja wohl aus, möchte ich mich dafür entschuldigen. Ich wollte dich nicht manipulieren."

„Oh ja, sicher. ‚Sorry, Nash, dass ich dich auf den Arm genommen habe.'" Er steckte die Hände in die Taschen. „Und was ist mit dem Rest?"

Morgana fuhr mit zitternden Fingern durch ihr Haar. „Welcher Rest?"

„Willst du mir allen Ernstes erzählen, du hättest da nichts gedreht? Nicht meine Gefühle manipuliert? Dass ich mir einbilde, in dich verliebt zu sein? Dass ich den Rest meines Lebens mit dir teilen will? Sogar an Kinder denke?" Weil er es sich nach wie vor wünschte, wurde er noch wütender. „Ich weiß ganz genau, dass diese Ideen nicht von mir stammen. Niemals!"

Der Schmerz ging tief. Aber er befreite auch etwas. Nashs Wut war nichts im Vergleich zu dem, was in Morgana zu brodeln begann. Doch sie beherrschte sich, während sie Nash von oben bis unten musterte.

„Willst du damit andeuten, ich hätte dich mit Magie an mich gebunden? Ich hätte meine Gabe dazu benutzt, um dich in mich verliebt zu machen?"

„Genau das behaupte ich."

Morgana ließ die Beherrschung fahren. Farbe schoss ihr in die Wangen, ihre Augen funkelten wie helle Flammen. Die Macht und die Kraft, die sie mit sich brachte, erfüllten sie. „Du hirnloser Esel."

Beleidigt wollte er zurückschnauzen. Doch nur ein hektisches „Iah" ertönte. Mit aufgerissenen Augen versuchte er es noch einmal, während Morgana durch den Raum wirbelte.

„Du glaubst also, du stündest unter einem Bann, ja?" Ihre Wut ließ Bücher durch den Raum fliegen wie kleine Geschosse. Nash duckte sich und versuchte auszuweichen, aber es gelang ihm nicht bei allen. Als ein Buch ihn genau auf den Nasenrücken traf, fluchte er laut. Ihm war schwindlig, aber immerhin hatte er seine eigene Stimme zurück.

„Hör zu, Baby …"

„Nein, du hörst mir zu, Baby", benutzte sie verächtlich dasselbe Wort. Sie war in Fahrt gekommen und stapelte sämtliche Möbel auf einen großen Haufen. „Bildest du dir wirklich ein, ich würde meine Gabe dafür verschwenden, einen arroganten, eingebildeten Idioten wie dich zu becircen? Nenne mir auch nur einen Grund, warum ich dich nicht sofort in die miese Schlange verwandeln sollte, die du bist!"

Mit zusammengekniffenen Augen kam Nash auf sie zu. „Das reicht! Da mache ich nicht mit."

„Dann pass mal auf!" Mit einer einzigen Drehung ihrer Hand warf sie ihn hoch in die Luft und durch den Raum und ließ ihn hart auf einen Stuhl fallen. Er wollte aufstehen, überlegte sich dann aber, dass es wohl besser wäre, erst einmal wieder Luft zu bekommen.

Um noch mehr Dampf abzulassen, sandte sie das Geschirr in der Küche aus den Regalen auf den Boden. Ergeben lauschte Nash auf das Klirren, als Teller und Tassen zersprangen. „Du solltest besser Acht geben, ehe du eine Hexe verärgerst, Nash." Die Scheite im Kamin begannen zu knistern und zu knacken, hohe Flammen züngelten auf. „Du kannst schließlich nie wissen, was eine so unehrenhafte, kalkulierende und skrupellose Person, wie ich es offensichtlich deiner Meinung nach bin, tun wird, wenn sie wütend ist, oder?"

„Also gut, Morgana." Er versuchte wieder aufzustehen, aber sie schickte ihn mit einem Wink zurück auf den Stuhl, so hart, dass seine Zähne klapperten.

„Komm mir nicht nahe. Nicht jetzt. Nie wieder." Morganas Atem ging schwer, obwohl sie versuchte, sich zu beruhigen. „Ich schwöre, ich verwandle dich in etwas, das auf vier Beinen läuft und nachts den Mond anheult, schneller, als du es dir vorstellen kannst."

Nash stieß hart die Luft aus den Lungen. Er glaubte nicht, dass Morgana das wirklich tun würde. Und es war immer besser, sich dem Kampf zu stellen, als den Schwanz einzuziehen. Sein Wohnzimmer lag in Trümmern. Zur Hölle, sein ganzes Leben lag in Trümmern. Sie würden sich damit auseinander setzen müssen.

„Hör endlich auf, Morgana." Seine Stimme klang erstaunlich ruhig und fest. „Das bringt doch nichts."

Die Wut floss aus ihr heraus, ließ sie leer und ausgebrannt und elend zurück. „Du hast Recht, das tut es nicht. Mein Temperament, wie auch meine Gefühle, trüben manchmal eben meine Vernunft. Nein." Sie winkte mit der Hand. „Bleib, wo du bist. Ich kann mir noch nicht trauen."

Als sie sich abwandte, ging das Feuer aus, der Wind legte sich. Heimlich stieß Nash einen Seufzer aus. Das Gewitter, so schien es, war vorüber.

Er irrte sich gewaltig.

„Du willst also nicht in mich verliebt sein."

Etwas schwang in ihrer Stimme mit, das ihn die Stirn runzeln ließ. Er hätte gern ihr Gesicht gesehen, aber sie stand am Fenster, den steifen Rücken ihm zugewandt. „Ich will in niemanden verliebt sein", sagte er langsam und zwang sich dazu, es zu glauben. „Nimm es bitte nicht persönlich."

„Nicht persönlich", wiederholte sie.

„Sieh mal, Morgana, ich bin nicht der Typ für so was. Mir gefiel mein Leben so, wie es war."

„Wie es war, bevor du mich kennen lerntest."

So, wie sie es sagte, hatte er das Gefühl, als würde etwas Schleimiges sich durch hohes Gras schlängeln. Er sah an sich herab, um sicher zu gehen, dass nicht er es war. „Es hat nichts mit dir zu tun, es liegt allein an mir. Und ich … Verdammt, ich werde nicht hier sitzen und mich entschuldigen, weil es mir nicht gefällt, verzaubert worden zu sein!" Er stand mit unsicheren Beinen auf. „Du bist eine sehr schöne Frau, und …"

„Oh, bitte. Du brauchst dich nicht anzustrengen, um mir den Abschied leichter zu machen." Die Worte brannten in ihrer Kehle.

Nash fühlte sich, als hätte sie ihm eine Lanze ins Herz getrieben. Sie weinte. Tränen strömten aus ihren Augen und rannen ihr über die bleichen Wangen. Und es gab nichts, absolut nichts, was er im Moment lieber getan hätte, als sie in seine Arme zu ziehen und ihr diese Tränen wegzuküssen.

„Morgana, bitte nicht. Ich wollte doch nie …" Was er noch hatte sagen wollen, blieb ihm in der Kehle stecken, als er vor eine Wand lief. Er konnte sie nicht sehen, aber sie war da, stand zwischen ihnen, hart wie Beton. „Hör auf damit!" Panik und Selbstverachtung ließ seine Stimme laut werden, als er mit der Faust gegen die Mauer schlug. „Das ist keine Antwort."

Morgana blutete das Herz. „Im Moment muss es reichen, bis mir eine bessere einfällt." Sie wollte ihn hassen, weil er sie dazu gebracht hatte, sich so zu erniedrigen. Während die Tränen weiter liefen, faltete sie beide Hände auf ihren Leib. Sie hatte mehr zu beschützen als nur sich selbst.

Nash legte seine Hände, denen keine solche Macht innewohnte, an die unsichtbare Mauer. Seltsam, plötzlich erschien es ihm, als sei er derjenige, der ausgeschlossen worden war, nicht Morgana. „Ich kann nicht mit ansehen, wie du weinst."

„Du wirst es müssen. Für einen Moment noch. Keine Angst, die Tränen einer Hexe sind genau wie die jeder Frau. Ein Zeichen von Schwäche und absolut nutzlos." Morgana versuchte sich zu beruhigen und blinzelte, bis sie wieder klar sehen konnte. „Du willst also deine Freiheit, Nash?"

Hätte er gekonnt, er hätte sich einen Weg zu ihr getreten und geboxt. „Verdammt, merkst du denn nicht, dass ich nicht weiß, was ich will?"

„Was immer es auch ist, es liegt nicht an mir. Oder an dem, was wir zusammen geschaffen haben. Ich habe dir versprochen, dass ich nie um mehr bitten würde, als du mir zu geben bereit bist. Ich breche nie mein Wort."

Er verspürte eine neue Art von Angst. Panik, weil das, was er wollte, ihm durch die Finger glitt. „Lass mich zu dir."

„Würdest du an mich wie an eine Frau denken, würde ich dich durchlassen." Sie drehte sich um und legte ihrerseits eine Hand an die Mauer. „Denkst du, nur weil ich bin, was ich bin, wünsche ich mir nicht, geliebt zu werden, wie jede Frau sich wünscht, von einem Mann geliebt zu werden?"

Nash schob und drückte auf der anderen Seite der Wand. „Bau endlich dieses verdammte Ding ab."

Es war alles, was sie hatte – eine bedauernswerte Verteidigung. „Es war ein Missverständnis, Nash. Niemand trägt die Schuld daran, dass ich dich so sehr liebe."

„Morgana, bitte …"

Sie schüttelte den Kopf und sah ihn an, nahm sein Gesicht in sich auf, in ihr Herz, wo sie es bewahren wollte. „Vielleicht weil ich dich so liebe, habe ich dich irgendwie mitgerissen. Ich weiß es nicht. Woher auch, ich war nie zuvor verliebt. Aber ich schwöre dir, es geschah nicht absichtlich, es sollte niemandem Schaden zufügen."

Wütend auf sich selbst, weil die Tränen wieder zu fließen begannen, trat Morgana zurück. Stand für einen Moment stolz und mächtig.

„Ich werde dir dieses schenken, und du kannst mir vertrauen." Sie schloss die Augen und hob die Arme. „Welche Macht ich auch über dich habe, in diesem Moment
sei sie gebrochen. Welche Gefühle auch immer ich in dir
durch meine Macht heraufbeschworen habe, beschwöre
ich jetzt, dich zu verlassen. Du bist frei von mir, und von
allem, was wir geschaffen haben. So sei es."

Sie schlug die Lider auf, die Augen voll mit neuen Tränen. „Du bist mehr, als du denkst", sagte sie leise. „Weniger, als du sein könntest."

Das Herz schlug ihm bis zum Hals. „Morgana, bitte,
geh nicht so."

Sie lächelte. „Oh, ich denke, ich habe das Recht auf
einen dramatischen Abgang, meinst du nicht auch?" Obwohl sie einige Meter von ihm entfernt stand, meinte er,
ihre Lippen auf seinem Mund zu spüren. „Leb wohl,
Nash."

Und damit war sie verschwunden.

12. KAPITEL

*N*ash war sicher, dass er verrückt wurde. Tag für Tag strich er unruhig durchs Haus. Nacht für Nacht wälzte er sich schlaflos im Bett. Morgana hatte doch gesagt, dass er frei von ihr sei, oder? Also, warum war er es dann nicht?

Warum konnte er nicht aufhören, an sie zu denken, sich nach ihr zu sehnen? Warum stand ihm ständig das Bild vor Augen, wie sie ausgesehen hatte, verletzt, mit Tränen auf den Wangen?

Er versuchte sich einzureden, dass sie den Bann nicht aufgehoben hatte. Aber er wusste, dass das nicht stimmte.

Nach einer Woche gab er auf und fuhr zu ihrem Haus. Es war leer. Er ging zum Laden und wurde von einer sehr kühlen, sehr unfreundlichen Mindy empfangen. Morgana sei fort, war alles, was sie ihm sagte. Wohin sie gegangen war oder wann sie zurückkommen würde, sagte sie nicht.

Er sollte erleichtert sein. Das sagte er sich immer wieder. Verbissen schob er die Gedanken an Morgana beiseite und nahm sein altes Leben wieder auf.

Doch als er einen Spaziergang am Strand machte, stellte er sich plötzlich vor, wie es sein würde – mit ihr an seiner Seite, ein Kind, das fröhlich vor ihnen herlief.

Diese Vorstellung bewirkte, dass er für ein paar Tage nach L. A. fuhr.

Er wollte glauben, dass es ihm hier besser ging, dass

das Tempo, der Lärm, die vielen Menschen ihn ablenken würden. Er ging mit seinem Agenten zum Lunch und besprach die Besetzung für den Film. Er besuchte Bars und Clubs und lauschte der Musik und dem Gelächter. Die Frage stellte sich ihm, ob er nicht vielleicht einen Fehler gemacht hatte, in den Norden zu ziehen. Vielleicht war er ja ein Stadtmensch, der es brauchte, von Ablenkungen umgeben zu sein.

Aber schon nach drei Tagen sehnte er sich nach seinem Heim, nach dem Rascheln des Windes und dem Rauschen des Meeres. Und nach Morgana.

Er fuhr zum Laden zurück und unterzog Mindy einem Verhör, so grob, dass die anwesenden Kunden zurückwichen, tuschelten. Mindy gab keinen Millimeter nach.

Mit den Nerven völlig am Ende, parkte er seinen Wagen vor Morganas Haus. Es war jetzt fast einen Monat her, und er beruhigte sich mit dem Gedanken, dass sie ja irgendwann zurückkommen musste. Schließlich war hier ihr Zuhause, hier hatte sie ihr Geschäft.

Verflucht, er war hier, er wartete auf sie.

Als die Sonne unterging, legte Nash erschöpft den Kopf auf das Lenkrad. Das war genau das, was er tat, gestand er sich endlich ein. Er wartete auf sie. Und nicht, um ein vernünftiges Gespräch mit ihr zu führen, wie er sich all die Wochen eingeredet hatte.

Er wartete darauf, dass er sie anflehen konnte, sie anbetteln durfte, versprechen durfte, kämpfen konnte. Egal. Alles, was nötig war, um die Sache endlich wieder in Ordnung zu bringen. Um Morgana wieder in die Mitte seines Lebens zurückzuholen.

Er schloss die Finger um den Stein, den er immer noch trug, und fragte sich, ob er sie wohl einfach mit seinem Willen zurückbringen konnte. Einen Versuch war es wert. Immerhin besser, als eine Anzeige in den einschlägigen Rubriken aufzugeben, dachte er grimmig. Er schloss die Augen und konzentrierte sich auf sie.

„Verdammt, ich weiß, dass du mich hören kannst, wenn du es willst. Ich werde nicht zulassen, dass du mich so abblockst. Nein, du wirst das nicht tun. Nur weil ich mich wie ein Idiot benommen habe, ist das kein Grund …"

Er spürte eine Präsenz, öffnete vorsichtig die Augen, drehte den Kopf und – sah direkt in Sebastians grinsendes Gesicht.

„Na, halten wir etwa eine kleine Amateur-Séance?"

Ohne nachzudenken stieß Nash die Autotür auf und packte Sebastian beim Hemd. „Wo ist sie?" brüllte er. „Du weißt es, und du wirst es mir sagen."

Sebastians Augen wurden gefährlich dunkel. „Vorsicht, Freund. Ich warte schon seit Wochen darauf, es mit dir von Mann zu Mann zu klären."

Die Idee einer anständigen Prügelei übte einen immensen Reiz auf Nash aus. „Na, dann sollten wir doch am besten …"

„Benehmt euch", erklang da gebieterisch Anastasias Stimme. „Beide." Mit ihren schlanken Händen schob sie die beiden Männer auseinander. „Ich bin sicher, euch würde es enormen Spaß machen, euch gegenseitig die Nase blutig zu schlagen, aber nicht, solange ich dabei bin, da könnt ihr sicher sein."

Nash ließ die Arme sinken und ballte die Fäuste. „Ich will wissen, wo sie ist."

Mit einem gleichgültigen Schulterzucken lehnte Sebastian sich an die Motorhaube. „Was du willst, hat hier nicht unbedingt viel Gewicht." Er legte einen Fuß über den anderen. „Du siehst ziemlich mitgenommen aus, Nash." Was ihn sehr befriedigte. „Was ist, nagt das schlechte Gewissen an dir?"

„Sebastian." Tadel und Verständnis lagen in Anas Stimme. „Sei nicht so gemein. Siehst du nicht, dass er unglücklich ist?" Sie legte ihre Hand auf seinen Arm. „Und dass er sie liebt?"

Sebastian lachte trocken und hart auf. „Lass dich nicht von diesem treuen Hundeblick einlullen, Ana."

Ana warf Sebastian einen ungeduldigen Blick zu. „Dann sieh doch selbst."

Zögernd tat er es. Er umklammerte Nashs Schulter, seine Augen wurden dunkel, und dann lachte er auf, bevor Nash die Hand ärgerlich abschütteln konnte. „Bei allem, was heilig ist, ihn hat's tatsächlich erwischt." Er schüttelte den Kopf. „Warum, um alles in der Welt, hast du dann ein solches Durcheinander angestellt? Wozu der ganze Wirbel, willst du einen Film über dich selbst drehen?"

„Ich muss mich hier nicht erklären", murmelte Nash. Er rieb sich die Schulter, weil sie sich anfühlte, als hätte er dort einen Sonnenbrand. „Was ich zu sagen habe, werde ich Morgana sagen."

Sebastian wurde nachgiebiger, aber er sah keinen Grund, es Nash zu leicht zu machen. „Sie ist der Meinung, dass du deine Chance bereits gehabt hast, um zu sagen, was du zu sagen hast. Und ich glaube nicht, dass sie in der Verfassung ist, um sich deine ungeheuerlichen Anschuldigungen noch einmal anzuhören."

„Verfassung?" Nashs Herz wurde kalt wie Eis. „Ist sie etwa krank?" Wieder ging er Sebastian an den Kragen, aber er hatte keine Kraft mehr in den Händen. „Was stimmt nicht mit ihr?"

Cousin und Cousine tauschten einen Blick, so kurz, so schnell, dass Nash es nicht bemerkte.

„Sie ist nicht krank", hob Ana an und bemühte sich, nicht wütend auf Morgana zu sein, weil diese Nash nichts von dem Baby gesagt hatte. „Eigentlich geht es ihr sogar sehr gut. Sebastian bezog sich darauf, was beim letzten Mal zwischen euch passiert ist."

Nash ließ los. Als er endlich wieder atmen konnte, nickte er. „Okay, ihr wollt also, dass ich bettle. Dann werde ich betteln. Ich muss sie sehen. Wenn sie mich immer noch aus ihrem Leben streichen will, nachdem ich vor ihr gekrochen bin, dann werde ich eben damit leben müssen."

„Sie ist in Irland", teilte Ana ihm mit. „Bei unserer Familie in Europa." Ihr Lächeln war wunderschön. „Hast du einen gültigen Pass?"

Morgana war froh, dass sie gekommen war. Die irische Luft beruhigte sie, die samtene Brise über den Hügeln genauso wie der wütende Wind, der über den Kanal peitschte.

Auch wenn sie wusste, dass sie bald wieder zurückkehren und ihr Leben aufnehmen musste, war sie doch sehr dankbar für diese Wochen.

Und für ihre Familie.

Sie saß am Fenster im Zimmer ihrer Mutter und fühlte sich beschützt und geborgen. Sie spürte die Sonne auf ihrem Gesicht, diese helle, sanfte Sonne, die Irland so eigen war. Wenn sie durch das Rautenglasfenster blickte, konnte sie die zerklüfteten Klippen sehen, die steil auf den Strand fielen. Und der Strand, schmal und felsig, streckte sich den Wellen entgegen. Wenn Morgana sich ein wenig drehte, blickte sie auf den terrassenförmig angelegten saftig grünen Rasen, der mit leuchtenden Blumen gesprenkelt war.

Ihre Mutter saß am anderen Ende des Raumes und zeichnete. Dieses Ritual half ihr, Bildern und Gedanken freien Lauf zu lassen. Es war ein schöner, behaglicher Moment, der Morgana an ihre Kindheit erinnerte. Ihre Mutter hatte sich in all den Jahren kaum verändert.

Ihr Haar war immer noch dicht und dunkel wie das ihrer Tochter, obwohl es sich nur schulterlang um ihr Gesicht schmiegte. Ihre Haut war weich und glatt. Die kobaltblauen Augen blickten oft verträumt, aber sie sahen genauso klar wie die ihrer Tochter.

Als Morgana sie betrachtete, wurde sie von einer Welle der Liebe überflutet. „Du bist so schön, Mutter."

Bryna sah auf und lächelte. „Ich werde nicht widersprechen. Weil es so gut tut, es von der erwachsenen Tochter zu hören. Weißt du eigentlich, wie schön es ist, dich hier bei uns zu haben, Liebes?"

Morgana zog ein Knie an und schlang die Arme darum. „Ich weiß, wie gut es mir tut. Und wie dankbar ich euch bin, dass ihr mir nicht all die Fragen gestellt habt, von denen ich weiß, dass ihr sie stellen wollt."

„Das solltest du auch. Ich hätte deinem Vater fast die Stimme stehlen müssen, damit er dich nicht ins Verhör nimmt." Ihr Blick wurde sanft. „Er vergöttert dich."

„Ich weiß." Morgana fühlte schon wieder Tränen aufsteigen und versuchte, sie fortzublinzeln. „Tut mir Leid. Meine Launen." Mit einem Kopfschütteln erhob sie sich. „Ich scheine einfach nicht in der Lage zu sein, sie unter Kontrolle zu halten."

„Liebes." Bryna streckte ihrer Tochter die Hände entgegen, wartete, bis Morgana den Raum durchquert hatte. „Du weißt doch, du kannst mir alles erzählen, was dich bedrückt. Alles. Wenn du möchtest."

„Mutter." Auf der Suche nach Trost ließ Morgana sich zu ihren Knien nieder und legte den Kopf in den Schoß ihrer Mutter. Sie lächelte schwach, als sie die Hand spürte, die ihr über das Haar streichelte. „Mir ist klar geworden, wie glücklich ich mich schätzen darf, dass ich dich habe, euch beide. Dass ihr mich liebt, mich wollt, euch um mein

Wohlergehen sorgt. Ich habe dir nie gesagt, wie dankbar ich dafür bin."

Verwirrt legte Bryna die Arme um ihre Tochter und wiegte sie leicht. „Aber dafür sind Familien doch da."

„Aber nicht alle Familien sind so." Morgana hob den Kopf und schaute ihre Mutter an.

„Dann wissen sie nicht, dass ihnen etwas Wunderbares entgeht. Was bedrückt dich, Morgana?"

Sie nahm die Hand ihrer Mutter. „Ich habe darüber nachgedacht, wie es sein muss, wenn man nicht geliebt oder gewollt ist. Wenn man von Kindheit an gesagt bekommt, dass man nur ein Fehler ist, eine Last, nur geduldet, weil das Pflichtgefühl es vorschreibt. Kann irgendetwas überhaupt kälter sein?"

„Nein. Nichts ist kälter als ein Leben ohne Liebe." Brynas Ton wurde sanft. „Bist du verliebt?"

Morgana musste nicht antworten. „Er ist so verletzt worden. Er hat nie das erfahren, was du, was ihr alle mir gegeben habt. Doch trotz allem hat er einen wunderbaren Mann aus sich gemacht. Du würdest ihn mögen." Sie schmiegte ihre Wange in die Hand ihrer Mutter. „Er ist lustig und süß. Er hat so viel Fantasie, ist immer bereit, neue Ideen auszuprobieren. Aber da ist ein Teil in ihm, den er verschlossen hält. Das hat er nicht selbst getan, das wurde ihm angetan. Selbst mit meinen Kräften gelingt es mir nicht, dieses Schloss zu öffnen." Sie setzte sich auf die Fersen. „Er will mich nicht lieben, und ich … will und kann nicht nehmen, was er nicht bereit ist zu geben."

„Nein." Brynas Herz schmerzte, als sie ihre Tochter anblickte. „Dafür bist du zu stark, zu stolz und zu weise. Aber Menschen ändern sich, Morgana. Mit der Zeit ..."

„Mir bleibt keine Zeit. Zu Weihnachten werde ich sein Kind gebären."

All die tröstenden Worte, die Bryna hatte sagen wollen, lösten sich auf. Nur noch der Gedanke, dass ihr Baby ein Baby haben würde, beherrschte sie. „Geht es dir gut?" brachte sie heraus.

Morgana lächelte, erfreut, dass dies die erste Frage gewesen war. „Ja."

„Bist du sicher?"

„Absolut sicher."

„Ach, Liebes." Bryna stand auf und umarmte ihre Tochter. „Mein kleines Mädchen."

„Schon lange bin ich kein kleines Mädchen mehr."

Sie lachten zusammen, dann trat Bryna zurück.

„Ich bin glücklich für dich. Und traurig zugleich."

„Ich weiß. Ich will dieses Kind. Glaube mir, kein Kind ist je so sehr gewollt worden. Nicht nur, weil das alles sein könnte, was mir von dem Vater bleibt, sondern auch um seiner selbst willen."

„Und wie fühlst du dich?"

„Seltsam", gab Morgana bereitwillig zu. „Stark im einen Moment, und im nächsten voller Angst und schwach. Keine Übelkeit, nur manchmal etwas schwindlig."

Bryna nickte. „Du sagst, der Vater sei ein guter Mann?"

„Ja, das ist er."

„Dann war er einfach nur überrascht, unvorbereitet, als du es ihm gesagt hast." Ihr fiel auf, dass Morgana den Blick abwandte. „Morgana, schon als Kind hast du es vermieden, mich anzuschauen, wenn du etwas verheimlichen wolltest."

Bei dem tadelnden Ton krümmte Morgana sich ein wenig. „Er weiß nichts von dem Kind. Bitte, nicht", flehte sie, bevor Bryna ansetzen konnte. „Ich wollte es ihm ja sagen, aber dazu ist es nie gekommen. Ich weiß, es ist falsch, es ihn nicht wissen zu lassen. Aber es wäre genauso falsch gewesen, ihn dadurch an mich zu binden. Ich habe eine Wahl getroffen."

„Die falsche."

Morgana hob das Kinn. „Es ist meine Wahl, ganz gleich, ob falsch oder nicht. Ich bitte dich nicht um deine Zustimmung, aber ich bitte dich um Respekt. Und ich möchte dich bitten, es noch niemandem zu sagen, auch nicht Vater."

„Was soll Vater nicht gesagt werden?" wollte Matthew wissen, als er ins Zimmer kam, gefolgt von dem Wolfshund, der Pans Vater war.

„Ach, wir Mädels haben nur miteinander geschwatzt", lenkte Morgana elegant ab und küsste ihn auf die Wange. „Hallo, Hübscher."

Er gab ihr einen leichten Nasenstüber. „Ich weiß doch genau, wenn meine Frauen mir etwas verschweigen."

„Aber es wird nicht nachgesehen", sagte Morgana sofort, weil sie wusste, dass Matthew fast so gut im Gedankenlesen war wie ihr Cousin Sebastian. „Also, wo sind die anderen?"

Er war nicht zufrieden. Aber geduldig. Wenn sie es ihm nicht sagen wollte, würde er eben später nachsehen. Schließlich war er ihr Vater.

„Douglas und Maureen sind in der Küche und streiten sich darüber, was zum Lunch zubereitet werden soll, und Camilla seift Padrick gerade beim Rommee ein. Er ist keineswegs guter Laune." Matthew grinste hinterhältig. „Er beschuldigt sie, die Karten verhext zu haben."

Bryna schaffte es zu lächeln. „Und? Hat sie?"

„Natürlich." Matthew streichelte dem Wolfshund über das silberne Fell. „Deine Schwester schummelt doch immer beim Kartenspiel."

Bryna lächelte mild. „Dein Bruder ist einfach ein schlechter Verlierer."

Morgana hakte sich lachend bei beiden ein. „Es ist mir ein Rätsel, dass ihr sechs hier in diesem Haus zusammenlebt und bisher der Blitz noch nicht eingeschlagen ist. Lasst uns nach unten gehen und noch ein bisschen mehr Ärger machen."

Es gab nichts Vergleichbares, was die Stimmung so heben konnte wie ein Familienessen mit den Donovans. Das war genau das, was Morgana jetzt brauchte. Dem liebevollen Necken und Frotzeln zwischen Geschwistern und Ehepartnern zuzusehen war besser als ein Besuch im besten Zirkus.

Morgana wusste, dass die sechs nicht immer gut miteinander auskamen. Aber sie wusste auch, dass, ganz gleich, welche Reibereien es gegeben hatte, sie alle wie Sonne und Licht zusammengehörten, wenn eine Familienkrise sich abzeichnete.

Sie hatte nicht vor, der Auslöser für eine Krise zu sein. Sie wollte nur eine gewisse Zeit mit ihnen verbringen.

Sie mochten jeweils Drillinge sein, aber es gab kaum Ähnlichkeiten zwischen den Geschwistern. Ihr Vater war hoch gewachsen und schlank, mit einer wallenden grauen Mähne, stahlblauen Augen und einer würdevollen Haltung. Padrick, Anastasias Vater, war nicht größer als Morgana, mit dem massiven Körperbau eines Berufsboxers und dem Herzen eines Clowns. Douglas war fast zwei Meter groß, hatte bereits die meisten seiner Haare verloren und trug die tiefen Geheimratsecken mit Eleganz. Sein Hobby war es, sich exzentrisch zu geben. Im Moment trug er eine Lupe um den Hals, um alles und jeden dadurch anzusehen, wann immer es ihm gefiel. Den Hut mit dem Hirschgeweih hatte er nur abgesetzt, weil seine Frau Camilla sich standhaft geweigert hatte, so mit ihm an einem Tisch zu sitzen.

Camilla, allgemein als das Nesthäkchen betrachtet, war rund und mollig und hübsch, aber sie hatte einen eisernen Willen. Was das Exzentrische betraf, so stand sie ihrem Mann in nichts nach. Gerade heute Morgen hatte sie sich die Haare orange gefärbt, und eine Adlerfeder baumelte lang von ihrem Ohrläppchen.

Maureen, das begabteste Medium, das Morgana jemals

kennen gelernt hatte, war groß und solide gebaut und hatte ein volles, herrlich ansteckendes Lachen, das die Grundmauern bis in ihre Festen erschüttern konnte.

Wenn man noch Morganas sanfte Mutter und ihren würdevollen Vater hinzuzählte, ergaben die sechs einen bunt gemischten Haufen. Alle Hexen und Zauberer. Und während Morgana dem Geplänkel zuhörte, schwappte eine Welle der Liebe über sie.

„Deine Katze ist wieder an meinen Vorhängen hochgeklettert", teilte Camilla Maureen mit und wedelte vorwurfsvoll mit der Gabel.

„Na und?" Maureen zuckte unbeteiligt die Schultern. „Sie jagt Mäuse. Das tun Katzen."

Camillas Locken flogen. „Du weißt genau, dass nicht eine Maus mehr im Haus ist. Douglas hat sie verbannt."

„Und hat wieder mal nur halbe Arbeit geleistet", murmelte Matthew.

„Das Einzige, was hier halb ist, ist der Apfelkuchen. Der ist nur halb durchgebacken." Sofort verteidigte Camilla ihren Mann.

„Aye, den hat Douglas ja auch gemacht", mischte Padrick sich grinsend ein, milderte aber sofort ab: „Ich mag meine Äpfel gern knackig."

„Das ist ein neues Rezept." Douglas starrte mit einem riesigen Auge durch die Lupe. „Das ist gesund."

„Die Katze", betonte Camilla, weil sie wusste, dass ihr sonst die Kontrolle über das Gespräch entgleiten würde.

„Aber die Katze ist doch gesund, nicht wahr?" Padrick

blinzelte Maureen belustigt zu, und sie kicherte voller Zustimmung.

„Es kümmert mich keinen Deut, ob die Katze gesund ist oder nicht", setzte Camilla an, kam aber nicht weit.

„Nanana." Douglas tätschelte ihre mollige Hand. „Wir wollen doch keine kranke Katze im Haus, oder? Dann wird Maureen eben einen schönen Trank brauen, der die Katze sofort gesund macht."

„Die Katze ist nicht krank." Man hörte Camilla an, wie sehr sie sich beherrschte. „Um Himmels willen, Douglas, hör doch zu."

Jetzt war er beleidigt. „Also, wenn die Katze gar nicht krank ist, dann sehe ich nicht, wo das Problem liegt. Morgana, Mädchen, du isst ja deinen Kuchen gar nicht." Magst du mein Rezept etwa nicht?

Ja, weil sie ständig grinsen musste. „Er ist köstlich, Onkel Douglas, wirklich. Ich hebe ihn mir für später auf." Sie sprang auf und ging um den Tisch herum, um jedem Einzelnen von ihnen einen herzhaften Kuss zu geben. „Ich liebe euch alle."

„Morgana, wohin gehst du?" rief Bryna ihr nach, als sie den Raum verließ.

„Ich mache einen Spaziergang am Strand. Einen sehr langen Spaziergang."

Douglas schaute nachdenklich in sein Glas. „Das Mädchen benimmt sich seltsam." Und da das Essen fast vorüber war, setzte er den Hirschgeweihhut wieder auf. „Meint ihr nicht auch?"

Nash fühlte sich irgendwie komisch. Vielleicht lag es daran, dass er seit zwei Tagen nicht mehr geschlafen hatte. Seit zwanzig Stunden war er ununterbrochen unterwegs, in Flugzeugen, Zügen, Taxis und Bussen. Deshalb wahrscheinlich dieser tranceartige Zustand. Er war von der West- zur Ostküste geflogen, war in New York in eine andere Maschine umgestiegen und über den Atlantik geflogen. Dann hatte er den Zug von Dublin genommen und schließlich mit viel Hektik einen Wagen gesucht, mit dem er jetzt die letzten Meilen von Waterford zum Schloss Donovan zurücklegte.

Er wusste, dass es wichtig war, auf der richtigen Seite der Straße zu bleiben. Oder besser gesagt, auf der falschen. Allerdings fragte er sich, was das für einen Unterschied machen würde. Denn dieser schmale Feldweg voller Schlaglöcher, den er jetzt entlangrumpelte und auf dem sowieso kein Platz für zwei Autos war, konnte kaum als Straße bezeichnet werden.

Das Auto, das er für volle zwölfhundert Dollar erstanden hatte – niemand sollte behaupten, die Iren hätten keinen Geschäftssinn! –, drohte mit jedem weiteren Schlagloch auseinander zu brechen. Das Provisorium von einem Auspuff lag bereits irgendwo weiter hinten auf der Straße, dementsprechend laut röhrte der Wagen. Laut genug, um Tote aufzuwecken.

Es war ja nicht so, als besäße dieses Land keine Schönheit, mit den hohen Klippen und den saftigen grünen Wiesen. Es ging nur darum, dass er Angst hatte, diesen letzten steilen Anstieg zu Fuß machen zu müssen, nur mit dem Lenkrad in der Hand.

Das hier waren die Knockmealdown Mountains. Er wusste das nur, weil der schlitzohrige Autohändler, der ihm dieses Wrack verkauft hatte, sich auch die Wegbeschreibung sehr gut hatte bezahlen lassen: „Die Berge im Westen, der St.-George-Kanal im Osten, und Sie tauchen rechtzeitig zur Teestunde bei den Donovans auf."

Nash glaubte mittlerweile eher daran, dass er vor der Teestunde noch im Matsch versinken würde und nie wieder herausfinden würde.

„Sollte ich das hier überleben", murmelte er verbissen vor sich hin, „sollte ich das überleben und sie finden, drehe ich ihr den Hals um. Ganz langsam", fügte er düster hinzu, „damit sie auch merkt, wie ernst es mir ist." Danach würde er sie an ein abgeschiedenes Plätzchen tragen und sie eine Woche lang lieben. Dann würde er eine Woche lang schlafen und von vorn beginnen.

Falls er das hier überlebte.

Der Wagen stotterte und bockte und rüttelte ihn durch. Er fragte sich ernsthaft, ob noch alle inneren Organe an ihrem Platz saßen. Mit zusammengebissenen Zähnen fluchte er herzhaft und drohte dem Wagen, ihn zu zerlegen, wenn er die Anhöhe nicht schaffte.

Und dann stand ihm der Mund offen, und er trat mit aller Kraft auf die Bremse. Immerhin verlangsamte das die Schussfahrt. Er nahm den Gestank von schmorendem Gummi nicht wahr, sah auch nicht den Rauch, der seitlich aus der Motorhaube quoll, er hatte nur Augen für das Schloss.

Er hatte kein richtiges Schloss erwartet, doch das hier war eines. Hoch auf den Klippen, direkt über dem Meer. Grauer Stein schimmerte in der Sonne, Türme reckten sich in den perlmuttfarbenen Himmel. Auf dem höchsten wehte eine weiße Flagge. Verdutzt bemerkte Nash, dass es sich um ein Pentagramm handelte.

Er blinzelte, doch das Bild blieb, ein Bild wie aus einem seiner Filme. Wäre ein Ritter in Rüstung auf einem Pferd über die Zugbrücke geprescht – bei Gott, da war wirklich eine Zugbrücke –, hätte er nicht einmal mit der Wimper gezuckt.

Er begann zu lachen, vor Entzücken, Ehrfurcht und Verblüffung. Schwungvoll trat er das Gaspedal durch – und landete im Graben, weil die Lenkung versagte.

Er benutzte jedes Schimpfwort, das er je gehört hatte, als er aus dem ausstieg, was von dem Wagen noch übrig war. Dann trat er wütend gegen den Kotflügel und sah zu, wie die verrostete Stoßstange mit lautem Klirren abfiel.

Er beschattete die Augen mit der Hand und schaute zum Schloss hoch. So wie es aussah, hatte er gute drei Meilen Fußmarsch vor sich. Resigniert holte er seinen Seesack vom Rücksitz und begann zu laufen.

Als er den Reiter auf dem weißen Pferd über die Zugbrücke traben sah, musste er sich entscheiden, ob er nun halluzinierte oder ob das echt war. Zwar trug der Reiter keine Rüstung, aber es überraschte Nash auch nicht, dass ein Falke auf dem lederbespannten Unterarm des Reiters saß.

Matthew warf einen Blick auf den fremden Mann, der sich da Schritt für Schritt die Straße hinaufquälte, und schüttelte launisch den Kopf. „Aye, Ulysses, zu schade. Der gibt nicht einmal ein anständiges Mahl für dich ab." Der Falke blinzelte zustimmend.

Auf den ersten Blick sah Matthew nur einen heruntergekommenen, unrasierten Mann mit tiefen Ringen unter den Augen, auf dessen Stirn sich eine Beule bildete und von dessen Schläfe ein Blutrinnsal tropfte. Da er gesehen hatte, wie der arme Simpel in den Graben gefahren war, fühlte er sich verpflichtet zu helfen.

Er zog die Zügel an und blieb vor Nash stehen. Hochmütig sah er vom Pferd auf ihn herab. „Sie haben sich verirrt, guter Mann?"

„Nein, ich weiß genau, wohin ich will." Nash streckte den Arm aus und deutete auf das Schloss.

Matthew hob eine Augenbraue. „Nach Schloss Donovan? Wissen Sie denn nicht, dass es da von Hexen und Zauberern nur so wimmelt?"

„Doch. Ich muss trotzdem dorthin."

Matthew setzte sich bequemer in den Sattel, um den Mann einer genaueren Musterung zu unterziehen. Vielleicht sah er ein wenig verwahrlost aus, aber er war kein Stadtstreicher. Da lagen Schatten unter seinen Augen, aber der Blick verriet eiserne Entschlossenheit. „Entschuldigen Sie meine Offenheit", fuhr Matthew fort, „aber Sie scheinen mir im Moment in keiner Verfassung zu sein, um sich mit Hexen anzulegen."

„Nur mit einer", presste Nash zwischen den Zähnen hervor.

„Aha. Wissen Sie eigentlich, dass Sie bluten?"

„Wo?" Nash hob eine Hand und schaute angewidert auf seine blutverschmierten Finger. „Das passt. Wahrscheinlich hatte sie das Auto verflucht."

„Und über wen genau sprechen Sie?"

„Morgana. Morgana Donovan." Nash wischte sich das Blut an der Jeans ab. „Ich habe einen langen Weg hinter mir, um sie endlich in die Finger zu bekommen."

„Achten Sie darauf, was Sie sagen", warf Matthew ruhig ein. „Sie reden immerhin von meiner Tochter."

Müde, ausgelaugt und völlig am Ende, starrte Nash in die schiefergrauen Augen. Vielleicht würde er sich gleich als Käfer wiederfinden, aber das war ihm jetzt egal. „Mein Name ist Kirkland, Mr. Donovan. Ich bin hier, um Ihre Tochter zu holen. So einfach ist das."

„So?" Amüsiert legte Matthew den Kopf zur Seite. „Nun dann … Kommen Sie, steigen Sie auf. Dann werden wir ja sehen, was passiert." Er schickte den Falken mit einem Ruck in die Lüfte und streckte Nash die behandschuhte Hand entgegen. „Freut mich, Sie kennen zu lernen, Mr. Kirkland."

Nash schwang sich auf das Pferd. „Ganz meinerseits."

Zu Pferde dauerte das letzte Stück der Reise gar nicht so lange – vor allem, da Matthew in vollem Galopp voranpreschte. Im selben Moment, als sie auf dem Innenhof einritten, kam ihnen eine große dunkelhaarige Frau aus dem Haus entgegengerannt.

Mit zusammengebissenen Zähnen sprang Nash vom Pferd und eilte auf sie zu. „Du wirst mir eine Menge Fragen beantworten müssen, Schätzchen. Du hast dein Haar abgeschnitten. Was, zum Teufel, willst du eigentlich …" Er verstummte abrupt, als er näher gekommen war und erkannte, dass die Frau ihn mit amüsierten Augen musterte. „Ich dachte, Sie wären … Entschuldigen Sie, das ist mir sehr unangenehm."

„Aber nein, ich fühle mich geschmeichelt." Lachend sah Bryna zu ihrem Mann. „Matthew, was hast du uns denn da mitgebracht?"

„Einen jungen Mann, der in den Graben gefahren ist und behauptet, Morgana haben zu wollen."

Brynas Blick wurde scharf und durchdringend, als sie einen Schritt auf Nash zutat. „Und? Stimmt das? Sie wollen meine Tochter haben?"

„Ich … Ja, Ma'am."

Ein Lächeln huschte über ihre Lippen. „Sie hat Sie unglücklich gemacht?"

„Ja … Nein." Er seufzte schwer. „Das habe ich selbst übernommen. Bitte, ist sie da?"

„Kommen Sie herein." Bryna nahm ihn beim Arm. „Ich werde mich um Ihren Kopf kümmern, dann können Sie zu ihr."

„Wenn Sie vielleicht …" Wieder brach er ab, als ein riesiges Auge an der Türschwelle erschien. Douglas ließ seine Lupe los und trat aus dem Schatten.

„Wer, zum Teufel, ist das?"

„Ein Freund von Morgana", klärte Bryna ihn auf und schob Nash ins Haus.

„Ah. Lassen Sie es sich von mir sagen, junger Mann." Er schlug Nash herzhaft auf die Schultern. „Das Mädchen benimmt sich seltsam."

Der kalte Wind fegte Morgana über das Gesicht und fand einen Weg durch die dichten Maschen des schweren Wollpullovers. Er war reinigend, und er heilte. In wenigen Tagen würde sie so weit sein, dass sie wieder zurückfahren und sich der Realität stellen konnte.

Mit einem Seufzer ließ sie sich auf einem Felsen nieder. Hier, in der Abgeschiedenheit, mit sich allein, konnte sie es zugeben: Sie würde nie geheilt werden. Sie würde nie wieder ein Ganzes sein. Aber das Leben ging weiter, sie würde ein gutes Leben für sich und das Kind aufbauen, weil sie stark war und ihren Stolz hatte. Aber etwas würde ihr immer fehlen.

Sie hatte sich ausgeweint, und sie hatte das Selbstmitleid überwunden. Irland hatte ihr dabei geholfen. Sie hatte herkommen müssen, auf diesem Strand spazieren gehen und sich daran erinnern müssen, dass nichts ewig währte, ganz gleich, wie schmerzlich es auch sein mochte.

Außer der Liebe.

Sie schlug den Rückweg ein. Sie würde sich einen Tee

aufbrühen, vielleicht würde sie auch Camillas Tarotkarten legen oder sich eine von Padricks lebendigen Geschichten anhören. Dann würde sie tun, was sie schon lange hätte tun sollen: ihnen von dem Baby erzählen.

Sie wusste, dass ihre Familie hinter ihr stehen und sie immer unterstützen würde.

Ihr tat es unendlich Leid, dass Nash eine solche Einheit nie erfahren würde.

Sie spürte ihn, bevor sie ihn sah. Aber sie glaubte, ihr Verstand würde ihr einen Streich spielen. Sehr, sehr langsam, mit rasendem Puls, drehte sie sich um.

Er kam den Strand herunter, mit großen, eiligen Schritten. Die Gischt benetzte sein Haar, die feinen Wassertropfen funkelten. Auf seinem Gesicht stand ein Zweitagebart, und an seiner Schläfe klebte ein weißer Verband. Der Ausdruck in seinen Augen allerdings ließ sie einen Schritt zurückweichen.

Es war diese Bewegung, die ihn erstarren ließ.

Sie sah so … Wie sie ihn ansah. Ihre Augen waren trocken, keine Tränen, die ihn in Stücke zerrissen. Aber dieses Glitzern … Als hätte sie Angst vor ihm. Wie viel einfacher wäre es doch gewesen, wenn sie sich auf ihn gestürzt und ihn mit Zähnen und Klauen bearbeitet hätte.

„Morgana."

Ihr war schwindlig, sie presste eine Hand auf das wohl behütete Geheimnis in ihrem Leib. „Was ist mit dir passiert? Bist du verletzt?"

„Das?" Er fuhr automatisch mit den Fingern über den

Verband. „Das ist nichts. Wirklich. Mein Wagen ist unter mir auseinander gefallen. Deine Mutter hat das gemacht. Den Verband, meine ich."

„Meine Mutter?" Ihr Blick glitt unstet zum Schloss hinüber. „Du hast meine Mutter getroffen?"

„Und den Rest der Familie auch." Er lächelte kurz. „Sie sind wirklich … außergewöhnlich. Um genau zu sein, ich bin im Graben gelandet, einige Meilen vom Schloss entfernt. So habe ich deinen Vater kennen gelernt." Er wusste, dass er plapperte, aber er konnte nicht aufhören. „Und dann saß ich auch schon in der Küche und musste Tee trinken und … Verdammt, Morgana, ich wusste doch nicht, wo du warst. Eigentlich hätte ich es wissen können. Du hast mir gesagt, dass du nach Irland kommst, um am Strand spazieren zu gehen. Ich hätte es wissen müssen. Ich hätte viele Dinge wissen müssen."

Sie musste sich an dem Felsen festhalten. Sie hatte schreckliche Angst, noch eine neue Erfahrung durchmachen zu müssen – in Ohnmacht fallen. „Du hast eine weite Reise unternommen", sagte sie belegt.

„Ich wäre früher hier gewesen, aber … He!" Er sprang vor, als sie schwankte. Erschrocken stellte er fest, wie zerbrechlich sie sich in seinen Armen anfühlte.

Aber sie hatte noch genug Kraft, um ihn wegzustoßen. „Nein, lass mich."

Nash ignorierte ihren Protest und zog sie eng an sich, barg sein Gesicht in ihrem Haar. Er sog ihren Duft ein wie die Luft zum Atmen. „Himmel, Morgana, gewähre mir nur eine Minute. Lass mich dich halten. Bitte, nur diesen winzigen, kleinen Moment."

Sie schüttelte den Kopf, doch ihre Arme, ihre verräterischen Arme, hatten sich bereits um seinen Nacken geschlungen. Morganas Stöhnen war kein Laut des Protests, sondern der Sehnsucht, als Nash seinen Mund fest auf ihren presste. Er versank in ihr wie ein völlig ausgedörrter Mensch in einem kühlen Teich.

„Sag jetzt nichts", murmelte er und überschüttete ihr Gesicht mit tausend kleinen Küssen. „Sag nichts, bis ich dir nicht erklärt habe …"

Sie erinnerte sich an seine letzten Worte und versuchte, sich frei zu machen. „Nash, das kann ich nicht noch einmal durchmachen. Ich werde es nicht erlauben, dass du mir so etwas noch einmal antust."

„Nein." Er griff ihre Handgelenke, sein Blick schien sie zu durchbohren. „Diesmal gibt es keine Mauern, Morgana. Von beiden Seiten nicht. Versprich es."

Sie öffnete den Mund, um zu protestieren, aber etwas in Nashs Blick ließ sie machtlos werden. „Na schön", sagte sie knapp. „Ich will mich setzen."

„Gut." Er ließ sie los, weil er es für besser hielt, sie nicht zu berühren, während er versuchen wollte, einen Weg aus dem Chaos, das er veranstaltet hatte, herauszufinden. Als sie da auf dem Felsen saß, fiel ihm ein, dass er ernsthaft Gelüste verspürt hatte, sie umzubringen.

„Ganz gleich, wie schlimm die Dinge auch standen – du hättest nicht weglaufen dürfen."

Sie riss die Augen auf und funkelte ihn an. „Ich?"

„Ja, du", knurrte er. „Vielleicht habe ich mich wie ein Idiot benommen, aber das ist kein Grund, mich so leiden zu lassen. Als ich wieder zur Vernunft kam, warst du einfach nicht mehr da."

„Aha, es ist also alles meine Schuld, was?"

„Dass ich in den letzten Wochen fast verrückt geworden bin? Ja!" Er stieß zischend den Atem aus. „Alles andere, der Rest ist auf meinem Mist gewachsen." Er wagte sein Glück und legte seine Hand an ihre Wange. „Es tut mir Leid."

Sie wandte den Kopf ab, sonst hätte sie geweint. „Ich kann deine Entschuldigung nicht akzeptieren, solange ich nicht weiß, für was sie gilt."

„Ich wusste doch, dass du mich vor dir kriechen sehen willst", sagte er angewidert. „Also gut. Ich entschuldige mich für all die idiotischen Dinge, die ich gesagt habe."

Ein ganz schwaches Lächeln erschien auf ihren Lippen. „Für alle?"

Mit seiner Geduld am Ende, riss er sie an den Armen hoch. „Verdammt, sieh mich an", fluchte er. „Ich will, dass du mich ansiehst, wenn ich dir sage, dass ich dich liebe. Dass mir klar ist, dass es überhaupt nichts mit Zaubersprüchen und Beschwörungen zu tun hat. Nie damit zu tun hatte. Hier geht es allein um dich – und um mich."

Als sie stumm die Augen schloss, stieg Panik in ihm auf. „Morgana, sperr mich nicht aus. Ich weiß, was ich dir angetan habe, ich weiß, wie dumm ich war. Ich hatte

Angst. Höllische Angst. Bitte." Er nahm ihr Gesicht in seine Hände. „Öffne die Augen und sieh mich an." Als sie es tat, seufzte er erleichtert. Er konnte erkennen, dass es noch nicht zu spät war. „Für mich ist es das erste Mal", sagte er leise. „Ich muss dich um Verzeihung bitten, für die Dinge, die ich gesagt habe. Ich habe es nicht so gemeint, ich habe das nur getan, um dich abzuschrecken. Aber darum geht es nicht. Ich habe sie gesagt."

„Ich verstehe, was es heißt, Angst zu haben." Sie fasste seine Handgelenke. „Wenn du um Verzeihung bittest, so sei sie dir gewährt. Sie muss dir nicht verwehrt bleiben."

„Einfach so?" Er küsste sie auf die Braue, auf die Wange. „Du willst mich nicht für ein paar Jahre in eine Flunder oder so was verwandeln?"

„Nein, nicht beim ersten Fehler." Sie zog sich von ihm zurück, wünschte, es gäbe eine freundliche, sonnige Wiese, über die sie gehen könnten. „Du hast eine lange Reise hinter dir, du musst müde sein. Warum gehen wir nicht hinein? Es ist fast Teezeit."

„Morgana." Er hielt sie fest. „Ich sagte, ich liebe dich. Das habe ich noch zu keinem Menschen gesagt. Das erste Mal war es schwer, aber ich denke, es wird mit jedem Mal einfacher werden."

Sie wandte den Kopf ab. Ihre Mutter hätte es als das erkannt, was es war – ein Ausweichen. Nash sah darin die Ablehnung.

„Du hast gesagt, du liebst mich, Morgana." Seine Stimme klang gepresst.

„Ja, das sagte ich, ich weiß." Sie blickte ihn an. „Ich tue es noch immer."

Er zog sie an sich und legte seine Stirn an ihre. „Ich hatte keine Ahnung, was für ein gutes Gefühl es ist, jemanden zu lieben und zurückgeliebt zu werden. Das ist ein guter Ansatzpunkt, Morgana. Ich weiß, ich bin nicht gerade der Traummann, und sicherlich werde ich auch einiges falsch machen. Ich bin nicht daran gewöhnt, dass jemand zu mir gehört. Oder für jemanden da zu sein. Aber ich werde mein Bestes geben. Das ist ein Versprechen."

Sie stand ganz ruhig. „Was meinst du damit?"

Er trat zurück, war wieder schrecklich nervös und steckte die Hände in die Taschen. „Ich frage dich, ob du mich heiraten willst. Glaube ich zumindest."

„Du glaubst es?"

Er fluchte. „Hör zu, ich will, dass wir heiraten. Vielleicht ist das nicht die richtige Art, einen Antrag zu machen. Wenn du also lieber warten willst, bis ich die Bühne vorbereitet habe und mit einem Ring in einem Samtkästchen vor dir knie – einverstanden. Es ist nur ... ich liebe dich so sehr, und deshalb wollte ich es dir sagen."

„Ich brauche keine Bühne, Nash. Ich wünschte, es wäre so einfach."

Er ballte die Fäuste. „Du willst mich nicht heiraten."

„Ich will mein Leben mit dir teilen. Oh ja, das will ich. Aber du würdest nicht nur mich bekommen."

Für einen Moment war er verwirrt. „Du meinst deine Familie und das ... nun, Donovan-Erbe. Baby, du bist alles, was ich will, und noch viel mehr. Die Tatsache, dass die Frau, die ich liebe, eine Hexe ist, macht es nur noch ein bisschen interessanter."

Gerührt legte sie die Hand an seine Wange. „Nash, du bist perfekt, absolut perfekt für mich. Aber nicht nur damit würdest du leben müssen." Sie blickte ihm gerade in die Augen. „Ich trage dein Kind unter meinem Herzen."

Alle Farbe wich aus seinem Gesicht. „Wie bitte?"

Sie brauchte es nicht zu wiederholen. Sie sah ihn zurücktaumeln und auf den Felsen fallen, wo sie vorhin gesessen hatte.

Er musste nach Luft schnappen, bevor er sprechen konnte. „Ein Baby? Du bist schwanger? Du bekommst ein Kind?"

Nur äußerlich ruhig, nickte sie. „Das fasst es wohl zusammen, ja." Sie ließ ihm Zeit, um etwas zu sagen, doch als er schwieg, fuhr sie fort: „Du hast deutlich zum Ausdruck gebracht, dass du keine Familie wolltest, und da die Sachlage sich geändert hatte, wollte ich …"

„Du wusstest es." Er schluckte. „An dem Tag, dem letzten Tag, da wusstest du es. Du warst gekommen, um es mir zu sagen."

„Ja."

Mit weichen Knien erhob er sich, um zum Wasser zu gehen. Er sah sie wieder vor sich, wie verletzlich sie damals ausgesehen hatte, hörte die Worte, die er ihr entgegengeschleudert hatte. War es da ein Wunder, dass sie verschwunden war und ihr Geheimnis für sich behalten hatte?

„Du denkst, ich will das Kind nicht?"

Morgana befeuchtete ihre Lippen. „Ich erkenne, dass du Zweifel hast. Das war nicht geplant, von keinem von uns beiden." Sie unterbrach sich entsetzt. „Ich habe es nicht geplant."

Er schwang sie zu sich herum, seine Augen glühten. „Ich mache nur sehr selten zweimal den gleichen Fehler. Und mit dir ganz bestimmt nicht. Wann?"

Sie legte eine Hand auf ihren Leib. „Vor Weihnachten. Das Kind ist in jener ersten Nacht empfangen worden, während der Tagundnachtgleiche."

„Weihnachten also", wiederholte er. Und dachte an ein rotes Fahrrad, an frisch gebackene Kekse, Lachen und eine Familie, die fast seine geworden wäre. Jetzt bot sie ihm das – eine eigene Familie. Etwas, das er nie gehabt hatte, wonach er sich immer gesehnt hatte.

„Du sagtest, ich sei frei", meinte er vorsichtig. „Frei von dir und dem, was wir geschaffen haben. Damit meintest du das Baby."

Ihre Augen wurden dunkel, und ihre Stimme klang fest. „Dieses Kind wird geliebt, es ist gewollt. Ein Kind ist nie ein Fehler, sondern immer ein Geschenk. Ich will es lieber für mich allein haben, bevor es auch nur einen Moment in seinem Leben daran zweifeln muss, dass es geliebt wird."

Er wusste nicht, ob er ein Wort über die Lippen bringen konnte, aber als er es tat, kamen diese Worte direkt aus seinem Herzen. „Ich will das Baby. Und dich. Und alles, was wir zusammen erschaffen. Ich will das, wie ich noch nie in meinem Leben etwas gewollt habe."

Durch einen Tränenschleier blickte sie ihn an. „Alles, was du tun musst, ist fragen."

Er kam zu ihr, legte seine Hand auf ihre, die auf ihrem Leib ruhte. „Gib mir eine Chance", war alles, was er sagte.

Sie lächelte, als sein Mund ihrem entgegenstrebte. „Wir haben lange auf dich gewartet."

„Ich werde Vater." Er sprach es langsam aus, wie einen Test. Dann jubelte er laut auf und schwang Morgana lachend auf seine Arme. „Wir haben zusammen ein Baby gemacht."

Sie schlang die Arme um seinen Nacken und fiel in sein Lachen ein. „Ja."

„Wir sind eine Familie."

„Ja."

Er küsste sie lang und ausgiebig, bevor er zu laufen begann. „Wenn es uns mit dem ersten gut gelingt, dann können wir es doch noch öfter probieren, oder? Was meinst du, Morgana?"

„Auf jeden Fall. Wohin gehen wir eigentlich?"

„Ich bringe dich zurück und zu Bett. Zusammen mit mir."

„Hört sich wunderbar an. Aber du brauchst mich nicht den ganzen Weg zu tragen."

„Und ob. Von jetzt an werde ich dich jeden Tag auf Händen tragen. Du bekommst ein Kind von mir. Mein

Baby. Ich kann es genau vor mir sehen … Innen. Ein sonniger Raum mit hellblauen Wänden …"

„Gelb."

„Na schön, hellgelben Wänden also. Unter dem Fenster eine antike Wiege, ein lustiges Mobile schwebt darüber. Man hört ein Glucksen aus der Wiege, und eine kleine pummelige Hand greift nach dem …" Er brach ab und blieb stehen. „Oh Mann."

„Was ist denn?"

„Mir ist gerade klar geworden … Wie stehen die Chancen? Ich meine, wie wahrscheinlich ist es, dass das Baby … du weißt schon … deine Talente erbt?"

Lächelnd wickelte sie sich eine Haarsträhne von ihm um den Finger. „Du meinst, dass das Baby eine Hexe wird? Die Chance ist groß, würde ich sagen. Die Gene der Donovans sind ziemlich stark." Lachend knabberte sie an seinem Hals. „Aber sie wird bestimmt deine Augen haben."

„Ja." Er schritt wieder aus und stellte fest, dass er glücklich vor sich hin grinste. „Ich wette, sie hat meine Augen."

– ENDE –

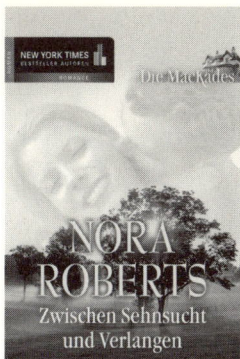

Nora Roberts
Die MacKades 1
Zwischen Sehnsucht
und Verlangen
Band-Nr. 25171
6,95 € (D)
ISBN: 3-89941-229-X

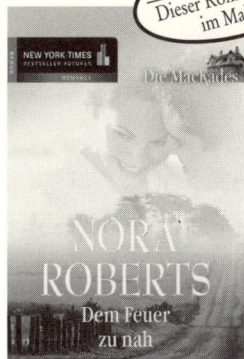

Vorschau
Dieser Roman erscheint
im Mai 2006

Nora Roberts
Die MacKades 2
Dem Feuer zu nah
Band-Nr. 25178
6,95 € (D)
ISBN: 3-89941-236-2

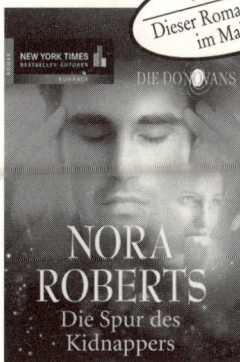

Vorschau
Dieser Roman erscheint
im Mai 2006

Nora Roberts
Die Donovans 2
Die Spur des Kidnappers
Band-Nr. 25177
6,95 € (D)
ISBN: 3-9941-235-4

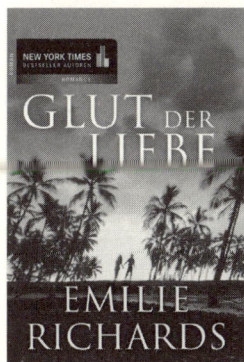

Emilie Richards
Glut der Liebe
Band-Nr. 25172
6,95 € (D)
ISBN: 3-89941-230-3

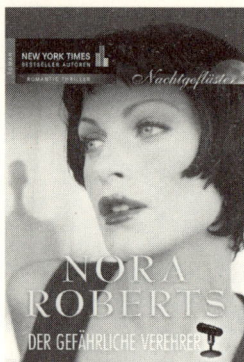

Nora Roberts
Nachtgeflüster 1
Der gefährliche Verehrer
Band-Nr. 25126
6,95 € (D)
ISBN: 3-89941-165-X

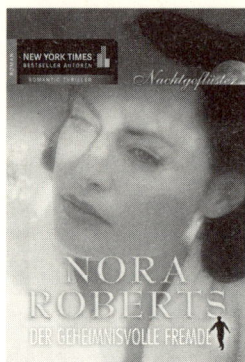

Nora Roberts
Nachtgeflüster 2
Der geheimnisvolle Fremde
Band-Nr. 25133
6,95 € (D)
ISBN: 3-89941-172-2

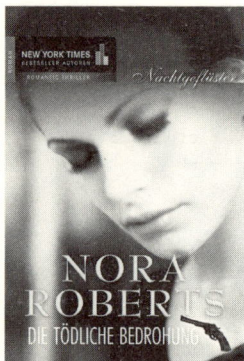

Nora Roberts
Nachtgeflüster 3
Die tödliche Bedrohung
Band-Nr. 25146
6,95 € (D)
ISBN: 3-89941-185-4

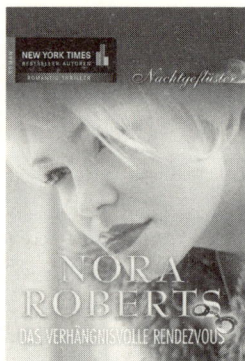

Nora Roberts
Nachtgeflüster 4
Das verhängnisvolle
Rendezvous
Band-Nr. 25153
6,95 € (D)
ISBN: 3-89941-192-7

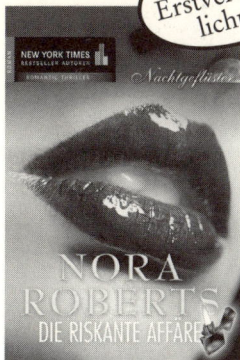

Nora Roberts

Nachtgeflüster 5
Die riskante Affäre

Band-Nr. 25161
6,95 € (D)
ISBN: 3-89941-200-1

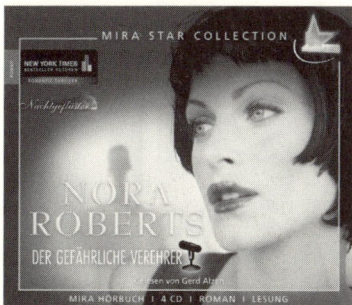

Nora Roberts

Nachtgeflüster 1
Der gefährliche Verehrer
Hörbuch

Band-Nr. 45006
4 CD's nur 10,95 € (D)
ISBN: 3-89941-222-2

Nora Roberts

Nachtgeflüster 2
Der geheimnisvolle Fremde
Hörbuch

Band-Nr. 45008
4 CD's nur 10,95 € (D)
ISBN: 3-89941-224-9

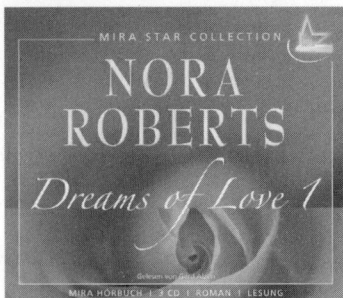

Nora Roberts

Dreams of Love 1
Rebeccas Traum
Hörbuch
Band-Nr. 45003
3 CD's nur 9,95 € (D)
ISBN: 3-89941-219-2

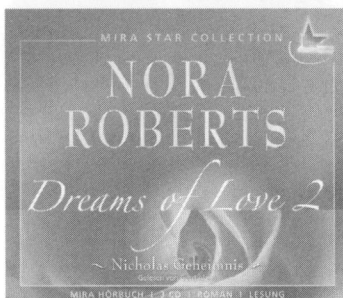

Nora Roberts

Dreams of Love 2
Nicholas Geheimnis
Hörbuch
Band-Nr. 45005
3 CD's nur 9,95 € (D)
ISBN: 3-89941-221-4

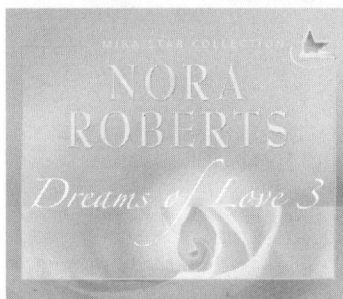

Nora Roberts

Dreams of Love 3
Solange die Welt sich dreht
Hörbuch
Band-Nr. 45007
3 CD's nur 9,95 € (D)
ISBN: 3-89941-223-0

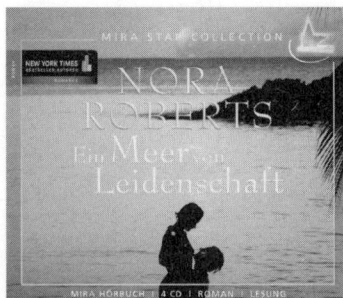

Nora Roberts

Ein Meer von
Leidenschaft
Hörbuch
Band-Nr. 45004
4 CD's nur 10,95 € (D)
ISBN: 3-89941-220-6